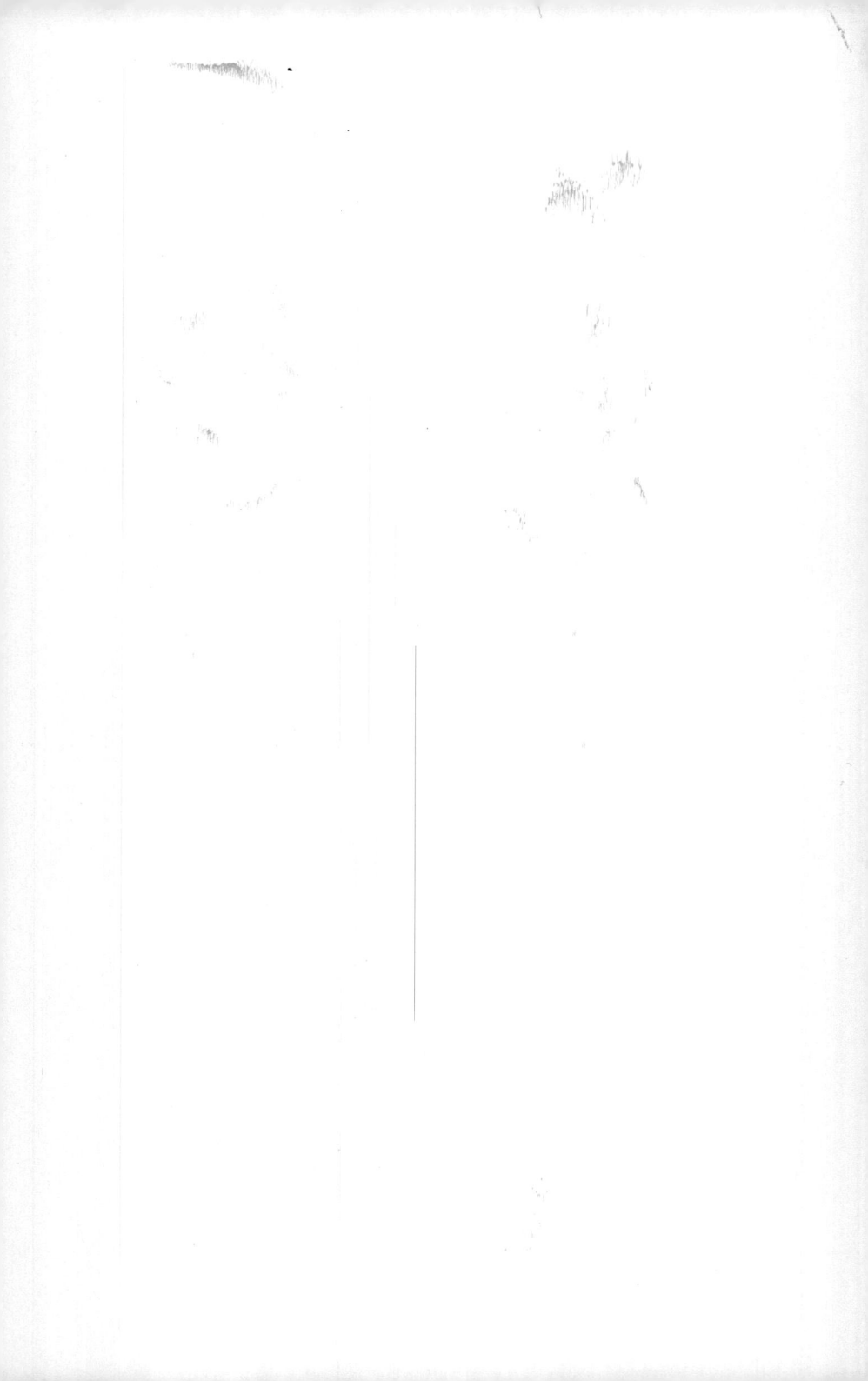

清末民初文獻叢刊

昭昧詹言

（上册）

[清]方東樹　著
吴闓生　評

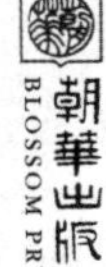

朝華出版社
BLOSSOM PRESS

圖書在版編目（CIP）數據

昭昧詹言 ： 全2册 / (清) 方東樹著 ； 吴闓生評
. -- 北京 ： 朝華出版社, 2019.1
（清末民初文獻叢刊）
ISBN 978-7-5054-4344-0

Ⅰ. ①昭… Ⅱ. ①方… ②吴… Ⅲ. ①詩話－中國－清代 Ⅳ. ①I207.227.49

中國版本圖書館CIP數據核字(2018)第238588號

昭昧詹言（全二册）

作　　者　[清]方東樹　吴闓生

選題策劃　楊麗麗　尚論聰
責任編輯　劉小磊
特約編輯　齊　芳
責任印制　張文東　陸競贏
封面設計　劉敬偉

出版發行　朝華出版社
社　　址　北京市西城區百萬莊大街24號　　郵政編碼　100037
訂購電話　（010）68996618　68996050
傳　　真　（010）88415258（發行部）
聯系版權　j-yn@163.com
網　　址　http://zhcb.cipg.org.cn
印　　刷　藝堂印刷（天津）有限公司
經　　銷　全國新華書店
開　　本　880mm × 1230mm　1/32　　字　　數　176千字
印　　張　25
版　　次　2019年1月第1版　2019年1月第1次印刷
裝　　别　精
書　　號　ISBN 978-7-5054-4344-0
定　　價　189.00元（全二册）

出版前言

中國自一八四〇年鴉片戰争以來，傳統的農業文明在西方的堅船利炮轟擊之下徹底被顛覆，有擔當的知識分子苦苦追尋，思索社會改革的途徑。從最初的『師夷長技以制夷』到『民主制度，天下之公理』（梁啓超語），他們發現要『强國富民』，首先要『開啓民智』，衹有民衆擁有了獨立思想和批判精神，國家纔能實現真正的强大。在此後一百年的時間裏（一八四〇—一九四九），思想者們從社會變革深入到國民性的改造，用每一部作品見證着中國近代化的遞變歷程。這是一個極其重要的時代，《清末民初文獻叢刊》正是收録了這一時期的作品，大部分書籍都是早期版本，有着極高的文獻研究價值。

清末的中國經歷了『三千年來未有之大變局』（李鴻章語），大清王朝面對西方列强的艦炮，表現得驚慌失措。尤其是鴉片戰争，使『天朝帝國萬世長存的迷信受到了致命的打擊，野蠻的、閉關自守的、與文明世界隔絶的狀態被打破了』（《馬克思恩格斯選集》）。一批士大夫知識分子，尤其是在歐美諸國擔任使臣或者游歷的知識分子最先覺醒，着眼于對西方國家的考察，進而反省本國政治制度的劣勢，可以視作『啓蒙』的端倪。如曾擔任駐英公使（兼任駐法公使）的郭嵩燾在《使西紀程》中以日記的形式記録了自己對歐西諸國的觀感，他在考察了英國的政治制度之後，發現英國政府官員收入超過三百磅者與普通老百姓一樣同等納税，他説：『此法誠善，然非民主之國，則勢有所不行。西洋所以享國長久，君民兼主國政故也。』他明確提出了『民主』，在國家的管理問題上，人民也有參與的權利。他在該書中所披露的西方政治、經濟、文化等領域優于大清帝國這一事實觸動了保守派的神經，立刻遭到保守派群起而攻之，進士何金壽彈劾他『有二心于英國，欲中國臣事之』，他家鄉湖南的民衆對他更是痛加詆毀，以至于滿城揭帖，誣蔑他『溝通洋人』，在這種群情汹汹的情况下，朝廷最後下旨將《使西紀程》毁版，從而使該書成了禁書。然而，書雖被毁版，却不能堵死民衆的傳播與閱讀的途徑，上海的《萬國公報》依舊連載該書，張佩綸曾説：『朝廷禁其書，而新聞紙接續刊刻，中外傳播如故也。』從某種意義上來説，啓蒙是時代的需要，盡管清政府發諭旨禁了該書，民衆乃至一些朝廷大員却依舊在私下閲讀，以便瞭解外部的世界。進步的社會是開放性的，任何企圖『閉關鎖國』的努力都意味着歷史的倒退，衹有開放，與整個世界文明保持同等的步伐，纔能實現真正的强國之夢。當大批知識分子走出閉鎖的國門，親歷了文明的洗禮之後，也就把啓蒙的智識帶回了中華大地。容閎的《西學東漸記》，梁啓超的《新大陸游記》，崔國因的《出使美日秘日記》等一大批作品介紹了海外諸國的政治、經濟、軍事、外交、文化。雖然這些作品在認識上仍然帶有時代的局限性，然而却是那時最爲珍貴的聲音。

另一方面，在學術上，中國文化母體内『經世致用』思想與資産階級思想相結合，也唤起了變革，以康有爲、梁啓超爲首的改良派試圖通過自上而下的革新以實現變革。康有爲的《新學僞經考》《孔子改制考》就是借經學之表論資産階級學説之裏的著作，康有爲的弟子梁啓超更是通過《新民説》一書提出國民性改造。與早期啓蒙者『師夷長技』的器物文明引進不同，梁啓超上升到形而上的精神領域，從文化心理上更加徹底地進行變革。梁氏是清朝末年到民國初年一個橋梁式的人物，被譽爲『輿論之驕子，天縱之文豪』，其影響力不但在學術領域，同時還在文學領域，他所倡導的『詩界革命』得到了譚嗣同、黄遵憲、丘逢甲等人的響應，黄遵憲的《日本雜事詩》，丘逢甲的《嶺雲海日樓詩鈔》都體現了這種主張。這一主張要求反映新的時代和新的思想，用『我手寫我口』（黄遵憲語）的方式直抒胸臆，對長期占詩壇主流的擬古主義、形式主義産生了巨大的衝擊，解放了寫作者的心靈和頭腦。

與社會變革同步的是早期對西方思想著作的翻譯，這裏面影響最大的是嚴復，他翻譯的《天演論》《社會通詮》等書直接孕育了民國一代的知識階層。魯迅、胡適等人在文章中都曾提到《天演論》對他們思想所産生的震撼。與嚴復略有不同的另一位翻譯家是林紓，他的譯作雖然參差不齊，但却在更細膩的心靈層次對讀者産生影響，許壽裳曾回憶，他和魯迅都熱衷于林譯的小説，如《巴黎茶花女遺事》《黑奴籲天録》《迦茵小傳》等作品。

辛亥革命之後，進步社會思潮成爲主流，比之清末思想啓蒙者『求存』的追求，民國以來的知識階層深入到了更加細微的肌理，一方面呼喚社會變革，另一方面進行點滴的建設，革命并不能使所有的一切一蹴而就，在更加深廣的領域，事物的改變是由微觀而宏觀。通俗地説，比之于革命，建設的意義更大。如《中國商業史》《中國教育史》《中國倫理學史》《中國哲學史大綱》《中國小説史略》等一大批作品都是進行系統的梳理與建設的理論作品。其中，以胡適和魯迅二人的影響最大，他們的作品一紙風靡，從而成爲新文化運動的主力人物。

《清末民初文獻叢刊》收録的文獻大致上可以分爲三個階段，其中龔自珍、張之洞、魏源、郭嵩燾、薛福成等人的作品可視爲『早期啓蒙』，康有爲、梁啓超、黄遵憲、嚴復、林紓等人的作品可視爲『中期啓蒙』，胡適、魯迅、蔡元培等人的作品可視爲『晚期啓蒙』。當然，這種劃分并非嚴格意義上的，大部分啓蒙思想者隨着時代的變化，其思想在不斷進步。縱觀整個近現代史，可以發現，要求變革不是在某一個領域，由某一類人發起和完成的，而是全社會的要求。

變革，已經成爲全社會的共識。

從清末民初的文獻中，我們能够發現一種豐富性。這些作品涉及政治、經濟、軍事、教育、外交、宗教、心理、情感等方方面面，從内而外地净化着中國兩千年以來的封建積習。它不衹是對社會的改造，更是對人心靈的重塑；它首重國家社會之建設，同時亦重靈魂心智之唤醒；它是宏大的，也是微觀的；它是嚴肅莊重的，也是活潑靈動的；這些作品結構精巧，思想內容深刻，擁有濃厚的人文主義色彩，對推動社會主義建設，實現中國夢有重大意義，是近現代中國一百年來最宏富的智識與情感的寶藏。因此，整理這些文獻作品，無論是出于資料保存的目的，還是爲圖書館提供資料副本，都有不可估量的意義。

特定時代下的文獻，當它一旦形成（既指草擬，創作的完成，也指其成爲一個載體），就不可再複製了，也就意味着它將面對消亡。對于文獻資料而言，越接近歷史事件發生的時代記録，越具有研究價值。文獻本身具有不可再生性，它衹會消亡，而不會增多。盡管文獻本身的文字可以保留下來，并進行傳播，却失去了當時的時代氣息。當時的作品可能在技巧上，文字的成熟度上不及當代，但它所負載的信息，創作者的情感都反映了當時的歷史，也就是説，它具有不可替代的歷史意義。

影印的版本有三個特點，第一是擁有文獻的『原始性』；第二個特點是『未經改動的』；第三個特點是『歷史的原貌』。所謂『原始性』，也就是説，它是第一手資料，而非轉述的，回憶形成的；『未經改動的』，是指未被篡改、删節、挖補的；『歷史的原貌』是指在影印製作過程中，完全依照文獻的原來模樣……這樣製作出版的作品，無异延續了文獻的壽命。

近現代思想史上的一個最重大的思潮就是『開放』，從林則徐的『開眼看世界』到蔡元培的『兼容并包』，都是在倡導一種開放式的胸襟。而《清末民初文獻叢刊》最有魅力的部分就是『開放』這一主題，衹有融入到世界文明發展的進程中，中華文明纔能歷久彌新。

《清末民初文獻叢刊》編委會

二〇一七年四月十四日

凡例

一、《清末民初文獻叢刊》（以下簡稱『叢刊』）爲影印本，舉凡所用之底本，均爲該書之早期版本。有清末刊本，亦有民國印本。

二、《叢刊》均依底本影印，未予删改，僅代表作者個人觀點，不代表官方立場；原刊本有誤，不予校改，以保留文獻之原貌。

三、《叢刊》所用之底本，因時日久遠存在漫漶的情況，均進行了修復；底本闕文、印刷不清，均保留原貌。

四、爲讀者閱讀之便，《叢刊》中之舊底本目録未標記頁碼者，編了目次；原底本有頁碼和目録，未予重複編目。

五、爲保持文獻的原始風貌，影印本保留了原書書影（原書爲多册，則保留第一册書影）、扉頁等信息。所用底本無相應信息者，則不予妄添，以免錯訛。

目録

上册

下册

昭昧詹言

賀培新敬署

武強賀氏物

序

方植之昭昧詹言學詩者矜爲祕笈近歲乃始盛行傳印凡數本然其書所載極宜分別觀之蓋所錄方姚諸老微言要旨至多而植翁自抒所見則不免臆斷虛憍之習故汎論大體多精當而分釋諸篇往往疏失其大較也先大夫嘗有評閱本闓生亦私有駁議而未備吾友性存謀爲重印而列評語於眉上因檢舊說復加釐定以質諸當世學問天下公物是非昭然具在無可誣亦無可讓也要在明辨愼擇焉而已民國七年七月桐城吳闓生記

昭昧詹言述恉

昔張衡稱立事有三言爲下列下列且不可庶矣奚冀其上哉性喜文字亦好深思利害之際信古求眞商搉前藻證之不遠雖百家爽籟吹萬自已古之人與其不可傳者死矣求得與不得曷益損乎顧念朝華已謝夕秀方蓑鑿椒簃蕙以爲春日之糗糧焉勤恁微明庶彼炳燭且令昭昧之情無閒今昔云爾道光已亥八月副墨子

卷十二

附論諸家詩話

詩文深淺全視學力若坐

昭昧詹言卷一

桐城方東樹

通論五古

傳曰詩人感而有思思而積積而滿滿而作言之不足故長言之長言之不足故嗟嘆咏歌之愚按以此意求詩玩三百篇與離騷及漢魏人作自見夫論詩之教以興觀羣怨爲用言中有物故聞之足感味之彌旨傳之愈久而常新臣子之於君父夫婦兄弟朋友天時物理人事之感無古今一也故曰詩之爲學性情而已

思積而滿乃有異觀溢出爲奇若第强索爲之終不得滿

待思積之滿必終身無落筆時矣景滿尤費解

量△所謂滿者非意滿情滿即景滿否則有得於古作家文法變化滿以朱子三峽橋詩與東坡較僅能詞足盡意終不得滿無有奇觀矧不及朱子此詩者耶

朱子曰文章要有本領此存乎識與道理有源頭則自然著實否則沒要緊又曰須靠實說得有條理不要架空細巧論議明白曉然可知愚謂詩亦然否則沒要緊無歸宿何關有無

古人皆於本領上用工夫故文字有氣骨今人只於枝葉上粉飾下梢又並枝葉亦沒了文字成不見作者面目則其文可有可無詩亦然

先大夫曰相如文豈得謂無所動於心此習聞朱子楚詞集注之膚說未會過

詩文與行已非有二事以此爲學道格物中之一功則求通其詞求通其意自不容已天不假易豈輕心以掉旦夕速化之所能也大學傳曰君子無所不用其極

詩以言志如無志可言强學他人說話開口卽脫節此謂言之無物不立誠若又不解文法變化精神措注之妙非不達意卽成語錄腐談是謂言之無文無序若夫有物有序矣而德非其人又不免鸚鵡猩猩之誚莊子曰眞者精誠之至也不精不誠不能動人嘗讀相如蔡邕文了無所動於心屈子則淵淵理窟與風雅同其精蘊陶公杜公韓公亦然可見最要是一誠不誠無物誠身修辭非有二道

之論文之徹悟也

試觀杜公凡贈寄之作無不情眞意摯至今讀之猶爲感動無他誠焉耳彼以料語粧點敷衍門面何嘗動題秋毫之末

修辭立誠未有無本而能立言者且學無止境道無終極凡居身居學纔有一毫僞意卽不實纔有一毫盈滿意便止而不長進勤勤不息自然不同故曰其用功深者其收名也遠嘗論凡著一書必使無一理之不具否則徧隘此孟子所謂觀水之瀾容光必照自然發露非鋪陳賣弄使盡見也凡著一書必有宗旨否則淺陋無本一望絕潢斷港黃茅白葦而已此二義作詩亦然然須妙會其旨不可執著若

執著必將高張土梗稗販腥腐豈惟不可當著書抑於斯文眞脈遠矣

昔人言六經以外無文章謂其理其辭其法皆備但人不肯用心求之耳苟用力於六經兼取秦漢人之文求通其意求通其辭何患不獨有千古惜余悟之晚精力已衰不能精誦矣韓公一生只用得此功故獨步千古

姚薑塢先生論黃黎洲文曰流覽多愛浸淫於後代文集而不自振亦由其才患不奇識尤卑凡好易而畏難故也竊謂今人所以不及古者悉坐此病地醜德齊自謂雄長卒莫相尚韓公非三代兩漢之書不敢觀謝茂秦不許用

唐以後事皆恐狃於近而不振也

大約今學者非在流俗裏打交滾卽在鬼窟中作活計高者又在古人勝境中作優孟衣冠求其卓然自立冥心孤詣信而好古敏以求之洗清面目與天下相見者其人不數遘也

以三百篇離騷漢魏爲本爲體以杜韓爲面目以謝鮑黃爲作用三者皆以脫盡凡情爲聖境

以六經較莊子覺莊子意新奇佻巧以六經較屈子覺屈子辭膚費繁縟然而一則醒豁呈露一則沈鬱深痛皆天地之至文也所以並驅六經中獨立千載後

莊以放曠屈以窮愁古今詩人不出此二大派進之則爲經矣漢代諸遺篇陳思仲宣意思沈痛文法奇縱字句堅實皆去經不遠阮公似屈兼似經淵明似莊兼似道此皆不得僅以詩人目之其後惟杜公本小雅屈子之志集古今之大成而全渾其迹韓公後出原本六經根本盛大包孕衆多巍然自開一世界東坡横截古今使後人不知有古其不可及在此然遂開後人作滑俗詩。不求復古亦在此。太白亦奄有古今而迹未全化亦覺眞實處微不及阮陶杜韓蘇子由論太白一生所得如浮花浪蘂好事喜名不知義理之所在今觀其詩似有然者要之皆天生不再之才矣南宋以來詩家無有出李杜韓蘇四公境界更不向上求故亦無復有如四公者一二深學即能避李蘇亦止追尋到杜韓而止乃若其才既非天授又不知杜韓之導源經騷津逮漢魏奄有鮑謝處故終亦不能到杜韓也古人用意深微含蓄文法精嚴密邃如十九首漢魏阮公諸賢之作皆深不可識後世淺士未嘗苦心研說於詞且未通安能索解此猶言其當篇用意也若夫古人所處之時所值之事及作詩之歲月必合前後考之而始可見如阮公陶公謝公苟不知其世不考其次則於其語句之妙反若曼羨無謂何由得其義知其味會其精神之妙乎故

前論甚精此說則陋

吾於陶公謝公皆依事大概移易前後題目編次俾其語意諸事明曉而後得以領其妙及其語言之次第如首夏猶淸和猶字承南亭朱明句來客程倦水宿承初往桐廬富春渚七里瀧道路憶山中來否則此倦字不著力無精神信手塡湊若今人所爲矣姑舉此以隅反可也

孟子曰誦其詩讀其書不知其人可乎是以論其世也此爲學詩最初之本事即以意逆志之教也若王阮亭論詩止於掇章稱咏而已徒賞其一二佳篇佳句不論其人爲何如又妄問其志爲何如也此何與於詩教也

古人文字淵奥非精思冥會不能遽通思之旣通則見其情文併合辭理扼要變化曲折甘苦難易之分齊愜心滿

先大夫曰此上當有脫誤

志直是可歌可泣可興可觀可羣可怨可以事父與君可以厲志風世味之彌旨而不可厭僻者學之非淺則僞深隱則如設覆射謎矜露爲奇則如牛鬼蛇神全失蘊韻其氣骨輕浮而麤硬其意味短淺而不通

求通其辭求通其意也求通其意必論世以知其懷抱然後再研其語句之工拙得失所在及其所以然以別高下決從違而其所以學之之功則在講求文理義此學詩之正軌也又有文理義皆得而不必求其意論其世第如鳥獸好音之過耳亦爲人所愛賞而不欲廢者如齊梁人及唐韋柳王維是也此禪家別傳無關志持者耳

李習之云文理義三者兼併乃能獨立於一時而不泯於

後代習之學於韓公故其言精審如此乃法言也微言也文者辭也其法萬變而大要在必去陳言理者所陳事理物理義理也見理未周不賅不備體物未亮狀之不工道思不深性識不超則終於粗淺凡近而已義者法也古人不可及只是文法高妙無定而有定不可執著不可告語妙運從心隨手多變有法則體成無法則傖荒率爾操觚縱有佳意佳語而安置布放不得其所退之所以譏六朝人爲亂雜無章也

非淹貫墳籍不能取詞非深思格物體道躬行不能陳理若徒向他人借口縱說得端的亦只勦說常談强袁者無

先大夫曰南靑之不滿望溪以此

涕強笑者無歡不能動物也非數十年深究古人精思妙悟不解義法

大抵筆懦力薄不足以自達其意或有才筆矣而又粗獷此皆辭上事若氣體輕浮冥要不歸不能持論是理上事貫乎二者詞理俱得而文法不妙亦猶夫凡俗而已其要歸於學識

有文通而理不通者是學上事有理通而文不通者是才上事文與理俱淸通而平滯無奇妙高古驚人是法上事然徒講義法而不解精神氣脈則於古人之妙終未有領會悟入處是識上事

朱子曰學文學詩須看得一家文字熟向後看他人亦易
知姬傳先生云凡學詩文且當就此一家用功良久盡其
能眞有所得然後舍而之他不然未有不失於孟浪者
李習之曰創意遣詞皆不相師故其讀春秋也如未嘗有
詩云云竊謂此所謂入簷蔔之林不齅餘香者當其讀時
學時先須具此意識以專取之既造微有得然後更從而
之他如曹阮陶謝鮑杜韓蘇黃諸家一一用功實見各開
門戶獨有千古者方有得力處。否則優孟笑啼皆僞也。
古人得法帖數行專精學之便足名家歐公得舊本韓文
終身學之此即宗杲寸鐵殺人之恉孟子謂深造之以道

欲其自得之也資深居安則取之左右逢其源古人之進德修業未有不如此者也右軍云使寡人耽之若此未必謝之

先大夫曰何屺瞻姚南青皆坐此病

讀萬卷書又深解古人文法而其氣懦弱其辭平緩無奇者陸士衡是也豈眞患才之多與抑人之得天者固各有所限也如荀子義理本領豈不足而文乃不如李斯故知詩文雖貴本領義理。而其工妙又別有能事在。

知此則必非思積而滿無待强索矣是前所言特門面語耳

凡學詩之法一曰創意艱苦避凡俗淺近習熟迂腐常談凡人意中所有二曰造言其忌避亦同創意及常人筆下皆同者必別造一番言語卻又非以艱深文淺陋。大約皆

章法謂通篇布置此所言則是其中提頓之一二筆耳

刻意求與古人遠三曰選字必避舊熟亦不可僻。以謝鮑爲法用字必典用典又避熟典須換生又虛字不可隨手輕用。須老而古法四曰隸事避陳言須如韓公翻新用五曰文法以斷爲貴。逆攝突起。峥嶸飛動倒挽。不許一筆平順挨接。入不言。出不辭。離合虛實參差伸縮。六曰章法章法有見於起處有見於中間有見於末收或以二句頓上起下或以二句横截然此皆粗淺之迹如大謝如此若漢魏陶公上及風騷無不變化入妙不可執著鮑及小謝若有若無閒有之亦甚短淺然自成章齊梁以下有句無章迨於杜韓乃以史漢爲之幾與六經同工歐蘇黄王章法

尤顯此所以爲復古也

朱子論文忌意凡思緩（歐六一居士傳）　輭弱　沒緊要

不子細

辭意一直無餘　浮淺　不穩　絮（說理要精細卻不要絮）

巧（東坡時巧傷巧）　昧晦（荊公子固）　不足（歐公）　輕

薄（南豐改后山冗文一事可思）　愚謂此雖論文皆可通之

於詩

文字精深在法與意。華妙在興象與詞。

漢魏阮公陶公杜韓皆全是自道己意而筆力強文法妙

言皆有本尋其意緒皆一綫明白有歸宿令人了然其餘

名家多不免客氣假象並非從自家胸臆性眞流出如醴陵雜擬陸士衡等擬古吾不知其何爲而作也惟大家學有本源故說自己本分話雖一滴一勺一卷一撮皆足見其本孟子所謂容光水瀾也如是方合於興觀羣怨六義之旨

古人詩文無不通篇一意到底者此是微言須深思玄悟毋忽

屈子之詞與意已爲昔人用熟至今日皆成陳言故選體詩不可再學當懸以爲戒無知學究盜襲全集自以爲古意令人憎厭故貴必有以易之令見自家面目否則人人

此有妙悟

可用處處可移此杜韓蘇黄所以不肯隨人作計必自成一家誠百世師也大約古人讀書深胸襟高皆各有自家英旨而非徒取諸人夫屈子幾於經淺者昧其道而襲其辭安得不取憎於人朱子論柳宗元對天問以爲學未聞道而誇多衒巧之意猶有雜乎其閒柳此文乃以正屈子者而猶然况不及柳者乎

屈子杜公時出見道語經濟語然惟於旁見側出忽然露出乃妙若實用於正面則似傳注語錄而腐矣或即古人指點或即事指點或即物指點愈不倫不類愈見妙遠不測苦語亦然不宜自己正述恐失之卑儉寒乞若説則索

興說之須是悲壯蒼涼沈痛令人感動心脾如奉先述懷等作

固貴立意然古人只似帶出似借指點或借證明而措語又必新警從無正衔實說此當於十九首漢魏阮公求之若袁宏咏史謇滯吃吶叔夜贈二郭鋪陳平鈍皆無足取今世詩人咏懷擬古祇解辦此而已

但從詩作詩而詩外無餘境道理則祇成爲詩人而已古人所以必言之有物自己有眞懷抱故曰乃知君子心用才文章境又曰詩罷地有餘篇中發淸省又曰高懷見物理詩家一標準情詩近道要識子用心苦情窮造化理學

詩必相題此謬說也詩成而後有題非立題以求詩也詩源於風雅三百篇曷嘗則有題目耶

貫天人際。若但從古人句格詩求而不得其用意并落窠臼卽成模擬形似或能造眞理詩外有餘境矣。而才力不雄句法不妙不快人意。又成鈍根。

意已經前人說過切忌襲用或借作證或借指點作慨歎如魏武帝用微子東山詩劉越石用太公諸人而自己行文以驅使之則可

凡作文與詩有一題本分所當有者有作家自己才學識襟抱之所有者旣自家有才有學識又必深有得於古人眞傳一脉方爲作者若僅於詞足盡題。奚有異觀

用意高深用法高深而字句不典不古不堅老仍不能脫

凡近淺俗故字句亦爲文家一大事。不知用意則淺近不知用法則板俗不知選字造語則滑熟平易

字句文法雖詩文末事而欲求精其學非先於此實下功夫不得此古人不傳之秘謝鮑韓黃屢以詔人但淺人不察耳

韓公云爲古文豈獨取其句讀不類於今者耶。思古人而不得見。學古道則欲兼通其辭，通其辭者本志乎古道者也。公之意以辭爲筌蹄世論公爲因文見道。觀此則公實因道求文而併得其文焉。顧求句讀不類於今非學文之

本而已爲三昧秘密田饒曰雞有五德而君猶瀹而食之以其所從來近也今欲學詩文當審斯二義

薑塢先生曰字句章法文之淺者然神氣體勢皆因之而見又曰凡文字貴持重不可太近颯灑恐流於輕便快利之習故文字輕便快利便不入古纔說仙才便有此病太白東坡皆有此患按此皆精識造微之論

又曰宋以後不講句字之奇是一大病余謂獨南豐講之而世人不之知嘗論南豐字句極奇而少鼓蕩之氣又篇法少變換斷斬逆折頓挫無兀傲起落故不及杜韓大約南豐學陶謝鮑韓工夫到地其失在不放一字一句有有

車之用無無車之用然以句格求之則其至者直與陶謝鮑韓並有千古其次者亦非宋以來詩家所夢及惜乎世罕傳誦遂令玄文處幽不得與六一介甫山谷並耀豈其文盛而詩晦亦有命存耶公自言但取當時能託意不論何代有知音公固不以世俗之知槩其曠遠之高致矣

朱子曰韓子爲文雖以力去陳言爲務而又必以文從字順各識其職爲貴此言乃指出文章利害旨要深趣貫精粗而不二者矣淺俗之輩指前相襲一題至前一種鄙淺凡近公家作料之意與辭充塞胸中喉吻筆端任意支給雅俗莫辨頃刻可以成章全不知有所謂格律品藻之說

迷悶迎拒之艱萬手雷同爲傖俗可鄙爲浮淺無物爲粗獷可賤爲纖巧可憎爲凡近無奇爲滑易不留爲平順寡要爲遣詞散漫無警爲用意膚泛無當凡此皆不知去陳言之病也又有一種浮淺俗士未嘗深究古人文律貫序無統僻晦翳昧顛倒脫節尋其意緒不得明了或輕重失類或急突無序或比儗不倫或疏密離合浮切不分調乖聲啞或思不周到或事義多漏或贅疣否隔爲駢拇枝指或下字懦又不切不確不典凡此皆爲不知文從字順各識其職之病

祇是一熟字不用以避陳言然卻不是求僻乃是博觀而

選用之。非可以餖飣外鑠也。至於興寄用意尤忌熟亦非
外鑠客氣假象所能辨若中無所有向他人借口衹開口
便被識者所笑二者既得又須實下深苦功夫精思審辨
古人行文用筆章法音響之變化同異而眞知之須使後
世讀其言服其工妙而又考其人論其世皆本其平生性
情行事而載之乃能不朽
以新意淸詞易陳言熟意惟明遠退之最嚴政如顏公變
右軍書爲古今一大界限所謂詞必已出不隨人作計後
來白石山谷又重申厲禁無如世人若罔聞知只坐辭熟
轉晦意新而況意又未新邪然纔洗此病又入魔道如近

人某某隨口率意盪滅典則風行流傳使風雅之道幾於斷絕而後一二賡古者起而與之相持而才又不能敵之古今道德文章不出此二界而眞統恆虛無人焉

以謝鮑韓黃深苦爲則凡漢魏六代三唐之熟境熟意熟詞熟字熟調熟貌皆陳言不可用非但此也須知六經亦陳言不可襲用。如用之則必使入妙。

能多讀書隸事有所迎拒方能去陳出新入妙否則雖亦典切而拘拘本事無意外之奇望而知爲中不足而求助於外非熟則僻多不當行姬傳先生云阮亭四法一典字中有古體之典有近體絕句之典近體絕句之典必不可

入古詩其遠諧則三字亦然可知非博必不能典
韓黃之學古人皆求與之遠故欲離而去之以自立明以
來詩家皆求與古人似所以多成剽襲滑熟
求與古人似必求與俗人遠若不先與俗人遠則求似古
人亦不可得矣
姜白石擺落一切冥心獨造能如此陳意陳言固去矣又
恐字句率滑開傖荒一派必須以謝鮑韓黃爲之圭臬於
選字隸事必典必切必有來歷如此固免於白腹杜撰矣
又恐擣撦稗販平常習熟濫惡則終於大雅無能悟入又
必須如謝鮑之取生韓公之翻新乃始眞解去陳言耳

好用虛字承遞此宋後時文體最易輭弱須橫空盤硬中閒攙落斷翦多少輭弱詞意自然高古此惟杜韓二公爲然其用虛字必用之於逆折倒找令人莫測須於三百篇及杜韓用虛字處加意研揣

謝鮑杜韓其於閒字語助看似不經意實則無不堅確老重成鍊者無一懦字率字便文漫下者此雖一小事而最爲一大法門苟不悟此終不成作家然卻非雕飾細巧只是穩重老辣耳如太白豈非作祖不二大機大用全備世人不得其深苦之意及文法用筆之險作用之妙而但襲其詞率成滑易此原不足爲太白病但末流不可處處要當

此等植霸說杜韓諸大家議論多矣此亦俗說

戒之太白之後眞知太白惟有歐陽公其言太白用意用筆之險曰迴視蜀道如平川此語可謂眞能學太白矣

欲成面目全在字句音節尤在性情使人千載下如相接對

作詩切忌議論此最易近腐近絮近學究

敍述情景須得畫意爲最上乘

李太白言他人之語爲春無草木山無煙霞可悟西崑諸公之句卽洞山禪所云十成死句也郭景純云林無靜樹川無停流嵇中散云手揮五絃目送飛鴻此皆所謂一喝不作一喝用也可悟死句之無味然專講之又恐纖佻爲

用事忌出一書豈見精妙但兩句不可同意耳

鍾譚惡習

用事忌出一處一書如旣本昔人陳意事詞又出一處此最不可姑舉某詩某句以荆凡對臧穀爲例

薑塢先生曰大凡文字援据雖有詳略然必具見端末余謂作詩無援据之事而必有序題大凡變化恣肆文法高古超妙入神全在此一事上講求

又曰昌黎於作序原由能簡潔而文法硬札高古余以此言移之於詩如杜公陶謝皆然而漢魏阮公尤錯綜變化不見迹及尋其意緒又莫不有歸宿每見小才說一事非平鋪挨敘冗絮可憎卽缺略無頭緒尋其意脈不得明了

此未盡然

凡正發議正用事而又冗衍無不墮陳腐學究無味鈍根者然解用吾說而誠不立功不深亦徒粗獷傖氣言者心聲未可強而能也

古人之妙有著議論者則石破天驚有不著議論盡得風流者然此二派皆有流病非眞有得者不知其故

以議論起易入陳腐散漫輕滑以序事起忌平鋪直衍冗絮迂緩此惟謝鮑山谷最工前人謂小謝工於發端乃是一格耳未足蔽一切法也惟杜公崢嶸飛動之勢遂爲古今第一妙象然專學之又有病惟眞好學深思者辨之

潛堂評

讀古人詩文當須賞其筆勢健拔雄快處文法高古渾邁

荀子國語自是文之一體謂爲委靡繁絮亦過

處詞氣抑揚頓挫處轉換用力處精神非常處淸眞動人處運掉簡省筆力嶄絕處章法深妙不可測識處又須賞其興象逼眞處或疾雷怒濤或淒風苦雨或麗日春敷或秋淸皎潔或玉佩瓊琚或欐椮寂寥凡天地四時萬物之情狀可悲可泣一涉其筆如見目前而工拙高下又存乎其文法之妙至於義理淵深處則在乎其人之所學所志所造所養矣　文字忌語雜氣輕旣無根柢又無功力尙不能深淸雅潔無論奇偉

文字要奇偉有精采有英氣奇氣荀子國語皆委靡繁絮不能振起此亦非關世盛世衰如變風變雅離騷豈非衰

世之文而戰國楚漢尤爲亂世其文奇偉亘古莫及但奇偉出之自然乃妙若有意如此又入於客氣矜張僞體假象此存乎其人讀書深志氣偉耳若專學詩文不去讀聖賢書培養本源終費力不長進如韓公便是百世師

朱子論孟子說義理精細明白活潑潑地荀子說了許多令人對之如吃糙米飯又論作文不可如禿筆寫字全無鋒刃可觀愚謂作詩文雖有本領而如吃糙米飯如禿筆寫字皆無取昔人議聖教序爲板俗今如某公之文某公之詩便是如此雖亦有本領不得古人行文之妙則皆無當於作者故本領固最要而文法高妙别有能事

先大夫曰歐公時或傷易介甫堅峭亢岸不得以流易亡之

朱子曰行文要緊健有氣勢鋒刃快利忌軟弱寬緩按此宋歐蘇曾王皆能之然嫌太流易不如漢唐人厚重然卻又非鍊局減字法眞知文者自解之以詩言之東坡則是氣勢緊健鋒刃快利但失之流易不厚重以此不及杜韓在彼自得超妙而陋才崽士以猥庸才識學之則但得其流易之失矣

氣勢之說如所云筆所未到氣已吞高屋建瓴懸河洩海此蘇氏所擅場但嫌太盡一往無餘故當濟以頓挫之法頓挫之說如所云有往必收無垂不縮將軍欲以巧服人盤馬彎弓惜不發此惟杜韓最絕太史公之文如此六經

周秦皆如此

固須是用杜公混茫飛動氣勢爲上然纔有一步滑即散漫

觀於人身及萬物動植皆全是氣所鼓蕩氣纔絶即腐敗臭惡不可近詩文亦然

又有一種器物有形無氣雖亦供世用而不可以例詩文

詩文者生氣也若滿紙如翦綵雕刻無生氣乃應試館閣體耳於作家無分

氣之精者爲神必至能神方能不朽而衣被後世彼僞者非氣骨輕浮即腐敗臭穢而無靈氣者也

用筆之妙翩若驚鴻宛若遊龍如百尺游絲宛轉如落花迴風將飛更舞終不遽落如慶雲在霄舒展不定此惟十九首阮公漢魏諸賢最妙於此若太史公史記年月表序尤妙莊子則更滅其迹杜公奉先述懷一起語勢浩然凡十層十四換筆何減史遷莊子齊物論起數節尤入化漢魏之人無不飛行絕迹精深超妙奇恣變化蕩漾不可執著然自厚重不佻纖一講馳驟而不會古人深妙則入於麤獷僞俗

固是要厚重然卻非段落板滯一片承遞無變化法妙者

山谷學杜韓一字一步不敢滑而於中又具參差章法變

化之妙以此類推可悟詩家取法之意孫過庭論書法遲疾可參悟

薑塢先生曰文字最忌低頭說話。余謂大抵有一兩行五六句平衍騃說即非古如賈生文句句逆接橫接杜詩亦然韓公詩間有順敘者文則無一挨筆

行文必有奇棱必有正汁卻不許挨衍

題之正面只宜指點帶出不宜縈衍

題面題緒作恉歸宿必交代清楚又忌太分明此是一大事作者與庸手凡俗所由判霄壤也譬名手作畫無不交代谿徑道路明白者然既要清楚交代又不許挨順平鋪

雅頌隱有平鋪直敘者

直者氣也詩不宜直

直敘騃蹇冗絮緩弱漢魏人大抵皆草蛇灰線神化不測不令人見苟尋繹而通之無不血脈貫注生氣天成如鑄不容分毫移動昔人譬之無縫天衣又曰美人細意熨貼平裁縫滅盡針線迹此非解讀六經及秦漢人文法不能悟入試取詩書及大學中庸經傳沉潛玩味自當有解悟處

亦有平鋪直賦而其氣體自高峻不可及如雅頌諸作豈必草蛇灰線之引脈乎秦風小戎典制閨情並舉而不相害可以識古人之體例大約古人之文無不是直底後人都要曲曲則不能雄但非直率無運轉耳讀小戎詩可識

此乃時代關繫李斯尤近古耳

横空盤硬拉雜造刱之法

古人文法之妙一言以蔽之曰語不接而意接。血脈貫續詞語高簡六經之文皆是也俗人接則平順駢蹇不接則直是不通韓公曰口前截斷第二句太白云雲台閣道連窈冥須於此會之

詩文以瓌怪瑋麗爲奇然非粗獷傖俗客氣矜張餖飣句字而氣骨輕浮者可貌襲也薑塢先生曰柳州論鍾乳書從李斯逐客書來然如中段設采奇麗處李則隨意揮斥不露圭角而葩豔陸離柳則似有意搜用怪奇費氣力模擬而筋骨呈露愚謂學者可即此意尋之當有悟入處又

如韓蘇石鼓自然奇偉而吳淵穎觀秦丞相斯嶧山刻石墨本碑則爲有意搜用字料而傖俗飣餖氣骨輕浮至錢牧翁西嶽華山碑益爲無取

詩以豪宕奇恣爲貴此惟李杜韓蘇四公有之前此則惟漢魏曹阮陶公孔北海劉越石數賢而已謝鮑已不能然。

讀古人詩須觀其氣韻氣者氣味也韻者態度風致也如對名花其可愛處必在形色之外氣韻分雅俗意象分大小高下筆勢分强弱而古人妙處十得六七矣

詩文第一筆力要强蘆塢先生評韓公紀夢詩曰以崚嶒倔偶之筆敘狀情事亦詩家所未有愚謂韓公筆力無非

既知此篇難解又欲即此以求皆欺人語

崚嶒健倔學者姑即此一篇求之如眞有解悟定自得力

此詩頗難解不得其眞詮則引人入菩薩假象

薑塢先生曰文法要莽蒼硬札高古

又曰文須有入不言兮出不辭之意余謂又須知精氣入而粗穢除否則入不言出不辭恐成孟浪粗莽

用意高妙與象高妙文法高妙而非深解古人則不得

大約古文及書畫詩四者之理一也其用法取境亦一氣骨間架體勢之外別有不可思議之妙凡古人所爲品藻此四者之語可聚觀而通證之也

凡詩文書畫以精神爲主精神者氣之華也

有章法無氣則成死形木偶有氣無章法則成粗俗莽夫大約詩文以氣脈爲上氣所以行也脈絡章法而隱焉者也章法形骸也脈所以細束形骸者也章法在外可見脈不可見氣脈之精妙是爲神至矣俗人先無句進次無章法進次無氣數百年不得一作者其在茲乎

以杜韓爲之歸則足以盡習之論六經之語而無不包矣

韓公畫記云非一工人之所能運思蓋聚集衆工人之長耳此語可見古人爲學功力甚深研求勤久苦心深詣萬水千山而後造之非易易也周櫟園因王右軍歷從人學書謂古人成一藝亦必腳下行數千里路目中見古人手

筆乃始成名今人習一師之言不出鄉里而執一己之見遂以自大此河伯夜郎之智也

曹子建稱過庭皆曰家有南威之容乃可論於淑媛有龍泉之利然後議於斷割以此意求之如退之子厚習之明允之論文杜公之論詩殆若孔孟曾思程朱之講道說經乃可謂以般若說般若者矣其餘則不過知解宗徒其所自造則未也如陸士衡劉彥和鍾仲偉司空表聖皆是旣非身有則其言或出於揣摩不免空華目翳往往未諦若夫宋以來詩話諸書指陳偏陂雅俗雜糅任意抑揚是非倒置由己本未深諳精解也

王厚齋云蘇子由評品文章至佳者輒云不帶聲色何義門云不帶聲色則有得於經矣愚謂此二說有得有失須善參之否則徒高無當如唐書論韓休之文如太羹玄酒有典則而薄滋味竊謂經者道之腴也其味無窮何止但有典則矧經亦自有極其聲色者在也王何皆非深於文事者皮傳之論耳

歷城周編修書昌論文章有所法而後能有所變而後大世人坐先不能真信好古不知其深妙而思取法惟以面目相襲浮淺雷同何況於變王禹卿論書曰勤於力者不能知精於知者不能至此二語亦名言也朱子曰李杜韓

柳亦學選詩然杜韓變多柳李變少以朱子之言推之蘇黃承李杜韓之後而又能變李杜韓故意離而去之所以爲自立也自此以外千餘年詩家除大歷長慶温李西崑諸小乘荊記不論其餘名家無不爲杜李韓蘇黃五家嗣法派者至於漢魏阮陶謝鮑皆成絕響故後世詩人只可謂之學李杜韓蘇黃而不能變不可謂能變選詩也如放翁之於坡青邱之於太白空同之於少陵是也

姚姬傳先生嘗教樹曰大凡初學詩文必先知古人迷悶難似否則其人必終於此事無望矣先生之教但言求合之難如此矧其變也蓋合可言也變不可言也近世有一

二庸妄鉅子未嘗至合而輒矜求變其所以爲變但糅以市井諧諢優伶科白童孺婦媼淺鄙凡近惡劣之言而濟之以雜博餖飣故事蕩滅典則欺誣後生遂令古法全亡大雅殄絶則又不如且求合之爲猶存古法也

漢魏曹阮杜韓非但陳義高深意脈明白而又無不文法高古硬札其起處雄闊劈頭湧來不可端倪其接處橫絶恣肆變化忽來忽止不可執著所以爲雄康樂似犯駢蹇滯病而實則經營苦思凝厚頓折深不可測高不可及

子建阮公皆雄渾高古而阮公精神文法蟠空恣肆神化無方尤奇子建莊重直似六經阮公似史遷莊子

陶公不但清深方殆未悟

薑塢先生曰公幹緊而狹仲宣局面闊大

陶公別是一種自然淸深去三百篇未遠

謝公厚重沈深明遠雖俊逸獨出似猶遜之

大約陶阮諸公皆不自學詩來惟鮑謝始有意作詩耳

惟陶公則全是胸臆自流出不學人而自成無意爲詩而已至東坡亦如是固是天生不再之賢雖杜韓猶是先學人而後自成家如杜同谷七歌從胡笳十八拍來韓南山詩從京都賦來

鮑謝作詩用力勤苦如彼今居然可見

段落明白始於東漢如班叔皮王命論等作昔賢以此爲文意之衰

然詩猶未爾如十九首及孔北海曹氏父子劉阮陶公劉琨皆魏晉人作而高古如彼不特此也如謝鮑之參差猶存古法但短淺耳俗士尙不解鮑謝何况漢魏之天衣無縫者耶

詩文須神氣渾涵不露圭角漢魏以下惟陶公能爾大謝以人巧肖天工已自遜之是根本不逮然猶自渾厚子建渾邁猶是漢人阮公高邁亦以去漢未遠也

謝鮑根本雖不深然皆自見眞不作客氣假象此所以能爲一大宗後來如宋代山谷放翁時不免客氣假象而放翁尤多至明代空同輩則全是客氣假象

昔休文以子建函京仲宣灞岸子荆零雨正長朔風並稱薑塢先生云此沈所云以音律調韻取高前式者也又云古人賞好去取之旨亦所未喻余按仲宣灞岸誠爲冠古獨步函京篇非子建極作而高深嚴重故非凡子所及正長朔風原本風雅韻律似十九首然無甚警妙若子荆零雨非所知也姚先生云子荆以喪妻而歸故其詞云爾余謂即如是而篇中無一言交代明白三命千句與起處詞意不相貫接何足取乎

薑塢先生云士衡擬古蒙所未喻其於前人章句想倍誦有餘何嘗詣深妙也往時錢受之詆李何諸人形模漢魏

不可一概而論

而舉陸十二首爲善學古人其徒馮班復云士衡十九首如捕龍蛇搏虎豹急與之角而力不暇一師一弟卒皆盲語瞎贊愚謂錢馮所論誠如姚所譏竊謂醴陵三十首眞可謂捕龍蛇搏虎豹急與之角而力不暇者矣然實亦無謂非特此也凡後人作詩其題有所謂擬古者皆吾所不知也擬古而自有託意如曹氏父子用樂府題而自敍述時事自是一體太白古風曲江感遇自述懷抱同於咏史亦可也擬古而自無所託意特文人自多其能導人以作僞詩而已東坡和陶雖自有題亦覺無味殆與士衡同一才多之患耶

淵明擬古是用古人格作自家詩

景純游仙本屈子遠游之旨而撮其意遂成此製鍾記室云游仙之作辭多慷慨乖遠玄宗而云奈何虎豹資又云戢翼棲榛梗（按此篇昭明未選）乃是坎壈咏懷非列仙之趣也李善云文多自敘雖志狹中區而辭多俗累見非前識有以哉何義門云景純之游仙即屈子之遠游也章句之士何足以知之余謂屈子以時俗迫阨沈濁汙穢不足與語託言己欲輕舉遠游脫屣人羣而求與古眞人爲侶乃夷齊西山之歌小雅病俗之旨孔子浮海之志非眞欲服食求長生也至其所陳道要司馬相如大人賦且不能至何論

景純用意正自深遠

景純若景純此詩正道其本事鍾李乃譏之誤也義門更失之矣

謝宣遠子房詩鋪陳典贍當時以爲冠此特應制好手耳以康樂逖祖德比之則氣格之高峻文詞之雄傑章法之深曲皆非宣遠所及矣然康樂此詩余亦不取以其意稍矜夸過量也

懽虞之詞難工如小謝所處之境本無甚逆因欲寄雅懷於詩特地尋出懷歸無宦情及別離等意以作詩本其實口中不要富貴而身戀之不舍朝雨之篇自供結狀豈能如陶公之至性恬淡懷抱如洗也又其於君臣之際經世

之志汎汎若浮苴漂木太無情愫故鮑及小謝除寫景之外無一語能動人但其情文併合氣韻芳藹不愧大雅其餘諸人又併鮑謝這點識本家貲俱無但向句法模擬汎泊嗷嗷於作家風旨益渺然矣

叔夜贈二郭詩陳義甚高然文平事繁以詩論之無可取則以比劉太尉贈盧諶居然有靈蠢之殊吾嘗論古人雅言入今人則皆爲陳言如叔夜此詩是已阮公諸篇全是此恉而筆勢飛動文法高妙勝叔夜遠矣故知詩文別有能事在不關義理也

贈婦詩如秦嘉可也陸士龍乃爲他人作之是亦不可以

已乎

張曲江以風雅之道興寄爲上故一篇一咏莫非興寄此意是矣然僻者爲之則又入於空泛捕風捉影似是而非夫六義風雅頌賦比興兼之奈何獨主風與興二端乎大約天下義理及古今載籍文字惟變所適無所不備但用各有當耳不能觀其會通而偏提一端即爲病痛知味者鮮所以末流多歧也

邱壑萬狀。惟有杜公。古今一人而已。

韓公縱橫變化若不及杜公而邱壑亦多蓋是特地變不欲似杜非不能也坡公亦縱橫變化邱壑亦多山谷之似

晉謂南山不及北征甚遠以其氣不遠也

杜韓在句格至縱橫變化則無之

王厚齋曰李義山謂昌黎文若元氣荊公謂少陵詩與元氣侔以元氣論詩文又非奇偉精采云云所可盡

北征南山體格不侔昔人評論以爲南山可不作者滯論也論詩文政不當如此比較南山蓋以京都賦體而移之於詩也北征是小雅九章之比

讀北征南山可得滿象並可悟元氣

昔人論李北海六公詩以爲莊麗警拔感憤而作氣激於中而橫發於外今此詩不傳於世吾以爲如杜公八哀嚴武李邕二篇以此意求之亦可得其概也劉琨贈盧諶亦

可見謝鮑無之小謝還都寄西府同僚具此概

漢魏阮公陶公皆出之自然天成惟大謝以人巧奪天工

太白文法全同漢魏渾化不可測杜韓短篇皆然惟五言

長篇不免有傷多之病△而氣脈筆勢壯闊亦非漢魏人所

能及

唐之名家皆從漢魏六代人出杜韓更遠溯經騷宋以後

人皆止於唐惟蘇公自我作祖一切離而去之然使人於

古人深苦奥密之旨遂不復聞亦公之故也

薑塢先生曰筆瘦多奇然自是小如穀梁孟郊詩是也大

家不然

山谷豈二人之比

孟東野出於鮑明遠以園中秋散等篇觀之可見但東野思深而才小篇幅枯隘氣促節短苦多而甘少耳

東野山谷白石皆嫌太露圭角

韋公之學陶多得其興象秀傑之句而其中無物也譬如空華禪悅而已故阮亭獨喜之陶公豈僅如是而已哉

東坡下筆擺脫一切空諸依傍直是前無古人後無來者所以能爲一大宗然滑易之病末流不可處故今須以韓黄蘗之放翁多客氣假象自家卻有面目然不能出坡境界

東坡石鼓飛動奇縱有不可一世之概故自佳然似有意

便才便事皆不足爲累此謬論也

后山豈可謂之鈍拙

便才又貪便事不及韓氣體肅穆沉重海峰謂蘇勝韓非篤論也以余較之坡石鼓不如韓韓石鼓又不如杜李潮八分小篆歌文法縱橫高古奇妙要之此三詩更古今天壤如華嶽三峰矣至義山韓碑前輩謂足匹韓愚謂此詩雖句法雄傑而氣窒勢平所以然者韓深於古文義山僅以駢儷體作用之但加精鍊琢造句法老成已耳

南渡以後宂長纖瑣姜白石自敘獨主於擺落一切冥心獨造此與山谷同指今觀其詩誠不負所言然間有近快利輕便之病此自宋人習氣時代使然如昔游詩如飛鵝車礮四語已開俗派須分別之以爲戒然較之陳后山之

鈍拙則才氣縱橫跌宕崢嶸飛動相去遠矣蓋幾與東坡相近惜篇什不富不能開宗耳

山谷不能出杜境界卻有自家面目

宋元明以來有一等詩家如西游記傳奇所說諸色妖魔竊取眞仙寶貝一二件自據一山洞作狡獪尋常兵力頗難收伏而終非上眞正道其寶貝之來歷作用源頭彼皆不足以知之如阮公咏懷太冲咏史景純游仙陶公田園康樂山水太白仙酒杜公忠主憫時皆爲妖魔所竊而其眞用皆不存也非但詩也文字亦然道德政事亦然

薑塢先生云空同五言多學大謝倣其形似略彼神明天

文選序只駢文耳陶傳亦不失爲雅潔植翁多妄評如此

先大夫曰亂雜無章六朝之失字句之奇則後人所無歸氏不能爲八代語蓋弁其字句之

韻旣非則句格皆失研矣余謂昧其作用而强學其句格如王朗之學華歆在形骸之外去之所以更遠王介甫月映林塘澹僅一句與象便自謂相似何足以知大謝眞所謂見驥一毛安能窺其神駿

昭明文選序平鈍卑庸如彼令人憎賤歸熙甫自言不能爲八代語斯言眞韓徒哉陶淵明傳眞所謂亂雜無章此雖指文言之而詩亦多如此

阮亭標舉神韻固爲雅音然亦由才氣局拘不能包羅故不喜中州集此杜公所譏未掣鯨魚碧海中者也

阮亭多料語不免向人借口隸事殊多不切所取情景語

奇而棄之韓徒不爾

亦妄說

家多與題之所指人地時物不相應既乏性情不關痛癢即是陳言以自名家亦可以爲足與古今文事則未也

阮亭竹垞多用料語襯貼門面膚濫不精苟以衒博而已乍看已無過人處入而索之了無眞情勝概所謂使君肥如瓠而內實粗者也大約其用心浮淺氣骨實輕學者且從謝鮑韓三家深苦用功久之自見

作詩必用本題故典及字句作料乃是鈍根王阮亭乃一生不悟

阮亭用事多出餖飣與讀書有得溢出爲奇者迥不侔玩李杜韓蘇所讀之書博贍精熟故其使事取字密切贍給

海峰詩學并未深造時多

如數家珍今人未嘗讀一書而徒恃販買餖飣故多不切不確切矣確矣往往又蓍蒫不合躋山谷不免此病

近代眞知詩文無如鄉先輩劉海峰姚薑塢惜抱三先生者薑塢所論極超詣深微可謂得三昧眞詮直與古作者通魂授意但其所自造猶是凡響塵境惜翁才不逮海峰故其奇恣縱橫鋒刃雄健皆不能及而清深諧則無客氣假象能造古人之室而得其潔韻眞意轉在海峰之上海峰能得古人超妙但本源不深徒恃才敏輕心以掉速化剿襲不免有詩無人故不能成家開宗衣被百世也

海峰才自高筆勢縱橫闊大取意取境無不雅吾鄉前後

裁翦之句所評仍未允惜抱勝之遠矣

諸賢無一能望其項背誠不世之才然其情不能令人感動寫景不能變易人耳目陳義不深而多詖激此由其本源不深意識浮虛而其詞又習熟滑易多襲古人形貌古人皆甘苦並見海峰但有甘而無苦由其才高亦性情之爲也

詩文以避熟創造爲奇而海峰不免太似古人以海峰之才而更能苦思創造豈近世諸詩家可及哉愚嘗論方劉姚三家各得才學識之一望溪之學海峰之才惜翁之識使能合之則直與韓歐並轡矣

海峰才勝阮亭而功力不及阮亭頗有功力但自處大歷

妄說無理如此則古人不可學矣

海峰即如此

作者之論如此而其說詩

不敢一窺李杜韓無論經騷矣此是阮亭自量才分其識又勝於不量力者故亦足名家

學古而眞有得即有敗筆必不違倍於大雅其本不二也嘗見後世詩文家亦頗有似古人處而其他篇或一篇中忽又入於極凡近卑陋語則其人心中於古人必無眞知眞好故不能眞見雅俗之辨譬如王謝子弟雖遭顛沛造次決不作市井乞兒相以此推之則海峰之全似古人而無不雅者政不易到蓋其本領已同于古但未及變耳以古文言之震川無不雅荆川則時露凡俗其餘更不足譏

錢牧齋極服王簡棲頭陁寺碑故其作詩多用禪典最俗

而可憎厭其病亦沿於東坡而源於輞川王爲釋氏作文不得不爾非以概施之也

閻百詩於文章之事無與然其言有精當可取者如云古文宜本色而牧齋則點染矣宜單行而牧齋則排偶矣此言亦可通之於詩詩可以點染排偶矣然循而爲之則入卑俗

古人詩格詩境無不備矣若不能自開一境便與古人全似亦只是牀上安牀屋上架屋耳空同是也

嘗論唐宋以前詩人雖亦學人無不各自成家彼雖多見古人變態風格然不屑向他人借口爲客氣假象近人乃

則郊引禪宗何也

古文何嘗不要點染排偶但須貫透過一層耳否則如桐城派之清弱而未及曾文正之雄傑矣但閻說自好

詩文無不假助於人者及

其深造自得則化矣法而後能變而後大乃是名言植之此等皆妄說

有不克自立已無所有而假助於人於是不但偷意偷境又且偷句欲求本作者面目了無所見直同穿窬之醜也韓公樊宗師銘言文可以移之論詩

大約眞學者則能見古人之不可到如龍蛇之不可搏天路險艱之不可升迷悶畏苦欲罷不能竭力卓爾否則無不以古人易與動筆卽擬自以爲似究之只是捋撦法耳優孟法耳試執優伶而問以所演扮之古人其志意懷抱與夫才情因宜時發適變而不可執之故豈有及哉

大約俗士不解傾心勝流爲之刮目者上也反之而無德者眩有德者厭下也

大約學人好爲高論而不求眞知盡客氣也
聖人論學曰博學審問愼思明辨辨之不明則已無由識
眞古人不感其知已後人不享其教思愚無所知而於論
學論文好刻酷求眞語無隱賸偶出示人皆嫌憎之以爲
不當詆訐前賢或又以爲詞氣激直不能淵雅失儒者氣
象是皆藥石矣然思惟求保一已美善之名而無公天下
開來學之切意含糊顢頇使至理不明歷觀孔孟程朱之
言無是也韓歐蘇黃之言無是也君子取人貴恕及論學
術則不得不嚴大聲疾呼人猶不應況於騎牆兩可輕行
浮彈以掣鯨魚褎衣博帶以赴敵場菖陽甘草以救沈寒

火熱之疾乎

潛邱言講學問經濟隨地可以及物詩不中用此言可警心韓公所以言餘事作詩人也

昭昧詹言卷一終

昭昧詹言卷二

桐城方東樹

漢魏

五言詩以漢魏爲宗用意古厚氣體高渾蓋去三百篇未遠雖不必盡賢人君子之辭而措意立言未乖風雅惟其興寄遙深文法高妙後人不能盡識往往昧其本解而徒摭其句格面目遞相倣效遂成熟濫可厭李空同何大復輩且蔽於此況其他乎雖然嘗欲通其蔽以爲捧心學步者誠失矣而並西子邯鄲絕之非徒使正色絕響亦恐無以待天下豪傑之士即如李杜之於漢魏豈不升其堂嚌

此皆空說腐說

前人並無欲擬十九首等詩之議何苦乃作此說

其截而又發揮旁達益拓其疆宇平古今作者之心源本流通萬世而無閒亦在好學者之立志苦研耳方今且溯源於六經三百篇屈原宋玉之所爲而顧謂漢魏如天之絕人以升躋也不幾於因噎廢食歟

昔人稱漢魏詩曰天衣無縫又曰一字千金驚心動魄此二語最說得好今當即此二語深求而解悟其所以然自然有得力處唐書稱王昌齡詩緒密而思清此誠勝境然此只可對粗才爲說若漢魏文法高妙詎止此耶

古人各道其胸臆今人無其胸臆而強學其詞所以爲客氣假象漢魏最高而難知而其詞又學者所共習誦以易

以是知胸臆識見仍存乎學力不必過爲苛論也

解詩易誤能者不免三百篇中大半無確解也

襲之熟詞步難知之高境欲不爲客氣假象也得乎夫人亦孰不各有其胸臆而不學則卒皆凡鄙淺俗或嘗學矣而不深究古人文法之妙則其成詞又卒皆凡近淺劣有其胸臆又稍知文法而立志不純用功不深終不能求合古人而泯然離其迹也

漢魏詩陳義古用心厚文法高妙渾融變化奇恣雄俊用筆離合轉換深不可測古今學人多不識如顏延之沈休文之解阮公何多誤會亂道何況流俗

漢魏人用筆斷截離合倒裝逆轉參差變化一波三折空中轉換摶捖無一滯筆平順迂緩馱蹇謝鮑已不能知後

此乃風氣之殊不得以判優劣

來惟李杜韓蘇四家能盡其變勢

鮑俊逸生峭澀固奇警謝渾厚精融而不能如漢魏之豪宕縱恣飛動剽忽也

漢魏人如龍跳虎卧雄渾一氣觸手變化而歸於重厚。不似後人尙氣勢騁馳驟詞意筆勢或傷太盡轉致筋弛脈散通篇無含蓄留人處也

先人嘗教不肖毋輕學漢魏蓋誠知其難到恐未喻其深妙而出骨蒙皮如明何李輩所爲耳今不肖年長用力稍深漸有所悟然後知先人之言有至慈存焉

十九首須識其天衣無縫處一字千金驚心動魄處冷水

先大夫曰此以室思比君臣之疏閒也太白用浮雲蔽白日得其義矣

澆背卓然一驚處此皆昔人甘苦論定之言必眞解了證悟始得力

行行重行行　此只是室思之詩　起六句追述始別夾敘夾議道路二句頓挫斷住胡馬二句忽縱筆橫插。振起一篇奇警逆攝下遊子不返非徒設色也相去四句遙接起六句反承胡馬越鳥將行者頓斷然後再入已今日之思與始別相應棄捐二句換筆換意繞囘作收作自寬語見溫良貞淑與前衣帶句相應衣帶句如姚薑塢據穀梁傳解作優游意則是指行者連下二句作一意然無理無味如解作思君令人瘦意則爲居者自言逆取下浮雲句含下思君加餐文勢突兀奇縱　白日以喻游子雲蔽言不見照也興而比也班姬自悼賦曰白日忽已移光亦此意而温厚不迫與杜公在山泉水清同一用意用筆怨而不怒一則加餐一則倚竹眞是聖女性情凡六换筆换勢往復曲折古人作書有往必收無垂不縮翩若驚鴻矯若游龍以此求其文法卽以此通其詞意然後知所謂如無縫天衣者如是以其針線密不見段落截縫之迹也　此詩用筆用法精深細意如此亦非獨此一篇爲然凡漢魏人鮑謝杜韓無不精法自趙宋後文體詩盛一片說去信手拉雜如寫揭帖相似全不解古人順逆起伏頓斷轉换

先大夫曰此亦託寄遇合

離合奇正變化之妙矣舊解云首言行行行行遠也次言行行久也自起至越鳥八句言遠完上行行二字相去以下八句言久完下行行二字噫如此解詩而世方且信而傳之可歎也

青青河畔草　草與蕩子柳自比二句横作影案盈盈四句始言自己夾寫夾敘昔爲四句敘情歸宿用筆渾轉精融以詩而論用法用筆極佳而義乏興寄無可取

此詩以疊字爲奇凡三換勢何義門云倡樂閉之總章按總章見晉陽春秋

青青陵上柏　言人不如柏石之壽宜及時行樂驅車以

下衍承之遂極其筆力寫到至足處然今日已成陳言後人多擬學之無謂也

今日良宴會　起四句平敘令德四句倒裝豫攝通篇精神入化矣所謂高言曲眞者即上之新聲也即下人生六句也令德曲之情高言曲之文以求富貴爲令德高言憤詎已極而意若莊所以爲妙而布置章法更深曲不測言此心衆所同願但未明言耳今借令德高言以申之而所申乃如下所云云令人失笑而復感歎轉若有味乎其言也　此即申上青青陵上柏一篇而縹緲動盪憑虛幻出蜃樓海市奇不可測　莊子盜跖篇言不矯情傷生以求

起乃古詩常調

收別換一意作結并非慨歎

聲名富貴同此憒詭

西北有高樓　此言知音難遇而造境創言虛者實證之意象筆勢文法極奇可謂精深華妙△一起無端妙極五六句敘歌聲七八硬指實之以爲色澤波瀾是爲不測之妙清商四句頓挫於實中又實之更奇不惜二句乃是本意交代而反似從上文生出溢意其妙如此收句深致慨歎△郎韓公雙鳥詩調張籍乞與飛霞佩二句意也此等文法從莊子來支微齊佳灰爲一部於此可見不過言知音之難遇而造語造象奇妙如此

涉江采芙蓉　此詩節短而託意無窮古今同慨顧對涉

遠道卽指曹鄉蓋思歸之作也而善情甚爾

先大夫曰此憂亂之詩秋蟬以比高隱之士玄鳥以比去位之人傷己之不能自引而深藏也

廷說如此則磐石句何解

江而言之涉江舊鄉意用屈子言舊鄉莫予知故涉江而求知音求而多得終亦相與爲無所遺遠道卽指黃農虞夏也舊鄉本昔與遠道之人所同居今反遠而漫漫所以終老憂傷也

明月皎夜光　感時物之變而傷交道之不終所謂感而有思也後半奇麗從大東來初以起處不過卽時卽目以起興耳至南箕北斗句方知衆星句之妙古人文法意脈如此之密漢之孟冬今七月也秋蟬喻友之得志居高玄鳥與已失所下四句點明之虛名卽指箕斗牛之名寫時景耳而措語高妙

以數高節爲用賢邪說得通

此首蓋有深感後四句詞意深沉不是高妙

冉冉孤生竹　何義門曰孤竹是興兔絲是比余謂此詩節孔子沽玉待價孟子周霄問章之恉兔絲生有時二句言兩美宜合然古之人未嘗不欲仕又惡不由其道所謂高節也二句正言反對下文以頓斷之下千里二句乃縱言之思君二句交代晚而不遇本意爲一篇樞軸蕙蘭喻中之喻比而又比也四句又頓斷君亮二句逆挽會有宜結出高節收束通篇不言已執高節卻言君亮非不執高節棄賢不用者此等妙恉皆得屈子用意之所以然

迢迢牽牛星　此詩佳麗只陳別思恉意明白妙在收處四語不著論議而咏歎深致託意高妙鄭箋東病而西不報故不成章

此反言以喚爲情出不然詩人之志荒矣

此當與上爲一首則詞旨

迴車駕言邁　起二句縱斷悠悠句以比世運下縱蕩往復言之言邁涉長道言人生世進德修業無窮四顧十句言感草木而易老立身榮名分二意一老一死皆倒接此言人生不常忽與草木同盡疾没世而名不稱意恉極明白而氣體高妙語質而豪宕更勝妍辭麗色

東城高且長　局意與前篇相似但此云放志彼言立名相反不同十九首詩非一人所作故各有歸趣也迴風動地六句與東風搖百草各極其警動陶公飲酒第二三章亦如此

燕趙多佳人　斷爲另一首音響以下情詞警策遒緊

謔詭有趣且前首詞意固未終也

結亦噴語

此篇與喻明白同迢迢牽牛星而此無甚精美

驅車上東門　此詩意激於內而氣奮於外豪宕悲壯一氣噴薄而下前八句夾敘夾議言死者浩浩以下十句言今生人凡四轉每轉愈妙結出歸宿　漢魏亦有尙氣勢者如此詩及下二篇是也與行行重行行等篇又是一副筆墨西北有高樓又另是一副筆墨十九首非一人作也此詩及下二篇已開陶公

去者日已疏　氣格略與上同此歸宿在睹此當思息機勿妄逐世味但苦未能歸耳意更悲痛顏子不遠復屈子及行迷之未遠莊子惜以有涯逐無涯去人愈遠則不能

歸者客歸若解爲歸道便謬

此等處論全不知文字佳處矣　先大夫曰此識補注

歸矣。喻意逐世味者同歸於一死而不知反身求道。只此二篇古今之人不能出其意度之外矣韓公擬之作秋懷

去者死者也疏遠也用呂氏春秋末二句突轉勒住如收下坡之駿古人筆法高絕。後人不解久矣

生年不滿百　萬古名言即前驅車篇意而皆重在飲酒及時行樂是其志在曠達漢魏時人無明儒理者。故極其高志止此而已。君子爲善惟日不足一息不懈死而後已固不可以是繩之耳起四句奇情奇想。筆勢崢嶸飛動收句逆接倒捲反掉。另換氣換勢換筆。

凜凜歲云暮　前六句敘因由遊子念其夫也錦衾句以

宓妃自比言其初與遊子相結也同袍句點別獨宿二句章法以一夢字攝下頓敘交代下六句接承說夢亮無六句因夢而思念深杜公夢李白詩所從出眄睞尋夢也即落月照屋梁意不過思婦之詞而深妙如此

孟冬寒氣至　與前篇大略相同三五二句言日月易邁以起下久要不忘而後半即承此意言誠素不忘久要政與明月皎夜光篇虛名不固者相反此孟冬夏令也

客從遠方來　此亦與前篇相似即彤管之貽韓公寄崔立之後言雙艥亦此意即綺借作雙關喻意奇情奇想思借作絲意結句以正意結上喻物此即指上喻物也舊解

無此文理

此亦感慨不得意之作思歸託詞耳

非相去二句夾在此爲文法後人必置此於膠漆句上而文勢平近無奇矣

明月何皎皎　客子思歸之作語意明白見月起思一出一入情景如畫以客行二句橫著中閒爲主句歸宿與前篇相去萬餘里二句同後人必移此作結句自以爲有餘音者而不知其味反短也

古詩上山采蘼蕪　此君臣之指奇情奇想奇詞奇勢文法高妙至此。而陳義忠厚。有裨世教。新人以下夫答也新人從門入二句橫擔在中追言前日新故相易之際乃作者之詞　素非叶古人四聲便讀姝好也非指顏色故

奇麗遙深解乃死煞句下殊少味矣

如此則與前德音等意背矣要之古人寄情故難尋

下別言之末二句以素故相叶

四座且莫諠　此亦奇情奇文古色而陳義古厚與前綺被並工而此文法變態更多也言已雕飾之好德音之美如是而曾不能保其終始與橘柚篇同此皆奇麗非常然在今倘不知而復學之則為陳言不值一唾矣故學文須識雕文二句言雕飾也朱火二句言德音也以誰能二句橫束作章法從風二句言新交暫相賞也香風二句突轉勒住換意換勢餘音不盡大恉即鮑照白頭吟意也言美名愛賞不可常保久終空自竭耳變色不儆席寵臣不儆軒

也

此不得志而求他適之詞本文甚明解殊憒憒　羽翼解爲四皓迂腐可掬如此安能與識古人妙處

此詩章法鍊致之妙亦全

穆穆清風至　此詩詞恉俱未詳不敢強通以意測之言衣此袍以望所思中間刪去棄我不終一段情事古人文法筆力得斬截處卽斬截也俾梁山三字著眼言勢利交也亦屈子餘悁

橘柚垂華實　此詩詞恉俱古未言人儻有能知我猶可作四皓爲羽翼△因君君字不詳所指△未敢強定△觀明遠所擬大意亦言抱賢不終見棄其所指泫然之君字與此因君之君字皆不明或卽指上好甘之君言因君用之而可爲羽翼也△

十五從軍征　此只是敘述本事而狀亂離之景象令人

未批出

迂腐不通

此解極是

不堪想此盡小雅之遺響後來杜公時學此

新樹蕙蘭花　此即涉江采芙蓉橘柚銅鑪等意在今爲熟濫陳言矣不可再道凡言遠皆指黃農虞夏

步出城東門　此詩未詳其意恉所在前日二句萬古淸響似是客中送客作悲故人已去而已不得還恐即衍九辯之恉也我欲渡河水言涉世險艱故願還故鄉故鄉者本性同原之善也經疢疾憂患危懼而後知悔古人無不從此過而能成德者也

大抵古詩皆從騷出比興多而質言少及建安漸變爲質至陶公乃一洗爲白道此即所謂去陳言也後來杜韓遂

三百篇中亦非一體

宗之以立極其實三百篇本體固如是也
蘇李諸篇東坡辨其僞而又以爲非曹劉以下之人所能
辨須識此意蓋與十九首同其高妙
骨肉緣枝葉　一起十二句賓主往復歷落。語勢浩然。用筆轉換頓挫崢嶸飛動。後惟杜公有此。昔爲昔者。以拙鈍重複愈見樸厚。鹿鳴二句橫入振接。本非賓而可借喻賓矣以其遠行等起下尊酒筆勢文法變換生動此詩向來解者穿鑿強說皆不可通題曰古詩四首耳而必以前二首爲子卿初出使時別兄弟別妻子後二首爲自匈奴回別少卿皆形似之論影響之談夫曰我有一尊酒欲以贈

以遠人爲行者下句不能貫屬矣此遠人止泛說

評者能處

如此解則上章自是妻之送夫何緣有眞兄弟云云也

遠人遠人自指行者而王元美謂是自稱固不可通何義門以爲指少卿亦未諦此只爲居者送行者之辭觀次句三四句則明指兄弟賓主分明況我連枝樹承上四海兄弟言此密友親交尙爲兄弟況眞兄弟乎願子留斟酌稍留而飲此酒此祇餞飲事意甚明白

結髮爲夫妻　起四句總敘次四句敘事行役四句頓挫。以下情至語極。如話。古人筆力必寫到十分極至處。此最見力量沈鬱頓挫。後惟杜公有之。此爲行者贈居者之辭

黃鵠一遠別　此似爲客中送客非行者留別乃居者送行者之辭與步出城東門篇同觀明遠贈傅都曹別可見

蘇李之別未必有詩此只可謂代作不必僞也韓公云蘇李首更號是韓亦不

若如何岷瞻滯解作別少卿則末句送子語送字終强絓不通

燭燭晨明月　明是在家送人豈虜庭之景耶況云江漢虜庭安得及之　善注太初改元改正此十二月乃改正後也何云武以始元六年春至京師則別在五年冬也按始元上距太初二十三年然李何亦强傅之於武耳

李陵與蘇武詩三首　此亦是僞作昭明不能鑒別　東坡言蘇李之詩皆爲後人擬作然固非曹劉以下之人所能辨也

良時不再至　四句敘題事仰視八句句句轉換筆勢頓

傷離別耶

遊子即行人耳

或云弦望本有日在其必挾句也

挫沈鬱後惟杜公有之。然亦前一首精神最佳

攜手上河梁　遊子自謂。行人指行者安知二句意極忽變如驚鴻脫兔矯尾掉首乃政是古人用筆文法絕勝處。與子建憂思疹疾二句同此不必泥作陵與武其意自明何義門謂此設爲武慰陵之詞於意滯矣弦望猶言圓缺以喻會別耶。本言月而挾句言日。言安知不再有會時努力二句忽又放筆作無可奈何哀慰之詞蓋自悲無奈何而視故人以崇德此情曷有極耶。

嘉會難再遇　此首止於詞足盡意無甚精美洪容齋據此盈字而斷其爲僞然陵已降虜即偶用惠帝諱或亦有

之未足以儒理據爲確證要之此詩不必定爲少卿作政
不必據此一字爲斷耳
無名氏擬蘇李詩晨風鳴北林　明月二句似陵別武之
詞
紅塵蔽天地　起六句發端突兀着莽橫恣　此詩凡三
層皆空中轉換不分明段落眞漢人之文也龍翔鳳翥豈
止橫空盤硬瀉水四句未詳其意似武勉陵之詞言埋身
異域修名不立蓋勸之同歸也然終費解闕疑以俟知者
孔文舉雜詩　起四句止以勢位言之喻操之盛昂昂言
已不移節呂望以下十句寄託非常。由不愼小節言人不

夷齊當作夷
吾不應妄入
夷齊致亂章
法

此解不通

知我謂我志大才疏耳結出本旨小節卽夷齊苦身也不
爲夷齊小節亦不取呂之扶興而取管仲託意切至　昂
昂累世士本漢武帝詔士有負俗之累者古詩解云積幾
世直是可笑　此詩與劉琨贈盧諶同一激昂慨慷諷詠
之久自使氣王嘗論劉琨此詩一起一結不知從何處來
何處去所謂入不言兮出不辭起二句空中下手以比盧
也惟彼以下歷舉建功業之人皆欲諶與此諸人相比以
與已共功名耳中夜二句頓挫束上卻用倒結文法伸縮
變化筆勢浩汗莽蒼吾衰句倏轉如神龍掉首空中夭矯
言不得志故獨憂悲卻用遊擲而頓挫沈鬱眞如金石流

吾義句直至
去乎君雲浮
嘗爲一句

此亦偶合耳子建薤露行為何所哀所任不哀非哀者也

蛟龍偃古人作書用墨必有流珠處此種是也可謂極其迴旋恣肆功業八句稍綴以疏其氣疏密浮切之分也一收咏歎無窮此等用筆惟前漢魏阮公後惟杜公有之

秦嘉留郡贈婦詩　此詩敘述凊婉開劉公幹謝惠連諸之久自有一種綺旎慦犕之致

古辭相逢行古八變歌皆太白詩體之所自出而焦仲卿一首惟弇洲效之獨妙千古矣

魏武帝薤露　此用樂府題敘漢末時事所以然者以所詠喪亡之哀足當挽歌也而薤露哀君蒿里哀臣亦有次第前人未有言之者　此詩浩氣奮邁古直悲涼音節詞

指雄恣眞樸一起雄直高大收悲痛哀遠猶豫句綰上所任何進也因狩執君王張讓段珪等也賊臣董卓也讀此知潘岳關中謝瞻張子房之傷多而平弱收二句妙　莽蒼悲涼氣蓋一世

蒿里行　此言袁紹初意本在王室至軍合不齊始與孫堅等相爭而紹弟亦別自異心鎧甲四句極言亂傷之慘而詩則眞樸雄闊遠大

苦寒行　不過從軍之作而取境闊遠寫景敘情蒼涼悲壯用筆沈鬱頓挫比之小雅更促數噍殺後來杜公往往學之大約武帝詩沈鬱直樸氣眞而逐層頓斷不一順平

論詩豈得如此抑無此意

放時時提筆換氣換勢尋其意緒無不明白玩其筆勢文法凝重屈蟠誦之令人意滿後惟杜公有之可謂千古詩人第一之祖孔北海劉太尉亦然　起十句夾敘夾寫延頸以下始入已行旅之苦收句拓開遠抱與前微子同樂府以此爲文帝作余以結句斷之知爲武帝作子桓溺豢樂之犬豕耳無此志意矣　起四句以喻時世多艱經營之難樹木六句寫亂離景象延頸以下始入自己與懷思歸即所謂欲歸射獵讀書而不得舍權者水深以下言亂益甚迷惑不得自出又不得已也收句隱然以周公自命

文帝雜詩　比也行役

此語君人者豈不宜

先大夫曰仲宣收句勉以周公之業何傷大雅

文帝芙蓉池 遊賞 首二句點題三四寫景如畫卑枝二句承嘉木繞鷩風句極寫人所道不出之景子建衍之更極詳盡丹霞四句是人君語氣有福祿深厚祥瑞氣象收四句義意亦本前人習語然足以窺其全無整躬經遠之志。但極荒樂而已。子建衍之則人臣之語宜也 觀古人詩須觀其氣象此詩氣體用意正聲中鋒渾穆忱厚精深華妙似勝仲宣公幹諸人然終無多味退之云歡娛之詞難工觀公讌諸詩信矣 公讌詩子建就帝語衍爲頌祝蓋不得不爾須諒之仲宣工於干諂凡媚操無不極口頌揚犯義而不顧余生平最惡其人昔人有言魏公九錫

先大夫曰應作實有失路望操之意不如仲宣遠甚

出於粲手非潘元茂也使粲此詩止於含情欲待誰豈不雅音乎公幹止於慕悅繁華惟應瑒建章臺作收句微存規意必合此數詩而全觀之乃見當日七子各極其一時才情意思可以覘其所蘊蓄也據文選注仲宣此詩待曹操讌非侍文帝芙蓉池比則後半不可少然粲以周公文王聖武等語稱曹操不一而足豈謂非媚子哉觀謝康樂之於宋公其詞平貼過仲宣遠矣又如士衡之頌懸懷宜也以頌賈謐則悖矣顏延年之頌元凶雖失然當日位在明兩固不得豫探其凶而絕之也君子論世平情可也要之皆文士齷齪猥鄙所爲而已以孔北海結根在所固言

必謂甄后作
皆可疑

之則仲宣爲無節以呂望老匹夫句類之則仲宣頌之曰
神武聖君是爲無羞惡是非之心豈余苛責之哉
甄后塘上行　高邁雄恣終是漢魏人氣格非晉宋以下
人所及然以仁義自許與卓文君之以皎月白雲自擬皆
無恥之言△其詩雖工何足取哉莫以賢豪故數語何不以
之思袁氏也△曹丕既篡曰舜禹之事吾知之矣政與甄氏
同一强顏嘗見錢受之文集其上懷宗疏極以萬世名節
自許皆此類也前志謂此武帝作者必不然矣此詩詞氣
雌弱臣妾之詞武帝豈有是哉但以此題爲蒲生篇恐不
誤其塘上行三字疑與子建浮萍篇互誤昔人不暇深考

耳

陳思天質既高抗懷忠義又深以學問遭遇閱歷操心慮患。故發言忠悃。不詭於道。情至之語。千載下猶爲感激悲涕。此詩之正聲。獨有千古。不虛耳同時惟仲宣局面闊大語意清警差足相敵偉長公幹輔佐之耳

子建樂府諸篇意厚詞贍氣格渾雄但被後人盜襲熟濫幾成習見陳言故在今日不容復擬政與古詩十九首同成窠臼究其眞精妙藴固分毫未損亦分毫未昭晰衡今昔子美退之而外恐眞知其所至之境不數覯也

鰕䱇篇　䱇同鱓市演切今俗作鱔魚之似蛇者　此詩

功名何必卑

謙謙二句殊謬解

筆仗警句後惟韓公常擬之篤言二句韓公常學此上路即指富貴顯人贊高言酬答高厚也況泊嗷嗷古今流俗凡夫皆若是思之可歎劉邵人物志稱爲風人與此同義言隨風轉逐不能自止立也　觀子建胸次如此亦是功名中人△當日武侯自擬亦止及管樂古人處材而供量已而言不似後人浮夸而實用不酬也吾故謂謝康樂以道情稱其祖爲浮夸也

箜篌引　此不必拘樂府解題及詩內久要語指爲結交當有終始義也曹公父子皆用樂府題自作詩耳此詩大恉言人姑及時行樂終歸一死耳故已之謙謙自慎△只求

千金萬年止詞藻耳

子建固多憂死之思此首妝束尙有見道之意與平時不同

保壽命而已△子建蓋有憂生之戚常恐不保而又不敢明言故迷其詞所謂寄託非常豈淺士尋章摘句所能索解耶　起十二句以爲如此之歡洽似可以萬年矣△而終恐不能保故下以久要要之而言己之小心敬慎△只求保性命而無他也△此四句乃本意卻作憑空突轉爲前後過節磬折句言知足也驚風六句與上萬年作兩對樂極則悲來人之常理況懷深感者耶先民二句忽收轉作自寬語另換意換筆言當知足轉恨同歸於死也如此作詩淺士豈知之耶至其詩氣骨博厚如成德之士又當於筋外求之

此首甚平即前八句亦無奇處

二篇各有佳境何可不論

景純遊仙皆非空語此首似無甚深意惟結句或有不得嗣位之憤耳

怨歌行　韓公常學此起八句感慨沈痛桓伊爲謝安誦之安爲泣下其感人深矣惟後半衍周公事太多雖陳思有託而然而後人宜忌之

名都美女二篇　今皆爲習熟陳言不得再擬

白馬篇　此篇奇警後來杜公出塞諸什實脫胎於此明遠代出自薊北門結客少年場幽并重騎射皆橅此而實出自屈子九歌國殤也

遠遊篇　氣體宏放高妙恢闊勝景純景純警妙而局面闊大不及此大約陳思才大學富力厚思周每有一篇如周公制作△不可更易△非如他家以小慧單美取悦耳目也

周公制作云云太過

曲陵時風用字法非餖飣所知金石四句總詠歎之若

繼大人賦而言

驅車篇　此典禮大篇同於清廟之頌無可以爲悅耳目者誦之久自見一段古穆嚴重氣象　起四句點題隆高十句說山王者以下言王者封禪之事

贈白馬王彪　此詩氣體高峻雄深直書見事直書目前直書胸臆沈鬱頓挫淋漓悲壯與以上諸篇空論泛詠者不同遂開杜公之宗

謁帝承明廬　起點題登路交代明白伊洛六句敘次詳盡一路如畫頓斷以清君臣之情與禮古人言有序識大

大谷當別爲第二首佳處尚在後半

年在二句喻託命之危蹙策之至

體如此。從無魯莽孟浪脈絡不清者因無梁而後汎舟何等清晰次第後之小才往往疏漏否則冗絮而尋其意脈轉不得明了大谷以下乃及己艱苦怨路之情而詞意警健雄深噴薄而出六首中以此爲第一△ 敍事造語沈雄壯闊

玄黃猶能進 起四句乃及彪點題本圖以下敍述本事詳盡明白至痛無隱語

踟躕亦何留 感物傷懷自已明道之

太息將何爲 此兼念任城之亡以及存者愈見深痛。

心悲動我神 此傷痛無如何轉作自寬語。收二句又倏

雖反覆徘徊至
亦慰感也

轉回言終不能寬反覆回復愈見悲痛而解者謂此爲慰
彪之詞既於理紆曲又不解用筆偏反轉折之勢
苦辛何慮思　只是放聲長號生離死別盡此須臾千載
讀之猶爲墮淚何況當日此眞不愧三百篇興觀羣怨之
教雖聖人見之亦必取之矣松子久吾欺定作欺字乃此
時急語解者注者乃易作期字散漫無謂是不識文勢矣
所謂天命皆指丕意君上之詞
送應氏步登北芒阪　先寫本鄉亂離之慘蒼涼悲壯與
武帝苦寒行仲宣七哀同其極至明遠杜公皆嘗擬之前
半先述所見末二句乃逗將遠適之意章法伸縮之妙又

平常居當作平生親

願得句當下屬不能如此截法

以結束上文換筆頓挫平常居託應自言所見清時難屢得　起五句言人生死離别不可常保故願得展情乃空中下拳與蘇李諸作同其高妙我友三句始實點送字中饋四句義深文曲言不能答其深望故以爲愧山川四句又致其款戀不忍離之忱如此等深思曲致高情遠勢章法用筆變化不可執著鮑謝且不能窺後惟杜韓二公有之耳　願得展燕婉句所謂口前截斷第二句也△

三良詩　一起空中先下二語用典言功名在天在人不可强爲也以章法言已妙不可言而筆勢又復往復頓挫

曲折秦穆二句點生時二句承以實事頓斷自殉意生時句用典非空臆自揆此六句崢嶸飛動雄邁浩然沛然誰言二句倏轉出餘意以下但停蓄感歎頓挫不盡沈痛．此篇分兩段古人用筆最是截斷處倏轉處爲最見法力。子建立意又有苦心不得不爾　仲宣三良詩起四句先言不應殺良臣結髮以下卻轉出當殉意來而以子建收處哀歎意置於此人生以下卻以子建起句爲收而加淸警通首文勢浩瀚似猶勝子建作其意亦本屈子謝飽嘗擬其詞意而氣格之高妙則遠不逮也

贈丁儀王粲　此古今所謂函京作也詩老重高峻似經

神飈二句倍佳然不見沉雄通首亦不是沉雄也

不可褻玩無聲色可悅耳目而足饜人之心滿人之氣與贈徐幹篇同

贈丁儀　起寫潦年以起丁之困在貴四句過接此詩清警而自具沉雄微陰翳陽景篇略同　大約子建皆中鋒學之不能得其厚重雄闊高峻而得其陳意陳語陳句則失之板實

芙蓉池公讌　起句渾脫無成此子建所獨擅清夜二句且點且敘明月以下正寫收句頌體神飈二句神到之句沉雄　仲宣公讌前十二句流美清警見眷以下頌體公幹德璉二詩大抵皆以清綺流美緊健爲佳

形影句轉變飄忽

此乃子建深感難發著而知不得蒙恩也

雜詩　高臺多悲風二句與象自然無限託意橫著頓住之子四句文勢與上忽離。孤雁二句橫接翹思句接離思形影句雙結雁與人作收文法高妙宋以後人不知此矣此與十九首阮公等同其神化

七哀　七哀起於漢末　起八句原題敘事明月二句興象自然君若清路塵以下語語緊健轉轉入深妙緒不窮收句忽轉一意古人收句往往另換意換勢換筆或兜轉或放開多留弦外之音不盡之意　仲宣七哀首篇起六句點題交代耳而敘事高邁沈雄闊大氣象體勢騫舉清側出門以下又以中道所見言之情詞酸楚直書所見至

不忍聞。小雅傷亂同此慘酷南登霸陵岸二句思治以下轉換振起沈痛悲涼寄哀終古其莽蒼同武帝而精融過之其才氣噴薄似猶勝子建感憤而作氣激於中而橫發於外後惟杜公有之　次首起二句沈邁文法雙縮冰雪以下實敘而皆虛矣讀此乃知彼徒述邊地苦景皆犯實面凝矣故文法高妙別有能事　邊城六句即以實敘論之何等莽蒼雄闊筆勢浩蕩登城句迴轉抗墜得畫意筆勢飛鳴後惟杜公有之以上頓斷言地以下言人與陳思送應氏同局天下盡樂土忽逆轉頓挫倒勒反掉蓼蟲二句忽又放下本是怨悔之詞御莊言之悲恨尤深此等詩直

嗣二雅昭明之選乃佚此篇可謂無目何屺瞻云仲宣最爲沈鬱頓挫而鍾記室以爲文秀而質羸殆所未喻　蒼涼悲慨才力豪健陳思而下一人而已

王仲宣從軍五首　緊健處杜公時效之出塞諸作可見但其鋪陳處稍嫌繁縟乃知杜公有傷盡太冗之病亦自古人出　建安七子除陳思其餘略同而仲宣爲偉局面闊大公幹氣緊不如仲宣

劉公幹贈五官中將郎　四篇中以余嬰沈痼疾最佳姜白石所謂擺脫一切直書胸臆於此可會而一往清警情詞斐然亦所謂文雅縱橫飛者也

贈徐幹　時徐爲太子文學故在西園所云北寺當是被刑輸作北寺署吏時作故有仰視白日等語　觀公幹等作淸綺緊健曹劉並稱有以哉　直書胸臆一往淸警纏綿悱惻此自是一體故鮑亦嘗擬之又不在講句法字法等義要之此體亦自三百篇出如載馳氓園有桃陟岵等不用裝點比興者也而往復情至令人心醉所以可貴屈子九章惜誦亦是如此然不善爲之則如近世俗士庸鄙率意淺俗凡語灌灌沓沓若老夫邨媪之寒暄絮冗又可憎可賤也此體謝惠連獨工之後來杜公韓公有自道一種亦從此出而語加創造以警奇爲貴至矣如韓南溪始

泛贈別元十八送李翱八日城南登高同冠峽過南陽放翁酬曾學士送子龍赴吉州姜白石昔遊大約同一杼柚而杜公此體尤多集中似此居其大半如贈李十五丈西枝村尋草堂寄贊上人等尤可見而夔詩全用此體大約此體但用敘事美無故實而所下句字必樸質沈頓感慨深至不雕琢字法所謂至寶不雕琢而非老生常談陳言習熟懊憹凡近瑣冗之比山谷全用此體　公幹此體雖佳然以比陳思阮公陶公則卑矣阮公陶公託意非常不止如此淺近而已杜公韓公自有大篇故不嫌兼擅若公幹則專止於此一體而已

先大夫曰植論此等議論皆過當曹公逆跡未著何得以去就責諸賢

余嘗論曹操淩君逼上天下不知有帝其惡塞於天地而王粲劉楨輩當此亂世饕其豢養昵比私門諂媚竊容苟以志士潔身守道之義如龐公諸人衡之則羞役賤行也是豈可以阮公陶公陳思杜韓並論哉但取其一能乃亦流傳不朽文士之不足校人品也久矣粲為伯喈所賞伯喈懷董仲宣藉曹名澆身毀方以類聚而已范史馬融傳論言之詳矣

昭昧詹言卷二終

昭昧詹言卷二終

昭昧詹言卷三

桐城方東樹

阮公

阮公於曹王另爲一派其意恉所及昔賢皆怯言之休文所解粗略膚淺毫無發明顔延年曰阮在晉文代常慮禍患故發此詠又曰身仕亂朝常恐罹謗遇禍因茲發詠故每有憂生之嗟雖志在刺譏而文多隱避。百代之下難以情測故粗明大意略其幽恉延年之說當矣而何義門謂顔說爲非豈以其忠悃激發痛心府朝而不徒爲一己禍福生死也乎姚薑塢先生譏何不當一一舉其事以實之夫誦其詩則必知其人論其世求通其詞求通其志於讀阮詩尤切何所解惟徘徊蓬池上及王子年十五二篇為實王子篇未喻蓬池篇何解得之但其後半猶言之未明耳竊謂無儔匹指賈充鍾會輩諸小人助惡篡弒貪功而懷忠良執守綱常大義之君子無人故已哀傷憔悴而著此詩託言羇旅延年所謂隱避也此全從屈子惜誦同極異路九辨羇旅而無友生等意出大約不深解離騷不足以讀阮詩

何云阮公源出於騷而鍾記室以為出於小雅愚謂騷與小雅特文體不同耳其憫時病俗憂傷之指豈有二哉阮

此不足爲微言

公之時與世眞小雅之時與世也其心則屈子之心也以爲騷以爲小雅皆無不可而其文之宏放高邁沈痛幽深則於騷雅皆近之鍾何之論皆滯見也

公詩八十一首昭明選十七阮亭選三十二何義門云昭明所選作者要恉已具姚薑塢先生云詠懷雖云歸趣難求要其佳處不過十餘首阮亭所取亦在可否之閒

學選詩當避選體此是微言密恉杜韓所以爲百世師也不但避其詞與格尤當避其意蓋選詩之詞格與意爲後人指襲在今日已成習熟陳言往者海峯先生好擬古人之意格豈不爲客氣僞詩乎今學漢魏阮公當玩其文法

高妙氣體雄放而避其詞意原本前哲直書郎目領略古法面又不蹈襲凡學古人皆然且阮公尤不易學必處阮公之遇懷阮公之志與事乃見其沈痛傷心今既非其人而於其詩讀之尚未能通其詞達其意得其恉趣歸宿毫無眞得力處而漫云吾學阮公亦見其自謾而已

太白胸襟超曠其詩體格宏放文法高妙亦與阮公同但氣格不相似又無阮公之切憂深痛故其沈至亦若不及之然古人各有千古政不必規似前人也阮公爲人志氣宏放其語亦宏放求之古今惟太白與之匹故合論之

聖人但惡不義之富貴耳非樂枯槁也覩阮公炎光萬里

先大夫曰此論未是

篇詞指雄傑分明自謂非莊周言道其本實如此非若世士但學古人僞爲高言夸語而考其立身貪汙鄙下言與行違也讀阮公詩可以窺其立身行意本末表裏陶公杜公韓公亦然其餘不過詞人而已

古人著書皆自見其心胸面目聖賢不論矣如屈子莊子史遷阮公陶公杜公韓公皆然僞者作詩文另是一人作人又另是一人雖其著書大帙重編而考其人之本末另是一物此書文所以愈多而愈不足重也以予觀之如相如子雲蔡邕皆是修辭不立誠世人皆恕子雲劇秦美新以爲谷子雲作至於反騷法言則不可謂爲僞撰反騷之

先大夫曰此誣詞耳

悖朱子論之詳矣法言孝至篇末云周公以來未有漢公之懿也勤勞則過於阿衡漢興二百一十載而中天其庶矣乎此殆天奪其魄使之自著於篇末喪心無恥之極而云法言平心論之非先王之法言不敢言此何等言而言之如此司馬溫公獨取之亦其蔽也論衡言子雲著法言蜀富人賫錢十萬願載於書子雲不聽謂其不爲財動由今觀之是舍簞食豆羹之義也

昭明選十七首有昔日繁華子登高臨四野開秋兆涼氣炎暑惟茲夏獨坐空堂上五篇此未選

夜中不能寐　此是八十一首發端不過總言所以詠懷

不能已於言之故而情景融會含蓄不盡意味無窮雖其詞意已爲後人勦襲熟濫幾成陳言可憎若代阮公思之則其興象如新未嘗損分毫也起句何以不能寐所謂幽旨也孤鴻以下當此之時而忽然傷心然其固有所見而然故自疑而問之所謂幽旨也

顔延年沈約等皆注此詩可知古人爲文用意深而難明是以明公皆爲尋求意緒脈縷今世妄庸鉅子未嘗能解一語而漫執筆擬學生呑活剝非但意詞粗淺即語勢亦全未解也

二妃游江濱　如顔沈解殊顢頇不能顯出其眞情發露

然則阮公乃以保妻子爲念乎一身上加否則二字亦非

其眞味竊意此卽初既與子成言後悔遁而有他交不忠者怨長之恉然不知其爲何人而發公必不苟爲空言泛語勤襲屈子也膏沐句猶云我安適歸矣

嘉樹下成蹊　此以桃李比曹爽言榮華不久將爲司馬氏所滅繁華二句頓住上文見其必然而先憂之言榮悴不常故欲從夷齊避世禍患驅馬以下始入自己言急欲上西山以避之卽亂邦不居之義否則嚴霜歲暮一身且不保矣二句倒裝筆勢淩厲此疑初辭曹爽辟時故用西山言不食其粟也其後李豐等果不保其妻子收四句文法深妙將此二句放在不保下意深痛有餘哀故一身二

豈有此理

先大夫曰黃用常苦多言用不能節也非倒句

句與西山一類筆勢益健也
天馬出西北　言世間萬事無常以興盛衰之不常春秋
取代謝義清露二句即履霜堅冰意此與上桃李皆言其
危亡在即決幾之言也而此首尤隱止富貴一句露
平生少年時　此言爲人之失與失路同疑是以己託諷
曹爽不可荒淫失道雖若裕如而禍患忽來雖悔失路無
如何也顏延年楊用修何義門等爭考趙李固可不必姚
薑塢先生以此爲阮公自言實事或亦有然阮陳留人魏
都鄴此言望三河反顧借指家國雙關譎言之耳義門解
非此殆指鄴都而隱避託言之也黃金二句倒句

昔聞東陵瓜　此言爽溺富貴將亡不能如召平之猶能退保布衣也指意宏遠迷藏隱避而用筆迴轉頓挫變化無端起六句先寫瓜極誇美寫至十分詞足膏火二句遙空橫來與上全不接布衣句倏又截斷遙接前六句種瓜之安樂寵祿句倒接膏火多財以二句分結如此章法豈非奇觀休文解殊陋

灼灼西隤日　言將亡不久以比爽也當路黃鵠言其黨與謂何鄧輩也天寒蟲鳥尙知因依求免顛撲而彼昬不知惟知進趨忘歸而已不肯從彼非矜誇名譽乃重生懸俱焦耳故憔悴興悲凡分四層章法筆勢奇矯浩邁此亦

疑辭爽辟之時作

步出上東門　因亂極而思首陽以寄慨起四句爲一意言止此處人地兩佳良辰六句空中發歎起下二句言太平必不可冀而盛時將歇結明上所以思首陽也素質結上六句詠歎言之

北里多奇舞　亦言爽之荒淫不可久長卻緩言之言除非得仙術乃可耳用意深遠其詞愈緩太史公妙旨也先言其仙復思延年開合入妙

湛湛長江水　此借楚王之荒淫無道將亡以比今日之曹爽不知司馬氏之同於穰侯將以爾調酸鹹也此篇文

法高妙而血脈灌輸一　起蒼茫無端興象無窮原本前哲直書卽目三四言亂象已成而方馳騖爲荒淫不已五句將一望字東上四句又起下悲感當春而悲無時不悲矣所悲爲何悲彼相與荒淫耳朱華正說荒淫高蔡三句借楚事爲證筆勢雄遠曲宕通身用比而意在言外其事則如義門薹塢所解謂但指爽晏非謂明帝也此詩全用招魂意而公所處之時情事亦相準蓋自比靈均矣　起四句寫春意有岌岌殆哉可悲之象凡人日卽於荒淫雖盛年亦有死之象雖貴盛亦有敗亡之象身家與國皆一理故雖春時亦有人消物盡之象由於失民生在勤之理招

魂篇末既此意阮公此詩其知道乎遠望六句筆筆倒捲一層申一層爲黃雀哀二句另自詠收

昔年十四五　起四句求榮名也開軒四句榮名安所之也卻以二句橫接頓住乃悟爲仙人所笑另結夷猶詠歎文勢文法於壯闊浩邁中一一倒捲截斷逆順之勢惟阮公最神化於此凡文法先順後必逆平生少年時篇略同此與儒者通六藝皆言己非不知儒術特以遭亂世不得已有託而逃於放達以保性命非眞慕神仙也莊子亦同

此詩同陶述酒何義門解勝沈約

徘徊蓬池上　此詩何義門解得之起十句一氣噴薄而

出筆勢混茫蒼涼激蕩如大海揚波。風雲變色。垠崖劃崩豁。乾坤擺雷硠。蓋寫蒼鷹擊殿白虹貫日之變感憤而作氣激於中而橫發於外其神變其氣變其筆勢亦隨之俱變是時二句倒煞有鼻頭出火之概此春秋筆法廢芳九月事也故用卜偃語爲切即成必用十五日也朔風二句乃中堅正說實寫力透紙背與蕭索人所悲同大梁借指王室也小人計功二語用荀子天有常道人有常體君子道其常小人計其功公蓋曰君臣常道終不可改惜小人逆節貪功爲亂臣賊子己豈能與彼爲匹哉此詩蓋同淵明述酒非惜一己之憔悴也沈解陋

懸車在西南　此只是朝陽不再盛一句意耳朝爲二句用逆筆追憶盛時皆受其榮及大命將盡無論窮達與之同盡桃李句隨手指證是行文恣肆處亦即上受榮之達者君子窮而立節者之人不可遇同此須臾即死彼受榮者隨之俱盡己獨欲爲松柏以自慰耳朝爲二句用法不過倒挽用意最沈痛即去此若俯仰意也

西方有佳人　此亦屈子九歌之意然屈子指君此不知其何指若爲懷古聖賢則爲泛言然不可確知矣詩可不選

楊朱泣岐路　起二句言毫釐千里存亡幾希揖讓交好

以燕類頓出存亡之感詞指深濃解乃未喻

也而不可保交期難終一別離後豈徒交絕而已存亡實有爲蕭索二句言已見其禍釁必然之勢而不可保而爲之悲彼之交好於我愈甘愈苦如趙以女媚中山耳蕭索二句中堅實說力透紙背趙女二句亦是倒煞筆勢同視彼桃李花嗟嗟二句申言禍釁之必然而不可保痛極長言悲號此蓋專指曹馬之交危機如此而爽不悟權一失卽滅亡也　文法深曲妙細血脈灌輸起二句橫空設一影作案揖讓四句承明而用筆橫空頓挫蕭索二句忽換勢頓住趙女二句倒繳酣恣嗟嗟二句重著申明用筆往復頓挫一波三折

自促非自勵也似有殉難之志以青鳥自誓

存亡變化豈非詠時變乎

於心懷寸陰　日月逾邁當勵志自立勿逐近觀小喜

夏后乘靈輿　言世人逐無涯而無成不如學仙然未必如此之泛淺竟不解其指意所在末二句語意亦未詳

東南有射山　託言仙人不遊人間以比已不甘逐凡俗

朝登洪坡顛　言曰如鸞鳳塵世無可託足　凡此諸篇往復一意皆古人之雅言而在今日則皆為陳言古詩十九首中亦多此等意指據此諸篇皆非因魏晉易代而發只自詠懷耳其詩在可選不選之間余皆去之非乙阮公為學者畫鴻溝耳

駕言發魏都　借梁王以陳殷鑒而文筆雄邁沈鬱意厚

別知俯仰感者三秋俯仰謂遲非喻亡

吾不留亘不能留待

詞醇此言魏將亡於司馬氏耳文義最爲明白朝陽不再盛　前十二句爲一段願登太華二句入已頓斷漁父另抽出一意作文外曲致指點入妙　以朝陽與魏言去此繽俯仰猶言其亡也忽焉　人生易盡天道悠遠此二句感慨頓挫先將覆國本恉交代斷住齊景四句歷引古人感逝之歎文勢宏放用意隱避去者二句郎屈子之恉吾不留言不我留也不我留言來者倏又將過也仙人漁父皆世外避患者卻折作兩層行文變化故使人迷言漁父且知之而況余乎　杜韓變體力去陳言固矣而不善學者又恐肴殽迫促故又須解此種間架宏敞

規矩明整可謂正格　晨露誤塵箋妄解
炎光延萬里　此以高明遠大自許狹小河岳言已本欲建功業非無意於世者今之所以望首陽登太華願從仙人漁父以避世患者不得已耳豈莊生枯槁比哉所謂宏放也其實莊子屈子陶公皆同此意而此詩語勢壯浪氣體高峻有包舉六合氣象與孔北海相似
壯士何慷慨　此即炎光篇而申之原本九歌國殤詞指雄傑壯闊自是漢魏人氣格按此等語古人已造極至不容更擬可合子建白馬篇同誦皆有爲言之至明遠羽檄起邊庭幽并重騎射詩雖極佳已覺有詩無人漸欲少味

此亦尋常理解何謂微言方蘊不知何者爲微言也

矧後世乎杜韓所以變體爲之原本前哲而直書即目直書胸臆如前後出塞可見然不解古人用意行文深妙指趣則其擬杜韓也猶之擬漢魏同失也此是微言今我不述後生何聞哉

天網彌四野　此篇直書胸臆即屈子遠遊意所謂心煩意亂也杜公蓋從此種出而語更加質耳此詩章法佳一起一結相爲呼應中分兩種人類名二句承隨波四句采藥二句承列仙四句收語原本卜居杜公疑誤此二柄語意不同　阮公賢乎哉六朝人學識指趣陶公外未有及此者矣彼康樂玄暉皆未嘗眞發肯心者也況欲戰勝乎

前文宏壯極矣何忽自謙小才

如莊屈陶公阮公其知道乎

王業須良輔　此卽承上天網篇而審言之功名關乎遭際虞周不可見矣今不幸遭亂世賢人皆當隱安可慕寵耀己之志蓋如此但當堅持雅操勿敗晚節耳上世士郎指園綺伯陽能克終者耳

鸞鳩飛桑榆　謙言己小才△只好如是△卽前寧與燕雀翔意詩意明盡而可不選

清露爲凝霜　凡此等篇不必不佳然無深妙卽不必選故吾曰阮亭於茲道未有所解也余擬於阮亭選去十二首別增數首

夕瘞術隅指還稱羲者

亦不是微言

塞門乃秦門之誤不當以函關釋之

河上有丈人　古之智士審利害得失如彼世士逐逐忽然没世而名無稱己鑒此而志決也　起句已開陶公

儒者通六藝　十三句説儒者一句結收章法絕奇言外見己非不知儒術但己之道不同耳古人詩文無不一意到底然如此又恐平鈍故貴妙有章法此兩説皆學詩微言也學者毋忽　木槿篇章法略同此然詞與意皆無奇可以不選

塞門不可出　起二句言既不能如孟嘗之出關又不如田横之蹈海朱明以下言忽然竟死而失勢黃雀用莊辛語意觀以桑林自比則塞門謂己不能效狗盜雞鳴海水

何必定指曹爽

謂不能作田橫客耳假乘如秦淮謂嵇紹曰卿有佳馬乎疑用此意然此原屈子離騷來所謂心煩意亂無聊之思耳此必爽已死後詩而氣體之高活潑潑地過康樂廬陵王墓詩百倍矣康樂此詩以此篇較之如牛負物行深泥中直經營地上語耳

秋駕安可學　起二句往復開合作一段綸深二句橫空盤硬先言不輕以身入世汎汎四句衍承之正喻夾行都治以下乃入己正意茲年在松喬進一層結言東野不解御之深理而妄言能學秋駕故以致敗以喻人不知道術而遊於世逐妄致殃悔易曰眇能視跛能履履虎尾咥人

凶盆成括楊修禰衡皆是也能不以身輕入則可以保生而年比松喬也未央言甚長也此詩文法高古意接而語不接直與經同所謂宏放也後惟杜韓有之謝鮑輩皆不能夢見叔夜贈二郭意亦同此而文法平鈍中散以龍性被誅阮公爲司馬所保其迹不同而人品無異以詩論之似嵇不如阮耳

補遺

左思詠史八首

此三種人皆各自爲第一流不能眞有於身徒虛憍浮慕便互相非謂各不相領豈知必眞能之而又合而爲一方

泛論於詩學無干

收句警策將微已不能挽

爲第一流耶東樹幼知合此三者但不能眞有其才耳卻笑世之三者浮慕而相非也下此更不足計且此只說到魯仲連子房而止矣向上更有大人物非太沖之識所能及矣庶惟陶公能見之耳　一世本末規模盡此一詩卻笑世人身親之者無其首尾以蹈粗庸殺身慕爲之者眩其中閒若以爲獨奇畢竟不能效於實用而實能而不逢時者始許其爲此詩也

郭璞　遊仙詩　本屈子遠遊之指而擬其辭遂成佳製

青溪千餘仞　收四句然則豈出世者其指可知

六龍安可頓　收四句即遠遊惟天地之無窮四句意

如此全未喻

雜縣寓魯門　學古豔歌今日樂上樂篇其實從遠遊來

晦朔如循環　皆用遠遊語

暘谷吐靈曜　全是遠遊之意與辭也

採藥游名山　豪儁同劉太尉令人眉飛色舞

亦太過

袁宏　詠史二首陳腐△

昭昧詹言卷三終

昭昧詹言卷四

桐城方東樹

陶公

學詩當從三百篇來以屈子漢魏阮公淵明嗣之如此方見吟詠之本所謂感而有思思而積積而滿滿而作及其成章使人諷之自得於興觀羣怨之指至於文詞句法工拙高下特其餘事耳

有德者必有言詩雖吟詠短章足當著書可以覘其人之德性學識操持之本末古今不過數人而已阮公陶公杜韓也余觀太沖仍是榮華客氣但氣格差高耳

先大夫曰李長服小謝杜極稱小庾此等未宜輕議

讀陶公詩須知其直書即目直書胸臆逼眞而皆道訣乃得之質之六經孔孟義理詞恉皆無倍焉斯與之同流矣否則止不過詩人文士之流

讀阮公陶公杜韓詩須求其本領兼取其文法蓋義理與文辭合焉者也謝鮑但取其刱言造句及律法之嚴謝又優於鮑若小謝小庾不過句法清新非但本領義理未深即文法亦無甚深妙

讀陶公詩專取其眞事眞景眞情眞理眞不煩繩削而自合謝鮑則專事繩削而其佳處則在以繩削而造於眞

如阮公陶公曷嘗有意於爲詩內性既充率其胸臆而發

爲德音耳鍾嶸乃謂陶公出於應璩又處之以第七品何其陋哉宜乎葉石林之闢之也

阮公陶公自爾深人無淺語不當以詩人求之

陶公詩於聖人所言詩教皆得然無經制大篇則於雅頌之義爲缺故不及杜韓之爲備體奄有六藝之全也

觀昭明選詩及分類眞乃無所知然其論陶詩卻有見如云人言陶詩篇篇有酒吾觀其意不在酒亦寄酒爲迹者也又曰其文章不羣詞彩精拔跌宕昭彰獨超眾類抑揚爽朗莫之與京語事理則指而可想論懷抱則曠而且眞貞志不休安道苦節自非大賢篤志於道污隆孰能如此

先大夫曰陶公亡國之戚最爲悲憤雖不僅此數詩

讀陶詩者宜繹會此言

詩品謂陶詩出於應璩此語固甚陋然其曰文體省靜殆無長語篤意眞古辭興婉愜每觀其文想其人德世歎其質直如歡言酌春酒日暮天無雲風華清靡豈直爲田家語耶此論陶最篤讀陶詩者宜繹會之

山谷云謝鮑諸人鑪錘之巧不遺餘力有意於工拙也淵明直寄焉耳

湯漢臣序陶詩曰陶公不仕異代之節與子房爲韓義同旣不爲狙擊之舉又無漢高可託以行其志故每寄情於首陽易水之閒又以荆軻繼二疏三良而發詠所謂撫己

而此數詩亦寄其意情之所在湯說未謬

有深懷履運增慨然者按此論亦形似影響殊不得眞陶公本量不在此數詩讀歸去來辭及形神等詩自見

山谷曰寧律不諧而不使句弱樹按阮亭標典遠諧則四字宗旨便不解此意寧用字不工而不使語俗樹按阮亭愛好用字工所以俗也諧則易弱，此庾開府之所長也然亦有意於為詩也至於淵明則所謂不煩繩削而自合者雖然巧於斧斤者此小家之言多疑其拙此不辨大雅窘於檢括者小輒病其放眞放精微此怖畏蛟龍者亦非放亦眞放淵明之拙與放豈可為不知者道哉

朱子曰人皆說淵明平淡據某看來他自豪放但放得不覺耳其露出本領來是詠荊軻一篇平淡人如何說得這

樣言語

坡云質而實綺臞而實腴自曹劉沈謝李杜諸人莫能也淵明之學自經術來榮木之憂逝水之歎也貧士之詠簞瓢之樂也飲酒末章東周可爲充虞路問之意豈莊老玄虛之士可望耶　詩中言本志少說固窮多夫惟忍飢寒而後存節義也　食薇飲水銜木塡海之喻至深痛切悲涼感慨非無意世事者　遺榮辱一得喪有曠達之風政其懷抱傷心處

形影神三詩用莊子之理見人生賢愚貴賤窮通壽夭莫非天定人當委運任化無爲欣戚喜懼於其中以作庸人

先大夫曰陶亦非真以子之賢愚挂懷抱者此所論亦未免影響闇生案天命苟如此且盡杯中物陶公之意可具矣且子嗣賢愚

無益之擾即有意於醉酒立善皆非達道之自然後來佛學實地如是此誠足解拘牽役形之累然似不如屈子九歌司命之有下落至於康樂見亦如此而一歸之於寄情山水尤爲沒下梢於聖人大中至正盡人理之學皆未有達此洛閩以前人其學識到此而止由今觀之杜公悲天憫人忠君愛國而不責子之賢愚其識抱較陶公更篤實正大也記此與後之知道者詳之

前人說陶詩者甚衆然多迹論常解無關微言勝理今皆不取

始作鎮軍參軍經曲阿作　此安帝隆安四年庚子事公

此何等事豈得眞不願哉

先大夫曰吾取沈蕭之說

先大夫曰推得孔子旨非過言

時年三十六歲此詩就本題本詩解之不過前言不求仕今乃暫仕眇眇以下略寫行塗只敘始終不願仕而終將歸此意明白人人皆喻惟以公志求之則言外事外別見高懷本量非石隱激許亦非求富貴利達並非如沈約蕭統所言忠義介節的然較然不可渙也蓋仕非公所樂而不妨仕其曰時來苟冥會聊且憑化遷事時偶合適當如此便且如此隨運化而還轉不立已以違時此孔子仕止久速無可無不可之義究竟不害道亦未為失已失義此境此見古今不數覯可不表而出之乎蓋當平時無難處矣當危疑之際庸人非作巢幕豕蝨即鷹犬爪牙一種高

人見幾行遁一種仁人殉國立節公於前二等不屑爲人知之公於後二等亦不求同則非人所知沈約蕭統智不足以識公強爲傳會轉失之誣　化遷言隨時遷化素志也天運歲時息息遷化聖人亦委運任化此與浮沈詭隨及燕雀搶榆枋者迹同事同而其道不同非大賢以上莫能及公自此雲無心以出岫鳥倦飛而知還是也　此鎮軍非劉裕也公於庚子仕乙巳歸詩題明白而考之史文全不合未可強說按史安帝隆安四年庚子桓玄都督荆江八州軍事五年辛丑劉裕猶爲劉毅參軍八月爲下邳太守元興二年加彭城內史三年甲辰從徐兗刺史桓修

來朝與何無忌劉毅謀起兵劉毅猶稱之曰劉下邳是年五月誅桓玄帝反正於江陵明年乙巳改義熙元年始除拜裕都督十六州軍事出鎮京口三年丁未始爲揚州錄尚書事五年己酉東伐南燕六年庚戌還至建康始爲太尉十二年加都督十二州諸軍事十二月加相國揚州牧封宋公十三年丁巳北伐滅秦取關中還十四年戊午受相國宋公九錫命恭帝元熙二年庚申禪晉受命按之本紀大約皆同而陶公詩庚子始作鎮軍未言何人前人謂臧榮緒晉書以爲劉裕按辛丑假歸七月赴假還江陵義熙元年乙巳歲三月爲建威參軍使都經前溪皆不言爲

先大夫曰世系考當列於後不宜闕脱

誰是秋爲彭澤令冬還舊居自是不出皆見自序公自序詩必不誤俱不言鎭軍建威爲何人要之確非劉裕也題曰經曲阿或之京口鎭或經過不可知明年庚子自江陵假還家復還江陵是時桓玄在江陵此鎭軍亦非桓玄也凡此皆不可考又彭澤之仕南史言執事者公自云家叔所用亦不知何人古今事隔史文多缺不能一一据以爲考要之沈蕭兩傳及南史所言事迹皆不明不必附和穿鑿而公之面目自可見於萬世餘詳後公世系考

游斜川　此游詩正格準平繩直無奇妙而清眞自不可及　弱湍二句略整九重句楚詞層城九重按此言行將

未知從今去當復如此不且極今朝樂明日非所求皆有憂危之思也

歸休似是將解官之時故云未知從今去云云。

五月旦作和戴主簿　此與斜川同而氣勢較遒虛舟二句喻也回復用漢書禮樂志　此皆是請假回作　高妙天成又有筆勢此康樂所力追而不能及者令我釋然

辛丑安帝隆安五年公時三十七歲作鎮軍參軍

赴假還江陵夜行塗中作　此與前作鎮軍參軍後與弟敬遠詩合誦公之仕味如此全量可知矣　此在五月游斜川後直書胸臆與郎目而清腴有穆如清風之味

癸卯歲始春懷古田舍　是年公三十九歲猶爲鎮軍參軍故曰懷也　每首中間正寫田舍數語末交代出古之

兩人而以己懷緯其事惟未得歸故作羨慕詠歎所謂懷也　在昔二句言己屢空以下言古人之事田園者而以植杖倒點鳥弄句小謝時時學此收以己懷

次首　起四句縱橫飛動第三句折轉言不能不憂故勤農而以先師高一層起秉耒八句就順入田舍又以問津倒煞平疇二句本色自然如吮出而奇麗千古他人雕肝琢腎不能到凡陶之腴皆此類小謝便有意爲之矣收四句再四詠羨之　公仕凡六年此始懷歸也

癸卯十二月中作與從弟敬遠　此晉安帝年而書甲子可見沈約蕭統所云義熙以前書晉年號永和以來惟書

遺烈高操皆抗節意也

甲子爲妄說　此詠雪詩而平生本末俱備無一毫因易代抗節意而解者多妄說　傾耳二句謝能公善用虛字最雅令清則無輭弱率易之病如簞瓢等句可愛　平津苟不由此設揣之詞於枯木寒巖無煖氣中求出强自寬來卽屈子卜居意苟字詎字開合相應　一直敘去而時時頓挫開合筆勢起跌無平直病　此癸卯乃安帝元興二年是年桓玄篡位劉裕以下邳太守加彭城內史而公作鎭軍參軍在荆州有懷田舍詩注家猶引沈約宋書指是詩爲易代抗節而發誤甚　又按是詩似是不仕已歸語則非癸卯或是癸丑或是乙卯後人傳寫錯誤無人與

校若是作鎮軍參軍時暫假還時作玩詩語氣不似若此爲元嘉丁卯則是歲爲公沒之年又不當曰平津苟不由矣此時不仕何待疑乎

歸田園五首　公以義熙元年乙巳冬自彭澤歸自是終身不再出時年四十一歲其仕以三十六首尾共止六年耳所云三十年指已去之年舉其大數對今四十言之若曰前此三十尚未能立今而四十乃得抉計耳意蓋如此勿以詞害可也蓋三十九以前仍繫以三十耳姑解之如此以俟通賢　此詩縱横浩蕩汪茫溢滿而元氣旁礴大含細入精氣入而麤穢除奄有漢魏包孕衆勝後來惟杜

先大夫曰當
恐霜霰至不

公有之韓公較之猶覺圭角鑱露其餘不足論矣　少無適俗八句當一篇大序文而氣勢浩邁跌宕飛動頓挫沈鬱羈鳥二句於大氣馳縱之中迴鞭彈鞚顧盼迴旋所謂頓挫也　方宅十句不過寫田園耳而筆勢騫舉情景郎目得一幅畫意而音節鏗鏘措詞秀韻均非塵世喫煙火食人語久在二句接起處換筆另收　公義熙元年冬歸此言桑麻長種豆濯足皆非冬景詩不必定爲是年作也

野外罕人事　此既安居以後事　起六句由靜而之動相見二句爲一篇正面實面桑麻日以長以下乃申續餘意耳只就桑麻言恐其零落方見眞意實在田園非喻己

得謂非喻意

也

種豆南山下　此又就第二首繼續而詳言之而眞景眞味眞意如化工元氣自然懸象著明末二句另換意古人之妙只是能繼能續能逆能倒我能迴曲頓挫從無平鋪直衍

久去山澤游　此又追敘今昔是題中歸字汁漿　前半敘事一世四句論歎作收此章法同一篇文字也鮑代東武吟結客少年場皆同此境但鮑說他人仍客氣假象無眞意動人惟杜公草堂四松等乃與陶繼其聲耳韓城南聯句中有一段亦同此境序分三段

只片片於字句小節於大體殊少體會

悵恨獨策還　此首言還不特章法完整直是一幅畫圖一篇記序余嘗言詩采采芣苢只換數字而備成一幅畫圖言外又見聖世風俗太平歡樂之象眞非晚周以下文字所能及而嵬士妄人猶以諢語譏之可謂不識好惡仰面唾天矣　此五詩衣被後來各大家無不受其孕育者當與三百篇同爲經豈徒詩人云爾哉悵恨二字承上昔人死無餘意來首四句還路未至漉酒四句既還後以至明燭至旭古人言之有序只是立誠耳此等文理皆與六經同

移居二首　只是一往清眞而吐屬雅令句法高秀戊申

六月遇火移居必在是耳

庚戌歲九月中於西田穫早稻　公乙巳年歸至是六年矣　起四句直舉胸情非傍詩史一氣舒放見筆氣文勢後惟杜公每如此具崢嶸飛動之勢鮑謝則不敢如此必凝之固之不使一步滑易學者若不先從鮑謝入手而便學此未有不失之滑淺庸近如今凡俗所爲者也此一大公案宗恉前人未有明言之者　人生歸有道言人之生理固有常道開春以下照常敘說只爭句法秀出耳　山中二句淸麗千古自然之色味如吮出非他人從外設貼以鮑觀圃人藝植詩相比可見學陶公必如彼工苦乃爲

善學如顏公書法之變右軍出全力以敵龍虎急與之角而力不敢暇僅能成得自己一面目留於天壤耳若執筆便擬陶公是黃口孺子輕學老成宿德舉止風軌縱似之亦可鄙笑不惟優孟衣冠抑且滑熟無力觀鮑 公如挽千鈞以全神全力將之僅乃自立耳坡公和陶直是倚其才大學之易似耳而皆非其佳什世亦無誦習之者夫以坡公且如此況末士之無知者哉鮑詩起處六句畢竟鈍且客氣通身以元氣求之去陶終遠此中得失學者微參之

與殷晉安別 序則眞序情則眞情 此人公不重之以爲道義交所謂故者無失其爲故也 語不假借亦無

妙處全未領會

略知陶意而言之未暢貼題云云皆小家樣

誣譏輕慢青天白日分寸不溢公所以爲修詞立誠爲有道之言也　情詞芊綿眞摯後惟韓杜二公有之益復頂一遇來言之有序如此　語默二句分寸

贈羊長史　此劉裕將篡之機正公所憂懼然於時事則不可明言又於此題體統此人之前尤不可明露若侈頌功德固不可徒作送行詩又無謂然則此題直難著筆公御於空中託意非常開首提出念黃虞言黃虞沒而已安適歸而黃虞之迹在關中己欲往從之而不得今適太平此句貼題使人不覺乃非泛而不歸今羊去此而已不得從此又正貼題法後又幻出商山四皓與己作照言四皓

淸謡久結我之心曲但運乖不得一見其人結句言令我遭亂變而不能如四皓之爲功以安漢故意不舒也與起句相應雙結　此丁巳年公五十二歲作關洛平後二年裕卽篡此題難於劉太尉贈盧諶彼可以明目張膽正說故雄傑宏放此不能明說故伊鬱隱迷。其文法之妙與太史公六國表同工。覺顏北使洛如嚼蠟如牛負物行深泥費力而索然無復生氣陶詩嘗以此爲冠卷　韓公送董邵南序有此高遠幽深境相　柳子厚論楊雄文遺言措意頗短局滯澁不若退之猖狂恣睢肆意有所作余謂顏比陶亦然　中都不必呆數典此卽指關中耳此上承黄

與殷晉安別　正是此意

虞下伏四皓草蛇灰線過脈若云君當往事佐命吾當爲四皓以避亂耳御借如此指出毫不見正意痕迹其妙如此前後惟阮公杜公有之韓公亦能之坡則罕見此矣何況餘人　路若經商山以筆勢論亦是蹴起陡勢神來氣來之筆紫芝誰復采正言我將見之也貰患卽買禍也言盡意不舒不啻明說吾意不能明露也　高妙疏遠筆勢騫舉不獨謝不能鮑亦不能

桃花源　此詩敘一大事本末曲折具備而章法布置抵一篇文字句法老潔抵史筆議論精卓抵論贊起四句作一總敘而筆勢籠罩原委昭明崢嶸壯浪往迹以下夾敘

孫權故城乃小謝佳什體製不同未可軒輊

夾寫奇蹤以下又總結借問四句收入自己何等神完氣足以視小謝孫權故城彼爲板實無法而沒奈何矣　陶疏謝密然謝實陶出如此眞謝之祖也　古人文之高妙無不艱苦者但阮公陶公艱在用意用筆謝鮑艱在造語下字初學人不先從鮑謝用功而便學阮陶未有不凡近淺率終身無所知以此求之數千年不得數人紛紛俗士不足議矣

形贈影　形主必死言而但勸飲酒以爲解此句沒把鼻初意也　以天地草木陪說筆勢恣横我形自謂君指影也奚覺無一人言死去不足爲有無也

形影止一人故云未嘗異又云終不別并無我憫爾而發忠告之意

影答形　立名始有把鼻乃正理也　起言旣不能存又無保之之術又昧成仙之道必然死耳中言我憫爾空死一不得不效忠告惟有立善留名不朽耳中閒正還影字題面古人無不如是所謂入木三分

神釋　神運形影者也前八句神三皇以下釋此用莊子之理賢者過之反以委運任化爲極三皇六句釋死日醉四句分釋飲酒立名甚念以下正意也　以任化爲正終是沒把鼻仍自以立善爲正但不必求人譽耳　立善誰譽今及之而後知非口頭語乃傷心語孔子亦歎知我其天卽此意也然只有如此並無別路　陶公所以不得與

陶雖云然亦以原家爲飾魯叟爲汲與聖賢之情何嘗有異

先大夫曰不言伐國鳥盡藏弓此明有亂世之憂恐有禪代之事植猶乃全未理會殊失陶情

於傳道之統者墮莊老也其失在縱浪大化有放肆意非聖人獨立不懼君子不憂不惑不懼之道聖人是盡性至命此是放肆也　不憂不懼是今日居身循道大主腦莊周陶公處以委運任化殊無下梢聖人則踐之以內省不疚是何等腳踏實地

飲酒二十首　據序亦是雜詩直書胸臆直書即事借飲酒爲題耳非詠飲酒也阮公詠懷杜公秦川雜詩退之秋懷皆同此例即所謂遣興也　人有興物生感而言以遣之是必有名理名言奇情奇懷奇句而後同於著書不拘一事不拘一物一時一地一人悲愉辛苦雜然而陳而各

有性情各有本色各有天懷學識才力要必各自有其干古而後爲至者也

衰榮無定在　言不必攖情無常無定之衰榮惟知其古今皆若此故但飲酒可也以衰爲主以榮陪說其理乃顯

起筆勢崢嶸飛動後四句明明正說　念之至熟至明所以飲酒以下倣此　昔人云讀杜詩當作一部小經書讀余謂陶詩亦然但何必云小也

積善云有報　言不必計善惡之報爽但以固窮守道爲正求仁得仁同一窮死不如留名沒世　一起四句偏反飛動先有斷決而後發此端問先非眞有所疑也反覆疑

迷收二句語勢尤勁折無一平直淺滯順滑之筆明明爽報卻云不爽求仁得仁也以二人證之而文法相承互解言卽此所以報夷齊榮公也　上言其爽而空言詰之作波瀾以起下百世之傳折出一榮公文法變化如此以福報則爽以名報則應文法變化收忽然自斷決截堅定不復疑若忽悟徹者然屈子天問亦此意古賢無不然道喪向千載　言由於不悟大道故惜情顧名而不肯任眞不敢縱飲不知卽時行樂此卽身後名不如生前一杯酒與上篇似相背然惟其能固窮是以能忘憂而飲酒固是一串意非相背也不可以文害義也　此卽神釋之義

注說及何義門解皆失之滯書生之見取於歸一詩人之情惟意所之左右逢原皆道腴也　鼎鼎言方來之年甚速如流電吾人僅此百年之內何足恃乎注非

棲棲失羣鳥　此首分兩半看前六句未歸是言已作鎮軍參軍時六年閒事也後言旣得歸卽今是昨非之意孤松句仁也勁風句言天下皆亂無樂土卽採薇歌意收句要之以固守永不更違幾於右軍誓墓所謂致虛極守靜篤後來如某某不保晚節復出失身不能如陶公之剛決也　夷齊安適歸顏淵得孔子而依歸

結廬在人境　此但書卽目卽事而高致高懷可見起四

古人賦詩遣興豈必斤斤

句言地非偏僻而吾心旣遠則地隨之境旣閒寂景物復佳然非心遠則不能領其眞意味旣領於心而豈待言所謂造適不及笑獻笑不及言有會點之意後六句卽心遠地偏之實事

行行千萬端　本齊物論　起句舉世皆迷次句此指眞是非三句人人一是非　言心不遠者但見是非紛紜而不能已於言此承上文忘言而足之如此

秋菊有佳色　就菊言所謂卽物卽事

靑松在東園　次句乃與常人同儕等伍不過歲寒後凋之恉而說來如新聞就松言皆以飲酒緯之顧題也。樹

顧題此二十首中不言酒者多矣

頃思得此讀此乃先得我心同然蓋可信其不謬也

清晨聞叩門　又幻出人來較之就物言更易託懷抱矣

此詩夾敘夾議託爲問答屈子漁父之指注謂時必有人勸公出仕者是也收句完好

在昔曾遠遊　言恐失固窮之名直書胸臆無一字客氣

顏生稱爲仁　起六句將枯槁與名並說足以下解之雙承名亦不知枯槁亦不知但貴稱心耳苟能稱心即裸葬猶可又何生前枯槁足恨何所知是發明一二句名三四句枯槁以下分承總解

長公曾一仕　此與前皆借古人而緯以己意此詩直作

世俗久相欺請俗人少眞面目耳不必指戀官言

兩半首敘二八一伸一縮一往以下言已久相欺言僞爲無宦情之言而戀宦不肯去位也擺落句即狐疑不能堅決之意

有客常同止　此忽然慨世庸愚之人可憐而不悟而吐屬溫雅藴藉無惡詐醜詆直罵氣象淵懿此即陳遵同張竦之恉子雲酒箴之文

故人賞我趣　此首正說飲酒　父老四句說醉後之趣情景意識眞汁漿盎涌留止也即指酒

貧居乏人工　此前四句祇作即事興體與下不相貫以後卻從空曠中得悟本趣言若不委窮達則多憂懼是攝

評古賢哲時時以已比附最見其鄙陋處

其素抱爲無益鄙懷豈不可惜然後知其以一窮字綰起四句灌木荒宅以下是貧居境象宇宙句放筆向空中接收二句敍論反掉作歸宿適緊之至言不能固窮則喪其生平爲可惜如馬融蔡邕

少年罕人事　起句余亦然△言弱不好弄感歎已情事與境如此惟宜飲酒以遣之惜不得陳遵之人共陶此情翳蔽也言不能鄙也韓公秋懷時偷此境△固窮乃以全節飲酒乃以固窮遣此窮耳非飲酒也此意人不知之所以如此者何也非孟公不知　時無陳遵不違吾飲酒之意

幽蘭生前庭　此首分三節言懷才見遇又當思慎任道

警悟當念還告當時之人也非自謂

不失顯默者猶言不屑教

即懷仁輔義天下悅阿諛順旨要領絕二途然後當思世路險艱知足急退　此詩用意甚遠必爲時事而發然自古及今聖賢所以立身涉世之全量不過如此　淸風句以才見世任道何哀而誨之收句即歸去來辭迷途知遠△今是昨非△出山泉水濁忘其本來面目者皆是

子雲性嗜酒　言止可飲酒不可及世事當深心接物可知雖與王顏相往還而不入之不可得而雜也此見公沈毅剛勇不忤俗不隨俗非一味爲高致彼飾僞沽名以爲利者固無論即石隱者流亦豈足與於斯　引子雲借古人以爲比言不失顯默在當用心而諸爲爪牙鷹犬希佐

詩豈亦發論
也

先大夫曰此詩自言歸田在向立年是未三十也又一紀而作此詩則當在四十內外也前首亦言行行

命以毆國者其不仁可知也卻以已不忍相和爲仁言外分明而歸於飲酒以載醪問奇引入何等親切是諦句即管但談經意有時二句素位不妄言世事即管幼安潛龍之說收句豈復有楊惲之事傾欹之望　言是聖人眞實學行高識確志是聖人之道子雲所以不能嫌於自頌託之云爾

疇昔苦長飢　言已幾誤託足於仕路之歧途而幸得返末二句以仕歸飲酒用疏廣典親切挽合題目自然恰好公以三十五六出仕四十一歲歸田至此五十二三矣△

此公自彭澤後紀作多有微言宜領

向不惑今謂作詩在五十外殊未合

此語最是

御陋至此不堪寓目

義農去我久　此首收束二十篇而末二句又收足題面章法完整蒙上言仕歸飲酒不得已也昔孔子不用而歸則刪定六經已今亦欲如是但述而不作好而親之以繼微響而已此與楊雲仲淹之僭作者已不同矣　不言已之好但言人之不好亦避直取曲以虛形實也　此首蓋以舉世少眞而已獨一人任眞如魯哀公云以魯國而止有儒一人也而此意不便自說故謬悠其詞於飲酒曰恐負此儒巾也下二句又就飲酒中爲荒唐弔詭謬悠中又復謬悠之卻又顧題也陶之飲酒卽莊之寓言植之之日記然植之正言不如莊質言又不如陶而心則一也　少

陶并無此傖語

眞謂皆從於苟妄也舉世習非不得一眞欲彌縫之道在六經崇尚乎此庶可以反性情美風教成治化著誠去僞返樸還淳無如世竟無一人問津此其可痛可恨而已之所懷則願學孔子從事於此亦欲彌縫斯世而有志不獲惟有飲酒遣此悲憤也以用意論極其恍惚以文法論極其恣肆奇妙不測　收言舉世皆庸奴無可莊語只有飲酒愈緩愈肆愈遠　經所以載道也達道則無苟妄而無不任眞矣故歸宿孔子及諸儒言己非徒獨自任眞亦欲彌縫斯世此陶公絕大本量處非他詩人所能及故此篇義理可以冠集羊長史篇文法可以冠集　陸桴亭云玩

其詞意上敘孔子下述六經皆言願學之意但終以飲酒之語亂之使人不覺耳又言所行不無過差不能盡如六經由於好飲之故亦躬行未之有得意樹謂明以來諸儒皆以講學爲門戶其實無甚學問皆鮮實得若使用之必不能彌縫使淳而卻居之不疑不如陶公之任眞矣 此二十首篇篇具奇情曠趣名理名言非常恣肆皆道腴也

讀山海經 第一首總敘祇言讀書情景略一點題耳

詠貧士 中多名理名言

萬族各有託 孤雲比衆鳥與量力以下入己賦也 此所謂知音者亦謂黃農虞夏耳已矣即安適歸矣之指何

時見餘暉與末己矣相呼應

淒厲歲云暮　前八句說貧傾壺二句樸眞後來孟郊虞集俱從此脫換出然如虛豆兼冰崇等語益奇而氣象終失之雕鑱不渾成閑居四句方貼己之處貧跌宕往復闊大精融賴古多此賢句貫下三首古人章法之奇如此

榮叟老帶索　重華二句闊大橫絕含蓋古今非小儒胸臆所有敝襟二句又遙接帶索納履豈忘四句跌宕轉折總結二古人　此與下二首皆先引古人後以己讚之斷之論之詠歎之發明之爲章法

安貧守賤者　六句古人豈不以下入己之論讚收卽朝

聞道之義

仲蔚愛窮居　前六句古人此士以下入已之論讚人事二句公自言願從仲蔚也翳然言自蔽匿不與世同罕所同言世人罕能知之

九日閑居　起四句解九日題義典而新警露淒四句寫景以下借酒菊引入情收四句敷衍閑居　蕭疏之氣康樂不能知

於王撫軍座送客　此僅於詞足盡意而綿邈清綺一往真味景與情俱帶畫意起四句敘題寒氣四句地瞻夕四句時收四句情　此詩無甚超詣而自不可及品韻高也

起四句將有亡國之懼也收亦此意

濶哉二句言己既老不能復有爲也即不禁之情

歲暮和張常侍　大致因歲暮而感流年之速己之將老死也而精深沈至不淺滑平顯一起一結尤深起言人代易速觀於市朝而見舊人之多亡其速如駱驥之趨於悲泉以下句形上句爲歲暮起端也今又當暮則己又將速亡素顏闊哉虛實反正開合言之向夕四句正寫歲暮民生遂接而以闕酒爲題之正實其味彌深又就無酒轉下言窮通憔悴死皆不惜但別有慨耳撫己雙收言本自有深懷而觸歲暮又增慨耳試思其言意下落用意精深章法文法曲折頓挫變化不可執著徒以自道爲學陶者豈足知之

有會而作　正言菽粟不足卻以甘肥爲襯則意深而曲有味矣常善四句與謝公平生疑若人四句同本言已慕此人卻反言以非之則局勢曲而變化矣斯濫二句解上文言彼寧死不肯濫則余今日亦止有固窮甘餒而死正以師昔人也讀此乃見公用筆之變用意之深曲文法妙不測後人學陶意腐語直勢平筆鈍安能夢見

連雨獨飲　不過言人生必死世無仙人不如飲酒而用意用筆俱迴曲深峻天者自然而已任眞則亦同於天曰忘曰無所先皆筆之曲也天豈去此言天非遠即吾心是但任眞即天矣雲鶴仙也雖可羨而吾不願顧獨抱任眞

自然之心久與天忘乃衍上文意不必求仙也起四句本是古人陳言看他折洗翻用入妙

和劉柴桑　此以劉能歸爲恉一起八句著筆用意全在此荒塗二句以他人不歸者相比茅茨以下言初歸修治田宅直至歲月共疏方說足棲棲二句頓挫以寬文勢若無此則氣促耕織四句又於題後題外繞回詠言往復三折弱女句或劉本無男乃見眞妙而沈德潛以爲喻酒之薄無論陶公無此險薄輕儇筆意而於詩亦氣脈情景俱澆漓矣起四句注言劉招公入社而公不往甚淺而陋此皆謂劉初仕而今還也公之辭彭澤與劉之去柴桑其趣

今我二句亦慨世變

岩松四語自

一同故此和劉郎自詠也親故二句是貫下還字用意通身指劉猶康樂池上樓上言思歸下言始寧之親故耳

酬劉柴桑　一起四句跌宕前言劉此言已余今旅處亦罕人事方知忘運之語眞也

和郭主簿　此二首與酬劉柴桑皆閒居詩正格一味本色眞味直書胸臆　前首夏景次首秋景爾郎指幽人也解者謂指松菊則於下文勢不通矣因松菊以興起幽人耳前首望雲懷古次銜觴念幽人也檢素不獲展言不適訊問也康樂擬之曰顧阿竟何端

擬挽歌辭有生必有死　一起凝結言死一耳但早終非

先大夫曰此數詩安得不從沈薰陽諸公之說

有促短之殊曠恉妙義空古今魂氣八句敘足結句收轉倒具奇趣

荒草何茫茫　且敘且寫有畫意幽室八句入議論眞情眞理另收緩結此詩氣格筆勢橫恣游行自在與三百篇同曠而又全具興觀羣怨杜公且遜之

諸人共遊周家墓　此雖一小詩而可以摹習成一體格

雜詩十二首阮亭止選白日淪西河一篇此篇亦無奇但白描情景空明澂澈氣韻清高非庸俗摹習所及

擬古榮榮窗下蘭　此亦仍是屈子及十九首阮公等意前四句始合出門六句終乖多謝四句詠言反覆作收

借田子春以明其懷抱也以爲詠田疇矣擬古諸詩陶公絕唱生平大節具見其中方全未理會何足以爲知人論世哉

辭家夙嚴駕　此只詠田子春耳起四句故爲曲折收句結出託意

日暮天無雲　淸韻情景交融盛唐人所自出

種桑長江邊　此尚氣之作在公集中似成別調　按此卽夷齊西山歌義

責子　此詩無可學亦無可說

乞食　此與責子等篇皆無可學而此首音詞有足動人深感者

詠荆軻　次敘高簡託意深微而章法明整起四句言丹君子六句言軻飲餞八句敘事心知二句頓挫以離爲章

法登車六句續接敘事惜哉四句入已託意作收

昭昧詹言卷四終

詹言 四

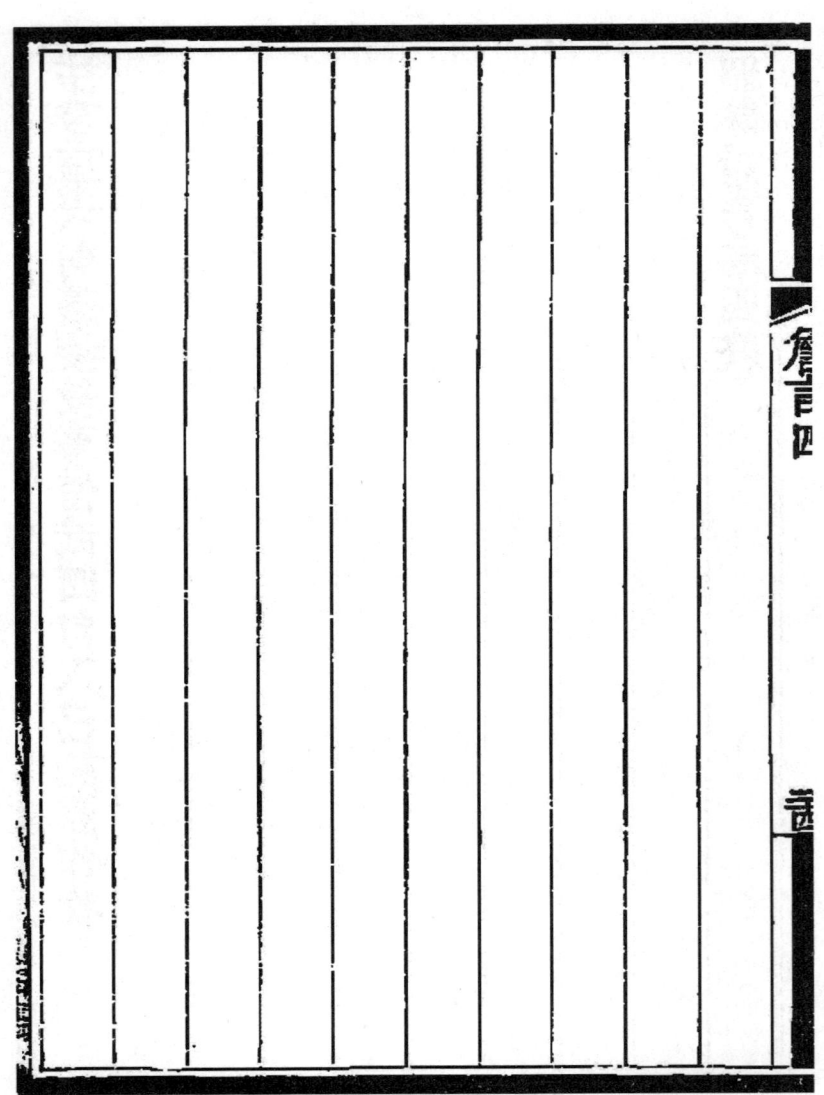

姬之專於字句詞藻上着眼故於大謝獨多精確之論較論曹阮諸家遠勝

昭昧詹言卷五

桐城方東樹

大謝

謝公蔚然成一祖衣被萬世獨有千古後世不能祧不敢抗雖李杜甚重之稱爲謝公豈假借之哉且諸謝翼翼如叔源宣遠體格俱相似而康樂獨稱宗師惠連固且遜之政可於此深惟其故

唐初詩人及盛唐人於唐以前諸名家皆嘗深知而慕效之其上者能變次者猶或得其一節惟大謝無嗣音皎然之論亦只空識其句法興象而已不得深究其作用措注

此論甚當

之精微也考謝公卒於宋元嘉十年癸酉到今一千四百餘年中間除杜韓二公外竟未見一人有能知之者明代李空同號爲學大謝觀其氣骨輕浮皮傳麤淺即剽其句法尙屬影響無論神明意蘊矣弇洲倦圃徒事推崇漫爲膚論於是謝公竟成絕響非特此也吾觀醴陵所擬竄句籍辭全屬皮傳影響可笑也

讀謝公能識其經營慘澹迷悶深苦而又元氣結撰斯得之矣醴陵空同求之皮外豈得爲能知大謝者哉

大約謝公淸曠有似陶公而氣之騫舉詞之奔會造化天全皆不遠固由其根底源頭本領不遠矣而出之以雕繢

爽快逸邁何可無之此正其病耳

堅凝老重實能別開一宗

南史本傳云縱橫俊發過顏延之而深密不如此非知言

謝公政自深密耳

謝公思深氣沈無一字率意漫下學者當先求觀於此較之退之山谷尤嚴此實一大宗門也

明遠杜公皆有率句爽快逸邁康樂無之

古人不經意字句似出已意便文自道而實有典此一大法門惟謝鮑兩家尤深嚴於此後人淺陋無復如此但率語耳

如謝公乃是學者之詩可謂精深華妙但學人不得其精

此評太過

此則當矣

深而浮貪其華妙則亦終歸於詞恉膚僞氣骨輕浮如李空同輩而已

任淵論陳無已詩如曹洞禪不犯正位切忌死語后山何足當此鄙意康樂亦正犯此病此意前人未有發者

曹洞禪不犯正位切忌死語康樂貌似犯此似沈滯平鈍氣勢不起其實竟體空靈邁往曲折頓挫非靜對久之不能深解其妙

謝公氣韻沈酣精嚴法律力透紙背似顏魯公書

謝公全用小雅離騷意境字句而氣格緊健沈鬱

謝公不過言山水煙霞邱壑之美已志在此賞心無與同

先大夫曰陶之忠憤正同孔阮家國君父之恨豈可淡忘此論殊未允當

耳千篇一律惟其思深氣沈風格凝重造語工妙興象宛然人自不能及

陶公說不要富貴是眞不要康樂本以憤惋而詩中故作恬淡以比陶公則探其深淺遠近居然有江湖淵泚之別

陶公胸中剔有大業匪淺儒所知太白胸中蓄理亦多皆非康樂所望見讀謝詩令人無興觀羣怨之益

古人處變革之際其立言皆可覘其志性如孔北海阮公固激發忠憤情見乎詞陶公淡而忘之猶有荊軻等作康樂仕不得志卻自以脫屣富貴模山範水流連光景言之不一而足如是而已其志無先朝思也韓亡秦帝之詩作

於有罪之後但揞拄門面耳何謂忠義動君子也嘗曰廬陵王論曰靈運空疎延之隘薄鮮能以名節自立可謂知言矣

古人作詩各有其本領心志所結動輒及之不自覺所謂雅言也如阮公之痛心府朝憂生慮患杜公之繫心君國哀時憫人韓公修業明道語關世教言有物太白胸中蓄理至多逐事而發無不有興觀羣怨之指是皆於三百篇騷人未遠也謝公功力學問天分皆可謂登峰造極雖道思本領未深不如陶而其痼疾煙霞亦實自胸中流出不似後人客氣假象自己道不得卻向他人借口也

如康樂乃是學者之詩無一字無來處率意自撰也所謂精深但多正用則爲陳言退之乃一革之每用必翻新而一切作料字面悉洗淨去之文字一大公案古今一大變革也

謝公每一篇經營章法措注虛實高下淺深其文法至深頗不易識其造句天然渾成興象不可思議執著均非他家所及此所以能成一大宗碩師百世不祧也今學謝詩且當求觀此等處然余之閲之也恆昔昭而今昧故令一一記之

陶公不煩繩削謝則全由繩削一天事一人功也　每篇

此節上有闕文

百篇爛熟謝從陶出而加琢句工矣

史言靈運居永嘉西堂思詩竟日不就又與顏延之受詔擬樂府久之乃就可見其得之苦艱不易也今之詩人搖筆轉吻頃刻滿篇不知有所謂難何由能及古人

謝詩力厚思深語足氣完字典句渾法密機圓氣韻沈酣求通其辭求通其意者也固學詩學文之要恉而於謝詩尤宜依此二語用功

康樂終是有懷抱本原皆自己胸中發出不是借口客氣假象而其每一篇經營章法皆從古人來高妙深曲變化不可執著至其造句清爽秀韻又極老成古樸今當師其

以上所云而務避其面目字樣習調

謝詩用事如樵隱俱在山妙善冀能同亂流趨正絕來人忘新術執戟一以疲和樂隆所缺似此凡數十百處暫見似自道而實皆用典此是一大法門古人無不然當先求觀此等乃不敢率易下語有同傖父率率驅使故事寡情不歸

謝詩看似有滯晦不能快亮緊健非也乃正其用意深曲沈厚不佻不可及處須細意紬繹玩索乃知杜子美作用多出此等凡謝詩前面正面後面按部就班無一亂者所以爲老成深重每層中有中鋒煞料語姑卽登池上樓一

首求之亦可見又如九日送孔令過廬陵王墓敘述有序步驟安閒中鋒煞料一往情深如吮而出

謝公造句極巧而出之不覺但見其渾成巧之至也以人巧造天工

阮亭不選初去郡甚有見此謝公滯詩也田南樹園亦同康樂詩止以綠水天然爲健此等滯詩何遽學也

謝詩以綠水芙蓉天然去雕飾爲佳又有一種常語滯語如初出郡擬古等不必不佳然無得學之恐成習氣皮毛搔癢不著似是而非爲無當耳學者取謝鮑奇警句法而仍須自加以神明作用乃妙深觀杜韓則謝之爲謝杜韓

之爲善學而妙皆自見矣蓋杜韓能兼鮑謝鮑謝不能有杜韓也

杜公能兼大謝而實駕出其上空同自以能學杜而不能夢見大謝以此推之則學者有本無本眞僞之別居然見矣太白亦能兼大謝而宏放實勝之

謝之比於杜韓則謝似班固杜韓似史遷顏比於謝則虎賁之似中郎神期不同矣

觀康樂詩純是功力如挽强弩規矩步武寸步不失如養木雞伏伺不輕動一步自命意顧題布局選字下語如香象渡河直沈水底又如纍碁如都盧尋橦如痀瘻承蜩一

先大夫曰又怪字上無所承恐有脫誤

此乃仇家誣詆不可據

口氣不敢出恐纇也又如造淩風臺稱停材木分毫不得偏畸及其成功如偃師之爲像人人巧奪天工力足以赴巧智足以彌失皆同一深造自得又怪康樂作詩用意靜細縝密如此其所潤涅槃經亦莊列精言而其行身披猖悖誕如彼而卒以殺身可歎也乃知其言而不能行全無克己內反之功得道不行咎殃立致謝之謂矣

謝公起處有凝對者亦似鮑有極緊健亦有平斂不甚警者亦有崢嶸飛動之勢者但力自厚而不流與杜公筆力雄快馳驟者不同須分別之如能合陶杜漢魏而兼其勝乃可俯視謝鮑而豈易得此人乎

杜牧之稱元白向無佛處稱尊此最中俗人輕妄之病若見得古人深苦如此則豈敢妄自侈大故今且以鮑謝韓黃爲之祈嚮可以已輕率滑便之病

謝詩起結順逆離合插補慘淡經營用法用意極深然究不及漢魏阮公杜韓者以邊幅拘隘無長江大河渾灝流轉華嶽滄海之觀能變易人之神志此存乎義理本源及文法高妙非關篇什長短也試觀阮公可見然今切不可以此便生輕忽謝鮑之見蓋其至處非餘人可及也

太鍊則傷氣謝鮑兩家若不善學則恐不免峭促不舒之病不如三百篇漢魏阮公以及杜韓混茫浩然一氣也

謝鮑元氣渾淪流注於篇內但不怒張馳驟呈露於外耳非無氣也乃故凝之固之抑遏之如匣劍光柙虎兕

謝詩用意沉厚酣恣可以窺其天懷學力讀之久令人不能釋

下字成句須以康樂爲法無一字輕率滑易此黃山谷所以可法杜公時時用康樂意與字但氣加緊健雄邁耳

杜公詩有學大謝體者如次晚洲空靈岸花石戍等可見

又按謝有插槿當列墉句杜公盡用此字而董采評直亂道其於杜公並文義未能通而徒拾學究頭巿唾餘盲論瞽談全無發明强作解事以誑惑無知之後生耳近日紀

氏評蘇亦然

姚薑塢先生曰康樂詩頗多六代強造之句其音響作澀亦杜韓所自出

又曰惠休所云初日芙渠皎然所云風流自賞正未易識取而何義門以還舊園作見顏范二中書篇當之似非謝公所允耳愚謂何固不深解詩者此篇阮亭未入選甚有見但二釋所云初日芙渠卽是風流自賞蓋言其葩豔天然不俟雕飾必欲釋之亦不難如潛虬媚幽姿猿鳴誠知曙昏旦變氣候首夏猶清和池塘生春草明月照積雪等句亦未嘗不可想見但此乃指一句一語言之恐二釋所

品皆止言其華妙而未及其精深今茲苦索之而謝詩之精深始顯要之精深猶可以學力至華妙則其才之得於天分者不可及也華妙而不精深固爲浮豔精深而乏華妙則有同嚼蠟雖巧如偃師亦止象人而已如顏延之是已

顏五君詠精深華妙神采飛揚在謝之上

謝鮑杜韓造語皆極奇險深曲卻皆出以穩老不傷巧小才傚之卽不穩或傷巧而輕或晦不解

康樂無一字不穩老無一字不典重無一字不沈厚深密如成德之士求幾微之過而不得實勝明遠但其本領不過莊佛無多變境不逮杜韓如長江大河含茹古今攪動

宇宙也

學康樂之沈厚深重須濟以明遠之俊逸乃免滯氣學明遠久又入於輕俊又當濟以康樂至陶公杜公則全美

康樂擬鄴詩及擬古諸作不必不佳然實無謂阮亭不取頗見鑒裁之善

讀莊子熟則知康樂所發全是莊理

玩謝鮑玄暉所讀書亦不甚多但能精熟淡洽故用來穩切異於後人之撏撦餖飣也看來康樂全得力一部莊理其於此書用功甚深兼熟郭注古人有一部得力書一生用之不窮尺捶也觀康樂之所言卽其所謂涅槃經也故

當非餘人所及

讀古人詩其用意須會之於意言之表方可云善繼其志

述祖德達人貴自我　起四句包括二篇全旨康樂用字之典及敘述重大情事簡重老鍊令人可達此皆大作手可法處他人語蔓冗淺陋而意緒反不能明輕置濟物重在達人命意高人一等。故是文章占地步身分處。亦是文法虛實輕重賓主易位法以襯平鋪實敘冗絮而不可了者靈蠢全別矣段生四句歷引古人以證之排比鋪張而非冗空中布陣實者仍虛展季句似越石臨組四句申明歎美以頓束之對珪句全用太沖句苕苕四句遞入本題敘述警而不弱蔓遙遙句承上起下委講四句高入申敘正言之委講改服不得已而出濟物也委講綴道論如玉臣注委棄講藝語殊未明荀子成相春申道輟輟作綴此或亦作輟義與委講改服同一義與太白君平綴論者不同姑存疑以俟知者　一起四句概起得力邁往一氣兩層雙縮而賓主歷歷筆勢浩然以下如水之浮物隨勢曲注皆極其自然而止收二句虛讚

中原昔喪亂　前首虛含此首始實敘起勢邁往崢嶸飛動似仲宣起六句敘時事語壯闊該簡有氣稱題爲第一段萬邦六句承遞入題次第精實全篇中權正位爲第二

元固晉臣何得如此深求

總是就題看詩不知古人詩成而後命題某暮字耳

段拯溺二句身分凝句頓挫賢相以下收轉達人高情以結述德之悄見歸宿終高人收足高情濟物只作中間一波要之此亦虛美謝玄雖云勳參微管然非有道德之人受封公爵何嘗辭賞足比於段展四子哉秦趙云云不歸美君相而攘以私其先祖亦非立言之體統觀康樂詩以此爲最矜浮雖不若詹頌之掠虛而固殊衞銘之勿伐然以詩論則經營布置稱停稠密可謂極工筆亦簡老視宣遠子房詩潘岳關中詩皆凡製矣

九日從宋公戲馬臺集送孔令　學王撫軍送客　起四句從九日起高邁鍊句寫時景良辰四句敘宋公集送餞

[illegible][illegible]作也

先大夫曰此用君子之光有孚吉象云君子之光其暉吉也以暉釋孚釋文需有孚光讀孚爲專此同其訓載記孚尹旁達之孚亦與此同

此詩起四句言世運已衰幽人高舉餞宴四句反言以諷劉裕替

燕四句將宋公之餞送說足然後入孔入已送在宥二句沉鍊精深所以聽其歸歸客六句敘孔豈伊以下始入已之送　周易有孚於飲酒言時將可以有爲而自信自養以俟命此朱子義也而康樂云云似亦此意至在宥二語歸美君上能容他歸得遂自已讀羊里切音以止也之性闊大精實義理周足他人所不能到當日共推宣遠作昭明亦並登於選然彼於起處敘九日太多章法偏壓後半敘本事詞意未滿大不及康樂古今濫吹誰差比而眞知之也　康樂之詩祇是言有序按部就班一毫不漏一字不蔓不迂絜平弱而造語精好如精金在鎔無一點鑛氣煙氣躍冶

未天下洪并平治之時故極力贊揚而譏諸自見末四句言非以爿途為念乃宿心不能自遂見孔之去有媿薄劣耳指意愈明方評全無領會河流二句選注最當如兼言水陸路程恐不成文理

之意於此篇亦可見　弭棹二句次第不苟河流二句水程陸程均到此皆他人所易粗忽而獨從容細意不可及處後惟杜韓同此律細也　力厚氣充詞足寬健各得其性

盧陵王墓下作　起八句次第敘題直至作詩為第一段雲陽指曲阿朱方指丹陽公至曲阿還丹陽懷君子點題道消句橫語分寸洗重憤懣指少帝運開指文帝神期四句正申悲涼頓住延州四句借賓陪託以避平衍實說楚老弔龔者平生四句轉入哀傷忽掉轉馳驟剽胥如神龍夭矯忽起忽落用筆行文至妙處神情俱動疑若人謂越

起四句賞盒一段敘題析

州龔老腕促四句遙接松柏句下腕促生也頁甚也天枉句文法舉聲二句遙接淒惋沈痛悲涼意　連岡用典不苟如此淺學安知敘述一大事前事明本末無不該悉而仍從容文法範我馳驅他人指陳冗絮轉不得要領心忙語亂不暇論文法然後知作者擅場杜韓所以傾心豈苟然哉、盧陵沒時年十八謝晦論盧陵德輕於才而已之德乃更輕班固所謂目睫也　敘述措語有序有情略同九日送孔令一往綿邈情致如餂吮而出無一率易之句無一陳舊之字敘述流連非平日滯澁面目

鄰里相送至方山　別人　起六句次第敘題事實情景

析四句當爲一段就林月爲興象寫己懷抱含情何浮月遇物何承林積澗四句爲一段自述高曠之志收因以月新勉送者乃諷諭之遊不僅了題不出題外四字尤妄說拙疾二句已入題

起八句跌宕頓挫最有味清曠貞堅與人斷關合盡義法也

三者交代分明。解纜二句流動含情，六句入作情開合往復順逆而以永此頓束。十分說足積痾二句深語各勉二句另換氣換筆作收。周旋鄰里題面古人不略題字一不出題外。其謹嚴如此。此少帝初立出靈運爲永嘉時方山在江寧

過始甯墅　起八句言已入仕途之跡。二紀句倒入緇磷句違志剖竹六句入題過墅之由兼述途中之景白雲四句正寫墅揮手以下約誓還山完題緒。枌檟句季孫爲棺。古人言有序如此。凡四層　此與陶歸田園比之則陶爲元氣。揮斥此微有斧鑿痕而眞摯沈厚耐人吟詠　始甯

此處假拖何嘗拘拘完題陶謝詩體各殊未宜以此分別高下

墅在上虞南鄉

晚出西射堂　首句點題次句以一望字貫下四句景節往二句一頓故爲離合章法以避一氣直下之平順其法與石門新營所住同羈雌四句本與嶂翠楓嵐爲望中一類物忽另拈出託以自興則實者皆空蠢者亦靈以章法言又極變化是爲奇妙不測撫鏡二句遥接感念逆接離賞妄排二句故爲一折蓋從來不肯使一直筆行一步滑若劉公幹體末流猶恐有滑順之病　此與過白岸亭皆不過尋常題之景物情事一入曲思便幻出如許奇觀靈境可悟文心文境之聖凡祇存乎其人之淺深讀康樂詩

宜於此等究之乃見與傷巧入輕纖者不同　時有晦滯
不能健快但沈厚不佻不可及

齋中讀書　起四句不過逼入題而開合闊達崢嶸飛動
處館六句交代正面而措句勁急下字選切皆無一率漫
沮溺四句題後繞補詞意筆勢寬博文法銜承謹密使事
精嚴收句結束全篇所謂達生取知足知止義杜公取適
事莫並又古來達士志幽貞愧雙全同此用義言得利即
有一害惟達生之情知本如此方可託而安

登池上樓　起二句橫空突爲兼興比三四即借引入已
五六又申所以愧怍凡六句三層承遞爲第一段何等細

起六句一氣銜接言進退皆不能自主首兩句乃設

喻以起下諸耳

初景四句喻朝政之多變乃奇妙之恉也

言有持操故无悶耳

飛鴻二句以潛遠卽寄薄霄二句承上議進德二句引入有序循祿六句倒敘入題凡三層交代正位實面傾耳二句正面承上褰開窺臨頓足又起下也爲第二段拙句實句康樂有此病初景四句正寫登樓窺眺之景池塘二句順句耳而多妙爲第三段祁祁四句引入己言思歸乃登樓之情凡兩層申敘爲第四段持操二句總收通篇愧怍思歸之意持操卽持無悶之操也徵今卽徵古持之操也言己亦當力持操也故堅守口口遁世無悶　康樂詩章法脈縷銜遞整比完密如此此正格中鋒也視同時諸他名家皆不免鹵莽疏略精力不能到此此寫病起登樓

所得殊淺

此得之

迂極

此詩若承前首則眞無謂矣蒙叟以老杜江湖滿地一漁翁爲信宿汎汎之漁人植翁何以異此

迂曲難通

池塘生春草信佳句然亦何不易識之有進德謂退而祿仕也知此解則兩句一意而全詩

滿懷鬱抑褰開以下乃寫久病初起風景一變如畫　祁祁二語皆取歸字爲義少帝出靈運非美除故感而思歸索居二句遠承前過始甯墅鄉曲之人言之故讀詩者不知世編詩者不考其語句皆若曼羨無謂何能得其意知其味之指也阮亭蓋猶未知此　初景之革卽革故陰也新陽之改卽改緒風也二句互交　自衾枕以下寫正位十分滿足池塘句公自謂有神助非人力竊謂學者必眞能知此句之妙不易得乃有詩分進德二句承上言所以愧怍起下所以徇祿然康樂之所謂進德亦祇作隱居潛退意卽景純進保龍見非謂進不能輔世長民也進德斂

之妙盡失矣

此首已有青春朱明之語何必前後

退懷抱在此宋以後如陸放翁等學杜喜爲門面客氣矜張以自占身分無其實而自張不作最爲客氣假象可憎厭康樂侚無是也　康樂陳郡人以祖父先墓在始興移籍會稽故自稱越客反竆海者反歸也　謝詩多取陶意如此起二語卽望雲慙高鳥臨水愧游魚也

遊南亭　自病起登池上樓遂遊南亭繼之以赤石帆海又繼以登江中孤嶼皆一時漸歷之跡故此數詩必合誦之乃見其一時情事及語言之次第時竟据前後詩意乃是春時竟也起四句孟秋敘時兼寫景久痗六句積雨追敘入題交代并著時令旅館句倒點朱明句孟秋感戚二

末聯二句亦非空語世事多不如意故思歸老衰疾在斯乃託詞耳感物而自髮鬢定非聲衰也解此乃知末句之妙

泛海　可謂妥生分別

兼帶興象尚未足當杜語

句頓挫起下六句思歸作結　寫雨後景而因以寄病躯思歸之情　藥餌定作樂餌用老子。指官祿世味言。世味雖情所嗜而無如衰疾已及。故將俟秋而歸。四句用筆馳驟開合往復。文情最妙。注家泥下衰疾字解此作藥物則詞與意皆騃蹇死笨而且不可通矣昏墊言久雨也息景即二載爲期意言歸始甯也　良知五臣以爲友是也而未盡此言知己同志者耳非概指友也言自己知之也

遊赤石進帆海　起句從前遊南亭篇朱明句來不過敘時令而萬古不磨則琢句與象之妙也水宿二句點題實遊邐敘入而必兼帶興象。不肯作一率漫泛句。杜公所謂

淺解
溟漲二句所
意益顯白矣
然固千古佳
句在謝詩爲
壓卷之作解
詩不宜參入
己非適己物
可怨可不可
也言在意遺
己則世又可
怨乎二者皆
非故欲附任
公之言然後
可以居人羣
而不見忌也
如此解則六
句一綫

語不驚人死不休也周覽二句入題交代何等次第細密未帆海先周壖可謂體物不遺卻又非庸手絮漫川后六句正賦帆海而句法非常傑特華妙壯闊復次第不亂也揚帆句側棲仲連以下入己情議謝詩篇篇如此蓋無此則無歸宿矜名二句亦開合法杜公知歸俗可忽同此太公任弔孔子曰直木先伐甘井先竭任公之言萬古眞常余閱世之人觀閱受侮皆由揭己乃悟此爲至理名言如退之秋懷亦多是斂退意古之達人皆如此聖人之次也

登江中孤嶼　起四句承前帆海等篇來次第有味亂流二句點題交代不作常語雲日二句景表靈二句歎惜是

太公任豈得稱任公

表靈襯眞選注最得上句束上下句起下

謝之懷抱感憤處則未見及然謝之所以成爲大家則在此等此等得則已造上乘其餘固不關輕重也故自來大家境象各不同

正位想像四句因孤嶼且莫賞莫傳。則崑山更遠。故欲託此逃世。以與安期遊矣不知屈子遠遊不知此意所謂表靈二語令人慨然亡友管異之嘗贈余詩曰爲同子未甘表靈衆誰識誦之感愴康樂固富學術而於莊子郭注及屈子尤熟其取用多出此至其調度運用安章琢句必殫精苦思自具鑪錘非若他人掇拾飣餖苟以充給客氣假象爲陳言也用字如此之確急宜法大約謝詩顧題交代則如髮之就櫛毫末不差其成句老重屹如山嶽之奠不可動搖取象則如化工明遠遜其度惠連謝其華玄暉讓其堅延之比之如碱砆耳緬邈區中緣字用大人賦

而於其中要有千載不磨處

此在謝詩爲常境習語未爲奇特

過白岸亭　起二句交代過字近澗四句正賦景而句法新造文法銜承極其精妙援蘿六句次第引出奇情奇境陳者新蠢者靈死者活近者遠較西射堂羈雌倍妙即物致思反覆長言寫至十分滿足下以榮悴二句就上收轉精理道心乃有於昭昭之多而見日月星辰萬物無窮之覆者豈非奇觀收句就此勒轉用筆如屈鐵轉九　去來者天還定命休戚者人情所感兩句遞說承上黃鳥鹿鳴其用抱朴字是撮取少私寡欲義猶之用沈冥只取久幽不改操義用逵生只取知足義庸俗不明古人深趣第撏撦餖飣雜湊亂塡以衒典博可哀矣　黃庭借對尤妙既

傷彼人百哀實拥語但常時習氣如此耳

富學術又美才思下文榮悴二語皆有根而非泛設詩明用秦詩人百哀注家因止栩二字乃引小雅祈父什詩序云刺宣王不親親失之矣　玩此詩奇妙如此始覺惠連頹魄不再圓四語泛理常談死境凡夫皆能爲之矣

登永甯綠嶂山　前十二句敘題迤邐而入且敘且寫平趨緩步最爲正格盡上六句題後繞補言己所以能盡此遊如上所云由叶於幽人之步雖音詞不接而倂抱則一一者同也注家以抱一連文解誤也　起四句敘澹瀲二句寫淵委二句又敘句法皆勁峭無凡庸平常率漫眷西四句於敘中寫奇警異常詞理俱勝奄忽也盡也言既踐

夕又忽盡昏以至曙非信手塡湊用字也　恬知結上幽人作收務學靜寡欲不逐無涯之知是謂恬養知既知此理而依此用功愈以造於定靜是謂知養恬恬知交相養自古聖賢莫不皆然自莊子拈出後來佛學秘爲密指曰心如牆壁曰止念皆此功夫及既見光景則呼之爲性世人既莫知其誤認之失卽並其誤用之功夫亦未嘗問津未嘗夢見故無能見之及之矣蓋自程朱未出之先認性皆以莊佛爲密諦又何賁於康樂耶固不暇與辨耳　史記東越王都東甌徐廣曰今永甯也　晉宋人好談名理不出老莊小品故以此等爲至道所止每以此入詩爲精

先大夫曰此等借未必實事當據其文以定正史書不當據史文以定其人品也

恬而康樂似所得爲深然康樂自許早能成佛而行身薄而無檢奢泰縱恣多愆禮度有取死之法與其所言皆不應實安在其能縛性也得道不行咎殃立至卒以殺身由其自掇非眞能知道者知道則必能踐行觀康樂持操殆亦所謂喜怒失位居處無常思慮不自得中道不成章何暇安其性命之情者嗚呼龔生竟夭天年不如宣遠量已保身矣宣遠年三十五玄暉年三十六康樂年四十九惠連年三十七王孝伯作人無長物而反畔政與靈運同

從斤竹澗越嶺溪行　起四句寫早景與象溯現爲題作圓光甚妙透迤四句點題交代細敘使題中從字越字行

如此著眼安識古人妙處

若如所解則是先溪行而後越嶺矣題義不倒置乎

解釋未是

字嶺字潤字溪字一字不漏而句字勁拔無一庸熟韓公山石七言起句似之川渚四句分寫溪行企石四句分寫越嶺而每層必有非常華妙二語握蘭以下以無從賞之人作歸宿作結無人可贈同心凡游詩前用敘寫後以情寄作結一定篇法然各有細意新意不同　握蘭二句頓結上文情用四句又轉入自已本情　凡賞即爲美亦羊棗之獨嗜不必人人之炙此理可以喻大凡即詩文道術亦有之言已之固僻在此人或以我爲蔽而實昧於獨賞爲美之理而不能辨若悟此理則獨往自適其性而凡餘物衆理縱爲人所共趨而皆可遺可遺而無容慮矣此詩

此首未足壓卷作者所解亦正粗淺皮傅耳

華妙精深幾於壓卷△李空同粗淺皮傅徒竄句籍辭而自謂學謝其何足以知之非特空同即王介甫之邃於學而自矜月映林塘澹一句以爲似謝此亦驥之一毛耳豈驥之全哉康樂本領如此　痼疾煙霞　謝所以不及杜以無情事足感人而其工於模範與柳山水記同亦似水經注

登石門最高頂　此題是登山而詩所言棲息久止事疑在石門新營所住後與夜宿石門一類皆永嘉石門而王阮亭强分新營所住爲廬山石門而譏柔喬廬山記事只取此首而遺新營爲失愚按靈運在臨川日月雖無考然

心契句自喻自謂句玩世也此殊未解自入于迷亂耳

時實不久未必有營居事細玩此三詩皆無確證闕其事可也　此詩首二句交代題面以下皆言息夕事疏峯十句總寫石門山房之景意極工來人二句即上迷字此等由皆用典不率臆此最一大法沈冥以下八句情即歸宿

沈冥雖用二字面意取守道而不改其操義下四句正申言此意言心契於道遊玩爲寄耳常也道也安常處順任歲月之推遷御以九秋幹三春荑字面故亂迷之居常二句又申此二句居常也處順也安排也皆委運任化之義言安於推排也靈運深於佛理此即推實之義收句言同此趣者無人倒轉另換意回挽結上筆勢縱送反折出

登字奇絶豈尋常率漫敷衍苟爾作結者所及列子注雲梯可以淩虛五臣注仙者因雲而升　抗館是主對巖臨溪羅林擁石皆爲館言之　塞路迷徑忘術惑蹊皆爲登字言之　杜韓山水造句皆自謝出而筆勢緊峭多姿

石門新營所住四面高山迴谿石瀨修竹茂林　此詩疑與前詩互相見此只點一築字以下便全說卧居情事而於題中十六字新營功用一不及之而反見於前詩可知不得分爲永嘉廬山二地也　起六句言已今居美人六句言無同賞結念二句頓斷俯濯六句續接起六句寫景感往六句續接孤景莫與諼下此詩只用一斷續離合法

於韻於詩無妙

古人文多如此　美人游不還一段幽憂怨慕淒涼之意全得屈子餘韻吾嘗以商榷前藻之意況之且爲低徊況於懷曠達之遐思者哉感往二句余時時生死於此非用功久而親履之豈知其言之指哉與榮悴疊去來窮通成休戚遭物悼遷斥存期得要妙矜名道不足適己物可忽慮淡物自輕意愜理無違含情易爲盈遇物難可歇得性非外求自已爲誰纂皆一類見道語莊子屈子賈生多有之杜公韓公亦多有此皆根柢性識中所發非襲而取之可冒有也　句法老滯杜公亦學之但散漫平衍　日車言終日長如此優悠無爲用郭注此所云美人即前共登

異音二句殊有妙悟何得以平鈍目之且此乃總承與石橫二句不同

淺極

起只泛議非借事引入

雲梯同懷之客何云所引楚詞參觀王逸之注乃知此詩託意之遠

夜宿石門　起不過點題於宿前補一筆作引則有根避直法也而措語與象眞如綠水芙蕖謂於至澄明淸靜中現出華妙也鳥鳴四句平寫宿景異音殊響即承鳥風與石橫水分流同康樂慣用此法平鈍無奇妙物莫爲賞五字作兩層兩段妙物二字總結上文蘭月鳥風四項莫爲賞三字一頓如水之浮舟又將莫賞攝起美人不來收句取屈子語倒裝用之倍覺沈鬱頓挫

田南樹園激流植援　起借事引入而用一不同字折入

方蓋以古人作詩略如制藝八比之詮釋題字乎

縱不交代分明亦不失爲

脈縷親切細密乃異於藉薙不合者養痾亦園中此非隱故曰亦中園十句細還題卜室二句樹園也激澗激流也插槿植援也羣木四句總寫景寡欲二句入議起下總結樹字激字植字頓住惟開以下情寄歸宿總收賞心收卜室題實妙善收蔣逕能同者同於蔣也　謝玄有田居在太康湖

於南山往北山經湖中瞻眺　山居賦原注大小巫湖中隔一山欲往北山經巫湖中過又南北兩居注南山是開創卜居之處　起六句敘遊歷於題中南字北字往字經字湖字山字眺字一一交代分明俯視十句實發瞻眺步

好詩

華妙在海鷗等句不在此二句

神靈意中無可加一之字

不必如此分疏腐態可掬

去人逆言山水之適貼人遠也何至不通如此

步衙承不過一寫即景無奇妙石横承大壑林密承喬木解作六句又因眺而廣及泛指之解作句結上升長句生下而興象華妙冠絶古今上嗣楚騷絶殊浮豔解作雨後也題中未及何義門拈出初亦忽之按即杜公蒼茫不曉神靈之意海鷗二句一湖一山一見一聞細貼撫化二句頓住總束上文爲章法蓋解作升長苞含戲弄皆化也而篁蒲鷗雞皆物也將題實寫得十分充滿故後止用反折虛情作收意彌足也不惜四句反掉勁折分四層遞出去人古人也孤游二句再申一層又從莫與同轉出此語可借喻商榷前藻　此詩精魄之厚脈縷之密精深華妙元

氣充溢如精金美玉光氣爛然柳記謝詩造化機緘在手獨有千古雖杜韓無以過之　杜韓無不一線明白者

石壁精舍還湖中作　此體與詩皆略同前南山作而此詩精神全著意一還字可窺古人顧題不肯疏忽處然亦推大謝獨嚴　起四句爲還字前補一層突寫意象甚妙與夜宿石門同言欲還而因戀情輝故遲至夕也游子句跌還字出谷二句點題一句且一句昏林壑二句乃正就歸時夕景寫山昏芰荷二句寫湖披拂二句歸途及既歸情景以上了題事還字足慮淡四句情寄作收似陶此道推爲推排以求　此詩興象全得畫意後惟杜公有之凡

何焯曰：

瑤華二句實是變換之筆

言黃昏曛黄，皆向晚也。寫山水之景，言己志在此，無與同心，諸篇皆此一意。

南樓中望所遲客　此詩無甚緊竅，平鈍無甚啟人神智處，但字句厚密耳。瑶華二句，此處用筆變接，不能闢出奇境，亦是當時文體乃爾然，二雅御奇變。

酬從弟惠連　此與惠連詩，即效惠連體，古人皆然。一往清綺，眞味至情，緊健親切，密𥨊遲留，一字不率，一步不滑，頓挫芊綿，銜承一片，醒耳饜心，惠連所長也。一章言初得見，二章言相聚，三章言別，及寄詩，四章正酬來詩中語意，五章望歸。細校之，畢竟勝惠連，以魄力厚密也。

總是在題字上著眼

登臨海嶠初發彊中作與從弟惠連可見羊何共和之

此亦效惠連體綿邈眞至情味無窮上嗣公幹下掩惠連阮亭分四章是集與選作一章非一章敘始別二章至臨海三章正寫思憶兼及時物四章發彊中後情事　分慮舊歡今歎也悲端善曰謂秋是也郎下二句　無一字不用力留宿遲頓故眞味彌永百讀仍作　常調不過寫二句秋令此卻特倣出而後入之況乃二字勁折有力可想見用思下筆不令一步滑也起行不近三字同此用意

初往新安桐廬口　起二句從時令起兼帶興象感節四句遞入題轉換曲折往字千鈞音響鏗鏘如庖丁解牛莫

雖著意前路收處亦不宜漫率

不中胥合於桑林之舞乃中經首之會感節言涼早遠協四句往字正面江山四句寫景收無甚警妙以著意在前路也　小詩而章法凝重千里棹不專指桐廬懷古即指向子許生也思字亦用典乃非常所測可悟古人無率意趁句趁韻之事　此與富春渚七里瀨道路憶山中初入彭蠡皆一時之作而入華子岡當亦在此時考靈運初之永嘉在郡一周稱疾去職歸始甯由家强徵起爲朝官復賜假東歸多愆法禁爲孟顗所奏乃馳詣闕自明帝不欲令其東歸授臨川內史此初往桐廬之所以作也恥言爲孟顗所檢故此云懷古富春渚詩云自欲千祿彭蠡口曰

于念萬感而道路憶山中尤極致其憤懣焉不考此跡則於此數詩皆不知其所言爲何矣阮亭徧陶謝詩皆不考其時事而前後雜亂倒廁何由解其辭意無尋論之功徒浮掇其篇什則於其篇什句意亦安能曉了而有眞得於古人也　又按靈運穿池植援種樹皆在家居時事故作山居賦以自言其事而南史本傳系之於再出爲朝官在都下時則其事皆不應雖無關要義而文不別白亦足貽誤後人何以爲史亦可見李延壽等之不克稱惇史也

又按靈運以初秋自都赴臨川直至明年春晚始入彭蠡則其肆意遨遊傲命慢職亦可見焉

此評最精

此亦失之穿鑿識如此則毫無自然之想矣古人全

富春渚　起二句交代點題定山六句敘點言其已遠也敘行旅經由地所見景物次第銜承非特語句奇警而文理接續血脈貫通深淺始終至爲精密幾如朱子所說大學傳也蓋惟無停泊故遡急而伯昏句承圻岸呂梁句承驚流雙頂結束也游至二句就上山水引入情緒自然脫御巧不費力平生以下述己情抱譚言爲孟顗所檢而自以久欲干祿其詞雖强自排實則正其伊鬱不堪處也干年無人代爲尋究　淪躓困微弱言已不能介然執持堅操以自强如屈子理弱媒拙之弱古人此等處下字著語皆有成竹滴滴有下落不似今人依稀影響率意塡湊信

德精習不朽乎詞句之末未必數數發意也

不負此意

謝詩每如此

既知此意何以處處尋從

手支給懦泛杜撰不切不典不確也五臣注顢頇不分明

屈子曰抑心而自强又曰萬變其情而不可蓋康樂玄暉皆知及而仁不能守此言亦自供招狀也

七里瀨　起句承前諸篇來與初入彭蠡口同彼渾雄此峭拗各因勢以爲姿而此十字故澁留遲鍊可以藥卒滑之病前八句敘題即事寄懷兼寫景乃尋常泛境常調石淺四句平鈍後半心目中借一嚴陵與已作指點比照興象情文湧現栩栩然蝶也而已化爲周矣是爲神到之作而中間以遭物二句由上事境引入橫鎖爲章法以逼出已情古人作詩自已有事因題發興故脫手欲活後人自

題面解釋

此皆意致稍淺不爲佳構

已胸次本無詩偶值一題先已忙亂沒奈他何因苦向題索故事支給發付敷衍成詩其能者只了題而已於己無涉試掩作者名氏則一部姓族譜中人人皆可承冒爲其所作其不能者則並題不能了且如此題亦古今之恆題耳惟此詩乃是謝公過此而作也此時康樂若非眞遭遷斥則雖能爲此二句亦屬陳言泛剩語矣欲作詩先須洗清面目與天下相見此豈尋常所及哉　既秉句棱句目覩句寄託入己奔峭言江岸彭蠡口詩同

道路憶山中　起盡託於怨者必言勞者必歌故以古歌曲起即結句殷勤懷慨也再次以鍾儀陪入次第折入題

越客入已追尋八句實寫憶字正位懷古接入今日現在情事悽悽四句應起處言今日亦寄此歌曲也訴危柱言琴承廣陵散命急管言笛承明月吹　吹萬不同而使其自已也怒者其誰也莊佛之所謂性求其本來面目謂自然也康樂之解亦不出此　已讀羊里切止也取足自止善注謝詩此字之解勝憨山注莊懷古卽指山中也東上含悲句起下

入彭蠡湖口　起八句承前諸篇來筆勢局陳同七里瀨千念二句橫斷頓住作章法沈鬱悲壯攀崖二句遥接上再頓三江六句寄慨弔古大約古人遊歷之地求古蹟不

將入既入彌生分别

存往往寄情以爲感故以徒作千里曲而無以消憂解煩念也豫章出黃金見前書地里志水碧綴流温據朱子則謂温湯也善注非是　初讀三江二句不解然心知其非死句剩語久乃悟以起下文耳

入華子岡是麻源第三谷　南州用屈子先寫岡上景物桂樹一事銅陵二事文法如此分作者入山見桂樹淵泉因借騷句爲興象作起甚妙隱淪二句謂華子也次第交代爲第一段險徑四句交代入字羽人六句實從華子入議險徑將入羽人既入絕髣髴華子今無古人顧題如此莫辨二句結上四句起下獨往且申以下乃入已今游情

張爲卒謝

此詩殊不佳

言非爲慕古之輕天下者尊而效之以爲名也然遂以此俄頃之用致爲叛逆悖矣　結句收隱淪羽人　從遠遊出　謝公下字無一率者　古人意緒無不層次交代明白文法變化卽從此出小才不能達意　華子岡注家引一統志以爲在建昌故今以列於彭蠡之後然已見於山居圖則恐仍爲越地又王維輞川諸詩亦有華子岡不必建昌獨有也

附謝惠連

汎南湖至石帆　章法斷斬字句清峭興象華妙節短韻長一往清綺耐人尋味惠連所長也似勝劉公幹此詩起

登陟二句亦拙辭收尤率

句初讀似拙然可見古人造句堅勁可以藥庸俗輕便滑利之病連漪四語寫景句法雖俊逸而不入妙鮑明遠多此等登陟二句語意深洽杜公衍之常出奇觀則古人高詞未易忽也郎玩二句奇偉高古△筆力開退之△

西陵遇風獻康樂　直書郎事胸臆無一字客辭裝飾一往清綺又步步留遲眞味無窮亦古今絕境也

我行指孟春　起四句故爲頓挫往復以避輕便滑利順直無留步之病成裝二句還他中堅部位瞻塗二句以對句爲厚此八句詩耳而分明四層各有疆部章法精深如此

腐語佛語
應選詩此首

哲兄感此別　起四句爲一層五六句中堅迴塘二句換筆換意作收

靡靡即長路　承前篇以起二句爲中堅三四折洗頓挫以束之行行二句衍昨發二句又換筆換氣提起作收

屯雲蔽層嶺　此篇八句句句著力正寫而情景刻露一一得畫意默會靜思之如人意中所欲出筆力勁達豈齊梁以下浮靡輕滑熟慵之可及哉

臨津又得濟　起四句跌宕頓挫西瞻二句中堅衍敘收句別出奇趣情眞韻古

秋懷　起四句從懷入秋△皎皎四句正寫秋寒商四句又

最佳以其有柔也

從秋入懷綺交脈注芊綿不斷夷險以下正寫懷而以未知二句頓束佳賓至四句說遣此懷法頹魄四句申言所以當遣懷而不必常憂之故收四句蓋見時不我與功名易歇白首倏至不如及時行樂懷中商此至熟故今以布告親串也　何義門云一往清綺不乏眞味

附顏延之

顏詩凝厚典質鈎深持重力足氣完差與康樂相埒但功力有餘天才不足而奇觀意外之妙不及謝精警又不及明遠俊逸奇峭警拔所謂詞足盡意而已

顏詩以氣體魄力勝崇茲典則有海嶽殿閣氣象足以讋

何以知之此篇養語適見其陋

寒儉山林之膻此其長也不善學者但成死句余終不取然政當以此與鮑謝同參可以測古人優劣而擇所從也本傳稱延之嘗問鮑照己與謝優劣照曰謝如初出芙蓉自然可愛君詩若鋪錦繡亦雕縟滿眼今尋鮑旨以顏傷縟而乏生活之妙不及謝明矣顏當日蓋未喻鮑之貶已也

顏詩全在用字密典則楷式其實短淺其所長在此病亦在此然學者用功先從顏詩下手可以藥傖父無學率爾塡砌之陋

顏詩雖若傷密不遠諸作者然趙宋以後輕滑颯洒便利輕快之體久不識此古音古貌矣

先大夫曰林間時宴開謂已郊扉常晝閉謂王此二句相對亟回長者轍謂王訪已側同幽人居謂已同

顏比於謝幾於有山無草木樹無煙霞之病

朱子論荀子如喫糙米飯顏詩實有此　不但不能活潑潑地並不能如康樂之精深華妙

昔人稱小謝工於發端如顏延之每起莊重典則橫闊涵蓋有冠冕制作體勢與象固佳但久恐有流弊成爲裝點門面可憎也與小謝之妙象神會者不同

贈王僧達　起八句以比體引入在顏爲凝厚然學之則入於客氣舒文四句美其名德側同幽人六句兼寫其居處靜惟四句贊其情抱屬美二句收已贈詩　此詩完密凝厚可以爲贈詩之式然不免方板所謂經營地上語全

王此二句又相對四句爲四叉對法

此等詩已開律體

是凡響雖亦兼有陶謝風格終是皮厚末流不可處　靜惟淡窮化言靜思周於羣化無不入於死者用莊子已化而生又化而死意以見人生可悲韓公云浮生雖多途趨死惟一軌此似美其守死善道是時風氣以達生曠遠爲高言皆若此孫子淵乃至於不倫不類尤不可人意

車駕幸京侍遊蒜山作　起十二句先說蒜山典重宏闊所用皆非常之典幾可並子建驅車篇典制大篇楷則也睿思十句言宸遊語意宏闊典重稱題周南四句了已侍遊　此詩完密似勝明遠登香爐峯

北使洛　起八句直書本事然意卑詞迫直是低頭說話

收二句有遠勢

語嚮失體

先大夫曰詭意正自深遠未可厚非

最引人不長進在昔六句在此篇爲振起一篇扼要警策處王猷二句一句束上一句起下入已之使陰風以下十句言已情　何義門云此擬士衡赴洛余謂士衡作本無取此詩亦無取當日謝晦傅亮賞之昭明登之於選阮亭義門皆從而與之吾以爲皆未深校附和濫吹而已以用意論之則較陶公贈羊長史作此如蛣蜣轉糞矣且後半尤爲不稱此是何事何題前既稱期蓮聖賢以爲頌後又如此悲慘於題爲失體以爲亦有憂禪代意則如此明著又足以致禍也不如陶公之超然無迹矣　陽城在今鳳陽府宿州　裕克關中歸即篡矣當日行道皆知延之自

是託此爲憂然其如身奉使命故託以行旅爲苦與後還至梁城同此意然終無佳勝且不合體要

還至梁城作　何義門云此擬士衡赴洛道中作　此詩只託於行李之苦盛衰之迹意可知也

始安郡還都與張湘州登巴陵城樓作　起四句從湘州起經途二句交代登城水國六句登後望中所見懐矣以下入已登眺之情　經途句言仍昔時道路也善注非子虛賦用江此用河皆挾句　以規格求之可謂奄有前則毫髮無憾以眞味求之祇是料語多眞味少雖與遠諸則四法全備而無引人入勝處可於此判顔謝之優劣此

詩家微恉奥義學者能悉心細參果真知其故則於斯道思過半矣　始安今廣西省桂林府

五君詠　每篇有警策可取

秋胡詩無奇以傷平且冗也如次篇嚴駕等語何必秋胡爲然此公家陳言雖佳非切

昭昧詹言卷五終

昭昧詹言卷六

桐城方東樹

鮑明遠

李杜皆推服明遠稱曰俊逸蓋取其有氣以洗茂先休奕二陸三張之靡弱今以士衡所擬樂府古詩與明遠相比可見

阮亭云明遠篇體驚奇在延年之上與康樂可謂分路揚鑣

姚薑塢先生云音響峭促孟郊以下似之

鮑詩全在字句講求而行之以逸氣故無騃蹇緩弱平鈍

死句懈筆他人輕率滑易則不留人咨氣假象則無眞味動人韓杜常師其句格衣被百世豈徒然哉

明遠雖以俊逸有氣爲獨妙而字字鍊步步留以澀爲厚無一步滑凡太鍊澀則傷氣明遠獨俊逸又時出奇警所以獨步千秋

讀鮑詩於去陳言之法尤嚴只是一熟字不用然使但易之以生而不典則空疏杜撰亦能之徒用典而不切無眞境眞味則又如嚼蠟吃糙米飯既取眞境又加奇警所以爲至

寧生而典一變熟滑陳舊平易淺率之病而筆勢振迅足

全在字句上
看於詩家本
領毫無領會

以驅使紙上但見生氣
生而不典則傖典而不生則舊亦在烹鍊鎔鑄典則生新
故又須擇取而用之有典而傖舊不新巧者勿用也
鮑詩面目以澀鍊典實沈奧拗生爲佳足以藥輕浮滑率
淺易之病然其至處乃在逸氣沈鬱警奇也
鮑不及漢魏阮公之渾浩流轉然故約之鍊之如制馬駒
使就羈勒一步不肯放縱故成此體故謝鮑兩家皆能作
祖若杜韓則是就漢魏極力開拓而又能包有鮑謝極古
今之正變不可以尋常詩家相例
杜韓皆常取鮑句格是其才力能兼之孟東野曾南豐專

息駕於此豈曰非工然門徑狹矣
南豐學鮑學韓可謂工極但體平而無其勢轉似不逮東野
南豐學鮑學韓字字句句與之同工無一字不著力而不如鮑與韓者只是平漫無勢知南豐之失則知學詩之利病矣
南豐似專在句字學而未深講篇體陸士衡頗講篇體而於字句又失之流易然而南豐不可及其於鮑韓爲嫡派矣
姜白石冥心獨造擺落一切直書即目誠爲獨造然終是

宋體文體後人學之恐有流病不典而淺易則空疏人弄筆便能之故不如明遠字字典字字鍊步步留境象深固奧澀語重法密氣往勢留響沈句峭可爲楷式

明遠句法工妙唐宋大家常橅擬之

謝鮑兩家起句多千錘百鍊秀絕寰區與杜公崢嶸飛動往復頓挫皆爲起句宗法山谷常學之而惜不逮細鍊而已秀絕或少

細繹鮑詩而交代章法已遠不逮謝公之明確往往一片不分無頓束離合斷續向背之法乃知習之之所謂文法甚難匪易後惟韓最精細不苟愈看愈分明

明遠有精純清鍊一往沈厚一種如東武吟薊北門行杜公常擬之又如霞石觸峯起窮蹊負天石句法峭秀杜公所擬也淚竹感湘別則韓公所擬也

作詩固是貴有本領而字句率滑不典不固終無以自拔於流俗今以鮑謝兩家爲之的於謝取其華妙章法一字不率苟隨意於鮑取其生峭澀奥字字鍊步步留而又一往俊逸　明遠詩令人不可斷截其思清意屬句重有味無懈筆敗筆也一字不苟故能如此

鮑每於一字上見生熟此一大公案

作詩本領是一事氣格體勢文法是一事句法字法是一

放歌行總之佳什在白頭吟之上

事薑塢先生曰昭明所選鮑樂府八首阮亭只取三首放歌行亦不錄蒙所未喻愚謂放歌行或尚可去若不取白頭吟眞是不知子都之姣矣

欲學明遠須自廬山四詩入且辨清門徑面目引入作澀一路專事鍊字鍊句鍊意驚創奇警生奥無一筆涉習熟常境杜韓於此亦所取法然非三反靜對不知其味濬發心思益人神智

鮑不如漢魏阮公文法高妙筆勢縱恣橫溢不費力亦不如杜韓豪宕變化然氣體堅實驚心動魄要亦百世師也

鮑謝兩雄並峙難分優劣謝之本領名理境界肅穆沉重

康樂不亮處亦多

似稍勝之然俊逸活潑亦不逮明遠作詩文者能尋求作者未盡之長引而伸之以益吾短於鮑謝兩家尤宜觀之杜公可見又明遠時似有不亮之句及冗剩語康樂無之

南史明遠附臨川王道規傳東海人其仕當文帝元嘉時初與袁淑陸展何長瑜等在江州爲義慶佐吏尋擢爲國侍郎甚見知賞遷秣陵令文帝以爲中書舍人及孝武時臨海王子頊爲荆州照爲前軍參軍掌書記子頊敗爲亂兵所殺唐避武后諱改爲昭沈約宋書李延壽南史皆作照而館閣書目直作昭且云上黨人非也

登廬山　起二句交代題千巖以下十四句皆實寫洞澗

每句嶔崟參差互寫不得謂之板實無章

洞深也聳樹聳疏也雖造句奇警非尋常凡手所能問津但一片板實△無款竅章法△又不必定爲廬山之景此恐亦足取後人亂雜無章作僞體泛詩之病故不及康樂之精深切題也會南豐多似此豈受其末流之病故耶乘此四句方接起句入已作收然亦是泛語　此不必定見爲廬山詩又不必定見爲鮑照所作也換一人換一山皆可施用前人未有見及而言之者也然則今曷取乎曰取其造句奇峭生澀耳大抵游山固以寫情爲本然必有敘有與寄否則不知作者爲何人游爲何時何地何情與此地故事交代不明則爲死詩無人明遠此詩是也然又須知敘

收四句高想遠致不得謂淺

方好斤斤於雕故有此謬

忌冗絮興寄忌淺寫景忌平熟　今明遠但有一寫景耳雖字句生掰然不及康樂之華妙自然現前也　不切固泛須知太求切又成俗人所爲學者深思其義乃有詩分一字不放過使滑易便猶人

登廬山望石門　起四句敘題登字高岑以下十二句正寫迴互二句束傾聽二句興寄明遠興託不過以遇仙爲言其恉甚淺松桂二句言廬山甚近何城市之人甘穢濁而不至此以與仙人游乎游山詩以山中有仙人興寄偶及之亦可小謝敬亭是也然已爲泛聲若此詩起二句意似特爲尋仙者則於題尤爲無著康樂華子岡爲華子言

論

語有脫誤

之故妙切有味此則無謂甚矣所謂剩語不切陳言也但中間句法好杜公嘗擬之　靈士用嵇康贊從登香爐峯　建平王景素爲冠軍將軍湘州刺史江文通有詩此當是覩上明遠在宋代江齊梁人　起句蓋用宋玉高唐專爲切題注家不知次句用帛繹則於登遊爲不比切三四句更全無脈理而筆勢甚平五六句貼題從字生闢之句可師御風四句正寫晨遊甚精切青冥以下十四句正寫景收句結從字　此詩起處不能如康樂之一語無泛設故當遜之而余必明辨之者以爲學者式法古人不可沿其失而踵其誤以爲藉口也大約此病李杜

所論殊淺

鮑詩雄豪跌宕崢嶸者正多

收亦不弱

韓蘇皆無之漢魏阮陶亦無之此猶爲才小之故　旋淵只言倒景非言高也注非　澀鍊典實沈奥至工至佳誠爲輕浮滑率淺易之要藥此大變格也杜韓皆胎祖於此但其體平鈍無雄豪跌宕崢嶸。所謂巨刃摩天之概。其於漢魏曹王阮公皆不能及。此杜韓所以善學古人兼取其長而不專奉一家隨人作計也故此種學之有得便當舍去曾南豐不知變而畢生息肩於此豈曰非工非佳而門徑狹矣

從庾中郎遊園山石室　此首篇法完好而收句未佳

過銅山掘黃精　起六句從黃精起逆入掘字羊角六句

先大夫曰中經內策殆是學仙中秘之書猶云禁方者也以爲中山經似誤

拘牽題面踈拙

寫銅山蹀蹀四句寫搦時之景甚妙空守四句自述作意晦而未亮　大小銅山在揚州府揚子縣　中經必用山海經中山經注家引荀勗中經簿眛甚而明遠割中山經稱中經似杜撰不可法東漢以七緯爲內學此服黃精或出緯書羊公有服黃精法然以爲內策亦率卒不典　風門磴注家引武陵記按廣東通志韶州府乳源縣北行出風門度梯上下諸嶺磴道嶮巇尺寸陡絕　天井壁亦未詳注引陸機詩以爲星象恐非　又題遇字疑作過

園中秋散　起二句先寫愁思爲散字伏根甚佳氣交四句寫園中之景月戸二句逼取散字流枕四句正寫散字

此并非鮑之佳製

散之而不能散也△收結言能得賞音我豈不能彈古調乎則思散矣△　晨衿猶云初心宿心耳　此直書胸臆即目而情景交融字句淸警眞孟郊之所祖也但郊才小時見廹窘之形明遠意象才調自流暢也　此尙似謝而筆勢自逸

觀圃人藝植　起二句以賈宦陪起遠養四句分承賈宦居無四句逼入題春畦以下八句正面抱鋪二句所謂俊逸此明遠勝場遠養用酒誥註非是　軺壚頂巧宦而當壚縱用食貨志非用卓文君終不切不確康樂必不然此詩章法平正可謂文從字順言有序然後人學之則又爲

僅一斷續離合未必數百年無解人鮑亦豈止句法

順衍板實康樂於此必爲之離合斷續杜韓皆是文法高妙此是微言數百年無人解悟要之鮑詩只可師其句法一端而已筆勢疏邁亦似康樂不能有其後

秋夜　起二句交代作悄題寫荒徑十二句寫田園之景直書即目全得畫意而興象華妙詞氣寬博非孟郊所及矣傾暉六句言情歸宿華幕言朝旭也謂流光迅速不可常　攀羅四句另換一意以寄懷抱孫興公遂初賦序曰少慕老莊仰其風流乃經始東山建五畝之宅帶長阜倚茂林孰與坐華幕擊鐘鼓者同年而語其樂哉華幕用此意甚親切注引張華何與也乃信讀古人詩不從其本事

此首氣體俊邁是鮑之勝場

則不能逆其志豈淺學所及哉　起第二句賃農貨定是貸字之誤用詩代食意代貸古字通注家引亢倉子農攻食賈攻貨非是此下並無攻貨語意　荒徑二句撫陶賜湍馳文魴全從陶出康樂乃騫舉而去其滯晦是爲善學耳

和王丞　起六句逆入還山遡跡二句交代點明結上夜聽四句言歸後園林之樂性好四句收足　按南史不載僧綽爲始與王秘書丞與沈約宋書詳略不同僧綽仕跡非能歸退之人此當是以處志相期望故後云必齊遂云者祝願之辭也　限生二句即人生不滿百意陶公衍之

爲五字更言儁意足此二句雖再衍而但見新妙不見其
襲句重字邏可悟造言之妙在人也　秋春二句即承上
長意無巳所謂古願高賢即指下管龐二人也
還都道中　直書即事起峭促緊健後來山谷常擬之以
下皆直書即目直書胸臆所謂俊逸也但一片說下無章
法繁竅但取其句法警妙亦足爲式
上潯陽還都道中作　五臣注照爲臨海王參軍從荊州
還接南史照初爲臨川王佐吏在江州擢國臣在文帝時
及孝武時爲臨海王子頊前軍掌書記在荊州明帝立子
頊拒命頊敗爲亂兵所殺此何云還都也若云亂兵所殺

未嘗四句恩覿也

者子頊則子頊傳云頊事敗賜死年十一且子頊以拒命死其幕僚何敢還都乎五臣之注昧於事理矣此蓋從義慶在江州擢國侍郎時也　按漢潯陽在黄州蘄州東晋潯陽在今九江府德化縣桓溫所移明遠自江州還正由此五臣云由荆州亦由潯陽但臨海死明遠遂死不還也

起六句敘題交代明白鱗鱗四句寫景興象甚妙杜公行役詩所常擬也登艫二句東顧絶目四句次第遞承眺望未嘗四句與次篇偕萃宏易皆未詳何謂注家謂明遠從荆州還當時必有爲之副者故曰偕萃按子頊以大明五年九月封泰始二年八月誅凡六年明遠在荆州與同

參見其鄙累

禍其無偕卒從容還都可知也　何云字字淸新句句奇崩波二句善注甚明　此詩及小謝還都各極其情文之盛妙可謂異曲同工　此非樊口廬州注誤五臣注掩泣望荆流憶臨海王也亦誤執荆流二字竊意荆流淮甸特泛指潯陽地勢耳所以云掩泣即下思鄉耳

還都至三山望石城　前十四句總敘望景而分三層首四句寫江上早景兩江二句點題交代南帆二句望字旁意關局六句正寫石城征夫六句入己歸情句如梭織收二句史所謂故爲鄙文累句者耶注家强爲之解徒蔽惑耳　首二句不過言江平無波而措語新特　此詩可比

顏延之蒜山而勝沈約鍾山不及小謝登三山望京邑及之宣城出新林浦

發後諸　起六句從時令起敘題不過常法而直書即目直書即事興象甚妙又親切不泛涼埃四句正寫景塗隨四句敘情而造句警妙收句泛意凡語　此與下岐陽守風等皆不得其事之本末第以為行役之什可耳

岐陽守風　直書即目興象華妙清警開小謝沈鬱緊健開杜公飛雲四句言情歸宿　此詩韓公且若不能為無論餘人　此詩說洲風江霧楚越其非冀州之岐甚明而注家不覺猶引毛詩說文蔽惑甚矣按歸太僕汊口志序

杜公擬花名矣

言新安江過嚴陵入錢塘而汊川之水合瑱璜之水流岐陽山下則並爲越地可知

吳興黃浦亭庾中郎別　起四句直書即目寫景起而起十字興象尤妙小謝斂手其後山谷常擬此作題旅雁四句交代敘題奔景四句正敘別温念六句統述彼此之情此是客中送歸故贊彼不渝素志感已不得相從而欲奮飛也收二句注言別時庾必有慰藉之言故云藏爲韋佩耳此收乃爲親切不同泛意客氣假象　此與上潯陽還都後來杜公行役贈送詩竟不能出此境界

登黃鶴磯　起二句寫時令之景孟公之祖清絕千古次

孟語自然覺鮑翎滯

二句敘登臨之情適郢六句正寫望情事景物收言己情應前斷弦悲謳凡分四段　起句與象淸風萬古可比洞庭波兮木葉下孟公木落雁南度北風江上寒全脫化此句可悟造句之法若云秋風送雁還寒風送秋雁木落秋雁還皆不及此妙如孟郊客衣飄飄秋葛花零落風雖若不辭然若作零落葛花風則句雖佳而嫌平矣　臨流二語互文一意絕絃由於急張急張由於悲切也　適郢二疊句一意言望郢與夏皆在西耳注誤解非是按郢固在武昌之西夏亦在武昌西而黃鶴磯在武昌故望郢夏皆在西東坡赤壁賦曰東望夏口西望武昌赤壁若在嘉魚

蒲圻則東望夏口是也武昌在夏口東不當曰西望武昌豈避複字而然耶則不如明遠此二句措語之工矣奈何解者復迷之　三崖字注不解須檢字　淚竹二句韓公擬之曰斑竹啼舜婦清湘沈楚臣　樂餌用老子此同康樂詩皆爲俗人誤加草又爲妄注也杜公樂餌駐修軫錢箋亦妄加草然杜公可作藥

送別王宣城　起二句興也以言興體爲興言地此眞合於朱子論興所云云也靑春二句始入題時令廣望四句敘送別穎陰四句陪宣城　起二句教人作詩之法用興之法分明道出　此詩章法明整可謂贈送之則

此等已開唐詩一派

登雲陽九里埭　此是空詠懷感不遇知音作於題全不相蒙康樂無此也起二句直書胸臆情抱頓住三四句順承而用筆跌宕再頓住言宿心不遂而流年衰疾乖分易感悲緒紛來五六憑空折旋換勢入題局作意中堅正位用王好竽而鼓瑟注非七八意順承而勢逆折用筆往復既絶鼓絃豈能知我妙音乎收足悲緒八句詩分兩半四段如精金在鎔後來韓公短篇多倣此而小謝銅雀臺用法更妙　繁弦二句用陸士衡

贈傅都曹別　鴻比傅雁比己前四句合中四句分落日四句正面送別　韓公送陳羽同皆短篇而用筆迴復曲

樂府諸篇尤極氣勢之盛

折離合頓逆不使一直筆

蜀四賢詠　此詩明白只句字生新是卽秘法如君平因世閒甚妙若作與世棄則陳言習熟人皆有之矣　蟲篆憂散樂按散樂二字未詳向來無注者思之歷年未得後讀禮記齋者不樂注樂則散乃知此言子雲覃思太玄恐蟲篆散其志慮故不爲也陸氏釋文音落而陳可大郊特牲二日伐鼓下以爲不聽樂竊意二義皆可通而此當從落音　此詩大篇章法　嚴君平司馬相如王褒楊雄

代東門行　此擬古敘別之作耳起八句說將別之情一息二句頓住最沉痛遥遥以下六句寫旣別以後情景兼

至杜韓蘇皆常擬之食梅以下總收情文筆勢迴折頓挫一唱三歎此皆爲行者之言

代陳思王京洛篇　起十二句極寫先盛但懼六句言衰歇古來二句倒捲收束全篇　春風二句言可以回景可以召秋　此篇非常奇麗然終是氣骨俊逸不可及非同齊梁靡弱無氣雖小庾亦不能具此氣骨時代爲之也

代東武吟　借題不必切地不如隋煬帝　此勞卒怨恩薄之詩小雅杕杜先王勞旋役之什所以爲忠厚也後世恩薄不能念此故詩人詠之亦所以爲諷諫此所以爲原本古義用張騫李蔡倣詩人南仲方叔耳　前十二句抵

一篇敘文宿塗近塗也時事二句頓挫古人無不斷之章法斷則必頓挫少壯四句敘今現在情事昔如八句反覆自申詠歎淫液筆勢迴旋跌宕頓挫　一往奔放流暢清利而又雄厚不輕不薄又不乏眞味　杜公出塞詩有一首從此出

代出自薊北門行　此從軍出塞之作薊北多烈士故託言之起四句敘題有原委簡潔凡文字援据雖有詳略必具端委詩敘事述情亦然必具端末使人易了但不得冗絮纖瑣迂緩反令人不明了如此起邊師救朔方皆分明交代題事嚴秋十二句寫邊塞戰場情景激壯蒼涼悲慨

使人神魂飛越雁行以下一字不平轉時危四句收作歸宿爲豪宕不爲淒凉以解爲悲從屈子來陳思杜公皆同本集幽并重騎射等篇亦然。孟康云廣武在滎陽敖倉西三室山上蓋古聚兵之所

結客少年場　此詩用意稍浮無甚精深而詞氣壯麗起六句追敘少時豪俠之失去鄉二句結上起下頓束升高以下爲盱豫之悔亦所以爲諷也

苦熱行　東武言旋卒此言旋帥擬出東亦以諷恩薄也

寫炎方地險艱字句奇峭生軀以下歸宿

白頭吟　此統言君臣朋友夫婦之情難常保即屈子恩

不甚者輕葩之意而古人屢以寄慨蓋此世情古今天下恆如斯也收句分明言之　起句比而兼興也三四句跌宕入題人情十句說情事名理奔赴觸處悟道可當格言而阮亭乃不見取殊不知其何說　又按此詩固非常清警然以杜公佳人比之則此猶爲循行數墨經營地上陳言居然有死活仙凡之分可悟杜公才氣之大非徒脫換神妙

升天行　此即屈子遠遊景純遊仙之意而其佳轉在起八句直書卽事無一字客氣假象陳言窮途以下正說升天

以富貴爲道得以迷方爲論誤詞旨敏妙此隱用狄山事而詞故和緩以抑過之方乃未喻亦誤

放歌行　此詩極言富貴斥譏蓼蟲盡憤懣反言故曰放歌十九首中今日良宴會卽此意也

擬古會客事楚王　言守節前以勢位人相形　此詩儁逸處多

十五諷詩書　不過言已文武足備與太沖意略同　此等在今日皆爲習意陳言不可再擬擬則爲客氣假象至杜公贈韋濟乃大破藩籬

幽并重騎射　承次篇來言已騎射之工足以封侯而句格儁逸奇矯杜公所稱政在此等

鑿井北陵隈　起四句從前迷方生來杜公之祖言積學

及輕年及當爲反

伊昔一首氣勢尤佳漁洋乙之妄也

先大夫曰此君子乃自謂

成材不得貴顯然何必專守一塗悔其專苦不知改計輕年不惜陰也言今改計也起下放游放鶩以下言已所以改計由觀古二亡國乃知賢愚同盡臧穀同亡强生分別何爲乎　此篇語旣奇警義又深遠猶有漢魏人筆意與顏延之北使洛語同而意不同

束薪幽篁裏　極賤隷之卑辱以寄慨不得展志大用於世也而詩之警妙皆杜韓所取則亦開柳州

河畔草未黃　又託閨婦思遠以寄其羇旅之苦起有翩勢宿昔二句指客隴之人念此四句始自言也

蜀漢多奇山　又卽所客居之地以申前篇之憂而意晦

也白頭吟云古來共如此非君獨撫膺君字亦自指

方每言鮑不如謝然鮑之勝謝實在此

不明不知君爲若指也

紹古辭　皆託言離別之情

橘生湘水側　卽紹橘柚垂華實篇皆從屈子來三川以下言奪寵之多競進收句自申言覩我之翰君當泫然眞不媿爲古不特詞古義尤古也

昔與君別時　言勿以離而相忘而詞句清警

瑟瑟涼海風　此篇止收句清警

開黛覩容顔　序寫春思清警起四句交代星隱隅因夜久而感流年也筆勢一氣振舉。不似康樂滯蹇。

暖歲節物早　起六句感春起興兼寫節物怨咽以下入

感春之情字字清新而通篇造語生辣　此用契闊與詩
異意言有生常是離別也　此詩開孟東野
學劉公幹體　前四句敘題後四句兩轉峭促緊健皆短
篇楷式此皆孟郊所祖法　梁鍾記室評公幹云仗氣愛
奇動多振絶但氣過於辭雕潤恨少明遠在鍾前而詩體
仗氣極似公幹特雕潤過公幹矣

昭昧詹言卷六終

推服至此前又謂其無甚深妙何也

昭昧詹言卷七

桐城方東樹

小謝

玄暉別具一幅筆墨開齊梁而冠乎齊梁不第獨步齊梁直是獨步千古蓋前乎此後乎此未有若此者也本傳以清麗稱之休文以奇響推之而詳著之曰調與金石諧思逐風雲上太白稱其清發驚人玄暉自云圓美流暢如彈丸以此數者求之其於謝詩思過半矣

玄暉詩如花之初放月之初盈駘蕩之情圓滿之輝令人魂醉祇是思深語意含蓄不肯說煞說盡至其音響亦然

大抵下字必典而不空率，造語必新而不襲熟，凝重有法，思清文明，而不爲輕便滑易。同一用事，而尤必擇其新切者；同一感寄，而恆含蓄；同一寫景，而必清新。古之作者，皆同而玄暉尤極意芊綿蒨麗。其於曹公之蒼涼悲壯，子建之質厚高古，蘇李阮公之激蕩慓忽，淵明之脫口自然，仲宣之跌宕壯闊，公幹之緊健親切，康樂明遠之工巧驚奇，皆不一襲似，故爾克自成一家。退之所謂力去陳言，如是然。玄暉於公幹、康樂、明遠三家時相出入，緜情纏綿似公幹；琢句似謝鮑。

昔人稱小謝工於發端，此是一大法門。古人皆然，而康樂明遠顏延之尤可見大抵齊意高遠深曲自無平率然如顏延之特地有意久之又成裝點客氣可憎故又須兼取公幹之脫口如白話緊健親切然不善學之又成平率惟康樂惠連玄暉兼二美無二病至於陶公之無容心於修辭琢句杜公之崢嶸飛動元氣淋漓聖矣不可以此例論阮亭標典遠諧則四法求之小謝可謂盡之然便專求之四法而略彼神明亦終是作僞詩死詩而亡阮亭蓋未能證是也

玄暉卒年三十六自宋入齊時纔十五六許故集中多少作

玄暉不尙氣而用意雕句亦以雕句故傷氣也然有典有句而思新故自千古後惟王摩詰能繼其聲然浮而不質不如元暉氣韻沈著若旣無氣又無句又淺率無深思乃爲俗人之詩矣

韓公掃齊梁以爲亂雜而無章而小謝猶自有章未可概斥小庾不讓小謝而謝體較高

小謝情優於鮑令人如或遇之而明遠有氣體較又高於小謝

江上曲　此冶遊詩起二句以二地陪起楚南而句節參差入妙願子二句求與之同舟即越人歌之意千里二句

既得許後江上二句收作本題有延年千秋之意　此篇初未詳其特用易淇二水之故思之歷年不得徧詢雅博者亦不能知後讀枚乘菟園賦曰晚春早夏邯鄲襄國易陽之容麗人燕飾予乃悟古人以此地多游冶故與淇上並稱之　孟康史記注以江陵爲南楚秦拔郢置南郡地

此詩比而賦也

芳樹　此題本賦鼓吹曲故用賦體　起四句說盛後四句說衰而遲暮衆芳歇言外有比興　所以說桂猶之銅鑪橘柚此切樹言之若曰不爲世用無人訪生死矣結謂密陰連結

韋柳何可輕議此等處最見姿率

臨高臺　此因登高臨望而思鄉也　起二句先點題情得勢倒點題面以下四句皆登望中之景而景中皆有情景亦活矣非同死寫景此古人用法用意之深妙處收句敷衍結首句章法奇而完密　綺翼即綺陌如云田塍刻縷耳注非

同謝諮議詠銅爵臺　每二句一斷一換意換筆換勢詩止八句而分四層順逆離合夾敘夾寫筆筆轉反覆詠歎令人悽斷此詩意格韋柳不知矣後惟杜韓短篇時有此章法文法　總帷二句敘也而二句中用意用筆已具有往復鬱鬱二句議也即反承上二句逆折芳襟二句順敘

也而二句用意用筆折斷作兩層頓挫自歎自憐玉座二句忽放聲極口明言而用筆仍作兩層折換仍復含蓄不盡古人獨步千古豈偶然哉彼韋柳但得其面目耳而於其作用措注之精微似未解也不然何以求似此者而不可得也　此詩八句換四層意作四轉勢幾於每句作一色筆法所謂一波三折驚鴻游龍殆盡之矣　何仲言王子安皆不能過此　杜玉華宮脱化此但變用散體陽調耳　離夜篇章法宏放縱蕩汪洋皆短篇極則　此諧議乃超宗也而舊注作璟南史謝氏無名璟者或是顥字誤耳姚薑塢先生曰朓與超宗乃祖免從父子而稱其姓

收殊直率

先大夫曰末二句承縹緲言之謂山川長好人自少暇耳非謂人不能久也

游敬亭山　前十二句山我行八句游山之情章法分明大致亦同康樂明遠但音節易之以和耳精警似遜之起二句敘上干八句寫景隱淪二語亦同康樂然此爲泛聲說見鮑登廬山皇恩已矣言已被出不復望寵近眷顧茲理卽上追奇二句分收完密

將游湘水尋句溪　起以黃山桂水二事陪辰哉二句承上脫卸東佳入題瑟汨六句正寫暮秋六句述情兼著時令予君皆自指懷抱二句倒裝句法言山川不改而人不能久常當及茲暢懷抱也　此湘水必指其流經宣城郡者觀之宣城郡出新林向板橋注引水經江水經三山又

此收筆妙勝前首

湘浦出焉是此湘矣注引零陵湘水非是　只言未遂仙隱且作此游因卽寫其景著筆甚輕

游東田　起四句迤邐平敘遠樹四句寫景華妙千古如新收結首二句善曰云云是也絕不矜奇而人自不能及

善曰朓有莊在鍾山東何屺瞻以為此文惠太子東田是也

暫使下都夜發新林至京邑贈西府同僚　此在荆州隨王府被讒敕囘與康樂之被讒出為永嘉臨川內史情事略同亦與明遠之從荆州囘京上潯陽道望京邑情事相同詩亦似之　一起興象千古非徒工起調云爾也若云

悲之未央似江流無已時比而興也互文也三四敘題交代分明而慷慨頓挫秋河六句寫景交代夜字京邑字題緒既分明而寫景復華妙驅車二句束上起下用法嚴密綺交脈注交代分明康樂明遠多用此法馳暉四句承昭邱敘西府筆勢騫舉又極沈鬱頓挫眞所謂調與金石諧思逐風雲上者常恐四句著筆題外正得題中乃作恉本意也何云歷卷愚謂極才思情文之壯縱橫跌宕悲慨淋漓空前絕後太白杜韓無以尙之然但厚藩王而無親君之義古人眞處在此失處不復顧宋以後人能彌縫此失而又往往入以假象僞情客氣求之唐以前詩惟有陳思

歡疑當作歎歡懷祿情非古人所屑道也

阮陶杜韓文義與理兼備故能嗣經騷得詩教之正玄暉未及此也

之宣城郡出新林浦向板橋　一起以寫題爲敘題興象如畫渾轉瀏浰宣城在京邑西南江以入海爲歸故曰歸流此言已行逆江而回望東北古人字不苟下與明遠登黄鶴磯適郢無東轅二句同工天際二句則明遠無之矣旅思以下言已懷歡祿句及我行雖紆組語皆與康樂意同　休文紛吾隔囂滓何義門云自言此去隔在泥塗也無斥京師爲囂滓之理余謂如玄暉此語分明前又云京洛緇塵要不可謂非失義何說言儒者正義耳　何又云

先大夫曰元暉以美才而仕濁世自不得志何云徒作雅言

結句以廉節自厲收之郡使事無跡余謂此郎資此永幽棲意借隱豹爲興象耳玄暉固未必貪賄而厲志之意非玄暉胸中所有也

晚登三山還望京邑　起二句爲一段借賓陪起何云可作使事之法白日六句正寫京邑題而興象華妙千古如新去矣以下述懷歸之情雖仕大郡而志切懷歸亦徒作雅言耳以爲不得志而然與高懷而然與厭濁世亂邦而欲去之與若仕承平盛時則足以基譏禍也何云三山現京邑西故西日轉明

休沐重還丹陽道中　起四句休沐灞池二句重還汀葭

先大夫曰恩甚戀闈闕亦將歸事親也敬下以徂郊就緒之此正決志何言發

六句丹陽道中景征徒以下述作悄歸宿十首一片清綺似劉公幹　何云還邛二句義取家徒四壁而無袁紹之兼輛此言得之注泛引非是　灞池用枚乘伊川亦必使事而注不能詳　汀葭六句寫景韋柳所橅多在此等而已古人皆以敘題交代爲本分無闌入泛剩長語求之謝鮑皆然至韋柳乃不見此典型△但一味空象浮虛尋其事緒髣髴而已△了無實際△　觀玄暉自言見其胸中殊無決志非徒智及而仁不能守安在其能戰勝哉此豈足與陶公同歲而語恩甚戀闈闕△蕣榮之飾詞耳△

新亭渚別范零陵雲　起四句先從零陵起語似有神助

樊耶

先大夫曰心寄用世之心也范既遠斥己復多病用世之心皆邈然也

何云雲去句既有興象兼之故實停驂二句清題綺交脈注廣平以下承上雙結　後人習用羊元保宣城是詩則用鄭袤廣平魏志鄭渾爲陽平注誤作平陽心事已矣意未詳玄暉兩用已矣而此尤未亮

酬王晉安　起四句對面從王所處起寫秋景神妙同別范善曰鴻雁不至晉安故曰寧知也拂霧四句言已春草四句雙結王與已按南史王僧孺傳齊文惠太子薨僧孺出爲晉安郡丞姚薑塢先生据此謂爲僧孺也然晉安今福州也僧孺東海郯人不當曰西歸注又引毛詩西歸尤爲假借無理本集曰王德元是也

和宋記室省中　姚薑塢先生云此宋字當是宗誤宗夬爲鬱林王記室參軍及爲皇太孫仍爲記室　起四句先敘省中之景懷歸四句述宗之情宗詩中必有思歸之意也故本其情以爲言則清揚秘職正道其悶瞀注家以爲榮之者失之矣按宗南陽人故收以伊水言之

新治北窗和何從事　此等非玄暉高製然必細心讀之乃知高青邱之學有功力不似他人但襲取其顯者　起四句新治北窗泱泱六句寫景如遇諸目前自來四句言何來贈詩不見四句似是何即別去此八句一往清警似公幹

和劉中書　此劉繪有入琵琶峽望積布磯詩呈玄暉玄暉和之也起四句追敘已昔曾遊分兩層交代圖南二句頓束言劉今方仕此不比已之息翰下四句因及已移疾得詩敘次交代分明清謦頳紫以下十句述劉詩中所言峽景以承殊觀江潭二句緊承劉之詩以感起已之昔遊收束一片末句另出一層言已苟即死無重遊之期而淹留於此則永絕此巖畔之遊文情景妙

冬緒羇懷示蕭諮議虞田曹劉江二常侍　此係爲隋王府文學時作起言出常思歸今遠適荆州仍滯城闕言志不樂仕故曰羇懷也寒燈以下十二句實敘一羇字寒燈

紅藥句與宏敞何涉

先大夫曰此亦妄論

二句右丞寒更傳曉箭清鏡覽衰顏疲驂以下八句述懷言己所以羈此非戀祿乃感恩然終不欲久留　此詩序述委婉情文斐亹一往情深似劉公幹

直中書省　前八句寫中書省非徒宏麗尤細意分貼紅藥承宏敞蒼苔承陰陰也鳳池八句直字內意用鳳池事妙切中書不似後人漫泛雜亂填湊　何云結語學公幹信美非吾室語非所宜言此何地何官豈可與仲宣客地登樓同怨全無事主之誠致身圖報之意豈得以陶公高節不樂仕爲藉口耶此等境界李于鱗移於七律便是妙絕可悟學詩之妙訣但于鱗氣稍浮此固各有天分在

先大夫曰處亂世而能免禍者實難此皆妄說及之而後知履之而述難談何容易

高齋視事　不及直中書省華妙奇豔而句勢用意略同

宣城郡內登望　何云起句逼出登望又曰晦翁賞寒城十字以爲有力山積六句承上眺字皆寫眺中之景悵望句束上惝怳句起下此二句爲一篇頓挫隔斷前後以爲章法結髮六句述懷　匪直望舒圓截四五字則意未足（張協詩下車如昨日望舒四五圓）

觀朝雨　起六句朝雨平明以下十句皆觀字內意何云戢翼四語是戰所謂貧賤而思富貴富貴又履危機者也又云玄暉之言如此而卒不免曝鰓者蓋淸雨曉涼能戰勝於俄頃而不覺旋感於富貴行之維艱亦可悲矣

冬日晚郡事隙　起句點題次句觀字串下颯颯六句之景已惕二句頓束承上起下風霜以下述懷章法同前山谷快閣一首括取此意移之七言而大變其貌可悟學詩之法山谷氣更沈雄此固各有天分在

郡內高齋閒望答呂法曹　起八句敘高齋閒望非君六句乃答呂遺贈詩結言見詩如親晤而措語甚妙

落日悵望　前八句敘題已傷二句一頓情嗜四句言情章法同前而無妙自直中書省至此七篇情事詩境略同

離夜　起寫離夜之景由遠及近三四兼敘共爲一段五六入別情卻以翻溯句橫空逆折一筆文勢文情俱曲宕

先大夫曰此乃自言非慰王

此用字建成句也無碍文法

奇譬山川二句又另換筆意作結言遠涉已足愁煩況兼懷戀故人之餞此詩通身爲行者自述之辭短篇極則

北斗七星第五曰玉衡玉衡北兩星曰玉繩

和王中丞聞琴　先寫二句聞琴時之景與會標舉第三句一墊四句點題共爲一段章法與離夜同蕭瑟二句正寫聞字收句始入聞琴之情而借以慰王

和江丞北戍瑯琊城　自南北戍所以先寫京城次言漸遠江漸驅馬一路層次交代京洛二句實言所以須戍之故爲一段撫劍入已另一意然惜哉無輕舟句意不明收句勉江語自明　頓挫往復此晉初僑立之南瑯琊亦名金城在今江寧郡治之東北

齊書地志瑯琊本治金城永明移治白下在今郡治西北神策門外

和沈右率諸君餞文學　起句敘餞文學兼補時令次句點明係之官非餞歸亦非仕京邑所謂交代分明也三四句就第二句復爲客意頓挫詠歎言此身如水東流無停思念故鄉陌將如之何也以上爲一段重樹二句寫景收句入己餞之情此文學必之荆州爲王府官屬也

與江水曹至干濱戲　起二句敘題兼著地與時遠山二句言水中山景花枝二句寫岸山總四句寫景語甚新妙別後二句收用意用筆深曲有味又緊承上四句景及山月清尊言之思此景此情也

送江兵曹檀主簿朱孝廉還上國　起二句先敘題面著攜手二字以表三人也三四句言三人不念已之不得歸也香風二句寫山中之情留送字收此篇無甚佳勝

送江水曹還遠館　此似江祏過謁而館去城遠玄暉餞之作此又似挈眷在館者故三四句及之　此詩先敘遠館並景起二句右丞取作律句便妙收二句言餞送不能久留　自離夜至此七篇情事詩景相似

往敬亭路中聯句　此詩全見齊梁人句法

和王著作融八公山　起二句陪起前十二句言其地與晨戎州六句述本事道峻二句頓挫阽危賴宗袞謝玄也

此作實小謝勝場何忍輕慢

詩甚健舉并不靡弱

平生以下入已情結言已欲收暮景　以此較韓杜長篇何啻遜之固知此等不必用齊梁矣　師古曰山海經瑯瑯臺在瑯琊之東今海州贛榆得瑯琊東南境漢志屬瑯琊東樹按山海經云在渤海注云海邊有山嶕嶢特起狀如高臺句踐入伯中國之所都　何云孟諸在睢陽乃今歸德府八公山在今壽州實在西善注誤此詩但盡題意不出齊梁靡弱平鋪無奇姚薑塢先生云元長爲著作必是齊初此眺少作也

和伏武昌登孫權故城　起十八句敘孫氏之盛三光二句承上起下作轉勢參差句轉以下七句言今日之衰第

此二詩皆小謝大篇筆力不凡韓公況播齊梁目不請此

開律體

八句入伏作詩幽客六句言已得詩和詩收句以期往遊此另結　何云無句不妙然比之前人意味力量自殊退之所以並歸齊梁也愚謂此與八公山皆典制大題宜用杜韓方能勝任否則子建亦可此詩傷平然典象力量似勝

仲言行經孫氏陵　平敘之作而葳蕤蔥蒨俛仰英眄

移病還園示親屬　此詩甚平但句法清新而已涼葉乘暮晰晰讀如明星晢晢之晢言當晚暮而仍見秋花月下如空也此二句寫月光寶妙　通身寫園中景而棲冲不脫疾　起句收句移字還字

和何議曹郊遊　次首起四句敘河江游霍靡二句寫景

後半韻味殊佳

先大夫曰正見愁思之循環無已不得云敷衍

寄語四句述何情言其老而懷歸反來仕日下雖對勝景而憂不解有如屈子之浮夏不知其仕亂世而不得已耶抑玄暉之雅言耶

懷故人　一往清綺然傷平無奇處

治宅　起二句敘題迢遞六句寫東都收結玄暉多此調此亦無勝

秋夜　起四句敘北窗四句景而五六又於景中見情甚妙收句敷衍耳

和徐都曹　日華川上動二句千古如新阮亭不取失之矣自移疾至此六首非全美姑類存之

收言不求人知氣類相感也

附張九齡　李白　柳宗元

張九齡　孤桐亦胡爲　收句言賢者在下

蘿蔦必有託　起句言附驥寒暑句亦謂人攉之悠悠句忽轉入正意自廣世無孔孟吾何從

良辰不可遇　不遇將空懷抱言之不信△

感遇　蘭葉春葳蕤　言物各有時人能識此意則安命樂天與而比收所謂運命唯所遇△

幽人歸獨臥　湛思至道以謝盛名之人彼豈知吾然此本不謀何能望彼知以慰吾心起四句賦持此謝高鳥賢達者也

魚游樂深池　起二句以喻樂道嗟爾蜉蝣羽指逐世味
者有生句承何爲言收言利與善之閒也
孤鴻海上來　比而賦
吳越數千里　化蝶二句冥契無待
西月下山隱　燕雀感昏且言衆庶
江南有丹橘　本屈子鮑照
抱影吟中夜　收二句黄農之思
漢上有游女　冥冥愁不見句申言前旨不見而將老死
我有異鄉憶　收句終然思之

李白

古風　大雅久不作　此專主文體文運

蟾蜍薄太清　此似感祿山之亂而作

秦皇掃六合　收兩義合併

太白何蒼蒼　此託言仙人放懷忘世

咸陽二三月　此言少年乘時賢者無位

莊周夢蝴蝶　言世事幻妄不必營營富貴

齊有倜儻生　此託魯連起興以自比

君平既棄世　言賢士不求名非人所知

胡關饒風沙　此言窮兵之害

天津三月時　此詩意甚明

此明有所刺譏全未批出

猶鶴沙蟲亦感世變而作

不但衍古

昔我遊齊都　自言高尚哀時人之卑弱

秋露白如玉　言歲時易盡而自苦思亦放意也

碧荷生幽泉　言己賢而人不知將老死也

容顏若飛電　亦言時日促不如求仙

鄭客西入關　衍古高妙

羽檄如流星　言窮邊之事

綠蘿綠葳蕤　小人得志君子棄捐君恩不結芳意何申

美人出南國　屈子衆女之旨

宋國梧臺東　言世俗不知美惡

殷后亂天紀　忠不見容

戰國何紛紛　仍是前意

柳宗元

老僧道幾熟　去歲句例入

久知老會至　但願得美酒二句似陶

宿雲散洲渚　奇逸

昭昧詹言卷七終

此卷多精論名言暨先輩相傳之微言要義而方錄之也

昭昧詹言卷八

桐城方東樹

杜公

論杜詩者前人備矣而以元微之韓公之語爲最得實又如聖人說興觀羣怨及李習之論六經之恉與詞惟杜公韓公詩足以當之

杜公包括宇宙含茹古今全是元氣適如江河之挾衆流以朝宗於海矣

錢牧翁譏山谷爲不善學杜以爲未能得杜眞氣脈其言似也但杜之眞氣脈錢亦未能知耳觀於空同之生吞活

此下議論皆好

剝方知山谷眞爲善學錢不足以知之但山谷所得於杜專取其苦澀慘澹律脈嚴峭一種以易夫向來一切意浮功淺皮傅無眞意者耳其於巨刃摩天乾坤擺盪者實未能也然此種自是不容輕學意山谷未必不知但以各有性情學問力量不欲隨人作計而假象客氣而反後之耳不然如空同似得杜眞氣脈者而何以又失之耶平心而論山谷之學杜韓所得甚深非空同牧翁之標取聲音笑貌者所及知也

觀選詩造語奇巧已極其至但無大氣脈變化杜公以六經史漢作用行之空前後作者古今一人而已　韓公家

法亦同此而文體爲多氣格段落章法較杜爲露圭角然造語去陳言獨立千古至於蘇公全以豪宕疏古之氣騁其筆勢一片滾去無復古人矜慎凝重此亦是一大變亦爲古今無二之境但末流易開俗人滑易甘多苦少之病

今欲矯世人學蘇之失當反之於杜韓然欲學杜韓而不得其氣脈作用則又徒爲陳腐學究皮毛及兒童强作解事令人嘔噦而已

杜韓之眞氣脈作用在讀聖賢古人書義理志氣胸襟源頭本領上今以猥鄙不學淺士徒向紙上求之曰吾學杜吾學韓是奚足辨其塗轍窺其深際

杜韓盡讀萬卷書其志氣以稷契周孔爲心又於古人詩文變態萬方無不融會於胸中而以其不世出之筆力變化出之此豈尋常齷齪之士所能辨哉

山谷之學杜韓在於解翻意造言不肯似之政以離而去之爲難能空同牧翁於此尚未解又方以似之爲能是尚不足以知山谷又安知杜韓

徵之曰壯浪縱恣擺去拘束模寫物象此語最好然余謂此三言蘇公亦能之退之云巨刃摩天揚崖垠劃崩豁乾坤擺雷硠光燄萬丈百怪入腸此惟李杜韓蘇四公獨有千古而李差不如杜亦誠如徵之所云也

大約飛揚嵂兀之氣。崢嶸飛動之勢。一氣噴薄。眞味盎然。沉鬱頓挫。蒼涼悲壯。隨意下筆而皆具元氣。讀之而無不感動心脾者。杜公也。

杜公詩境盡於自序公孫劍器數語學者於此求之思過半矣退之云口前截斷第二句。又曰盤馬彎弓惜不發。此皆古人不傳秘密。東坡筆所未到氣已吞自是絕境而有流病孫過庭論書曰未悟淹留偏追勁疾不能迅速翻效遲重夫勁速者超逸之機遲留者賞會之致將反其速行臻會美之方專溺於遲終爽絕倫之妙能速不速所謂淹留因遲就遲詎名賞會此語杜韓外千餘年無人知得徐

鼎臣曰文速則意思敏壯緩則體勢疏漫猶迹論也

欲學杜韓須先知義法粗胚今列其統例於左如叛意去浮淺俗陋造言忌平顯習熟選字與造言同去陳熟章法有奇有正無一定之形起法有破空橫空而來有快刃劈下有巨筆重壓有勇猛湧現有往復跌宕有崢嶸飛動從飽滿來者多是凝對山谷多用此體以避迂緩平冗轉接多用橫逆離三法斷無順接正接氣脈草蛇灰線多即用之以爲章法者筆力截止恐冗絮說不盡也不經意助語閒字必堅老生穩倒截逆挽不測豫吞此最是精神旺處與一直下者不同孟子莊子多此法離合專言行文伸縮專言敘事事外曲致專言情景寫意象大小遠近皆令逼眞情眞景眞能感人動人頓挫往往用之末轉接前交代題面題之情事歸宿意指參差專用之行文局陳敘情事而其秘妙尤在於聲響不肯馳驟故用頓挫以迴旋之

不肯全使氣勢故用截止以筆力斬截之不肯平順說盡故用離合橫截逆提倒補插遙接至於意境高古雄深則存乎其人之學問道義胸襟所謂本領不徒向文字上求也

潔淨　遠勢　轉折　換氣　束落　參活語　不使滯筆重筆　一氣渾轉中留頓挫之勢　下語必驚人　務去陳言　力開生面　此數語通於古文作字

文法不過虛實順逆離合伸縮而以奇正用之入神至使鬼神莫測在詩惟漢魏阮公杜韓有之而韓於文神化。詩猶不及杜。

山谷隸事間不免有强拉硬入按之本處語勢文理否隔無情非但語不妥亦使文氣與意藷蔖不合蓋山谷但解取生避熟與人遠故寧不工不諧而不顧致此大病古人曾未有此不得以山谷而恕之使遺誤來學也乃知韓公排奡而必曰妥貼。方爲無病。山谷直是有未妥貼耳朱子亦謂韓文以文從字順各識其職爲貴凡如此等利害之說摹習之輩尚其慎諸

長篇易知其鋪陳氣勢警妙人人易見惟短篇意深而隱言約而微節短勢長法變筆古似莊實諷似緩實迫愈悲愈恢如遠公務面不可迫視所謂雲聚岫如複者而凡一

切品藻之妙又不足以語之矣
篇短語無多若截不斷則相承一片直滾順放譬如乘馬
下坡前面又無多地豈不迫促踢步無駐足分尚有何勢
尚有何奇何處見用筆將使題分不得盡況求異觀故短
篇尤在有邱壑截得斷斷斷愈多愈便用奇愈斬峭愈見筆
力斷而後接用橫用對面用逆用離用側用遙接大放開
條收轉有先後有正位一毫也不欠不亂蓋長篇用法不
難亦易見奇惟短篇必須精用之蓋有不得已者耳凡如
是等說古人皆知之而未之嘗言以言則非真也而余乃
言之甚慚淺躁矣

杜公詩晚年愈雄老勁未可妄議

世人徒慕公詩無一求通公志故不但不能及之並求眞知而解之亦罕見如公在潭州入湖南時詠懷二首此公將沒時迫以衰病心志沈惋語言陷滯誠若不可人意然苟求其志則風調淸深豪氣自在雖次第無端由要見一種感慨歎惜之情終非他人所及蓋公一生懷忠國濟時之志至是老而將死抉知不能行所爲矣故作此二詩所謂嗷嗷幽曠心拳拳異平素又曰意深陳苦詞不啻明訴之矣是時遭臧玠之亂軍儲困急目擊悲憫與送韋諷上閬州詩同意而又方將遠適炎瘴其意甚慘鳴甚哀乃自公歿至今千餘年無一人尋及然則作詩以貽後人孰克

知之可爲拊心朱子論屈子九章以爲其詞大抵多直致無潤色而惜往日悲回風又其臨絶之音以故顛倒重複倔強疏鹵尤憤懣而極哀悲讀之使人太息流涕而不能已愚謂杜公居夔居潭諸詩正是如此後人不繹其志而哀其情徒據語言之末學究頭巾之智嘵嘵然俱以朱子藉口競訾短夔詩以爲不工所謂以尺蠖繩蛟龍也悲回風曰吾怨往昔之所冀兮悼來者之愁愁公之此詩正是如此朱子之論夔詩猶其論九章耳非必苦訾之也乃劉辰翁評歲晏行曰子美晚年詩多亂雜無次山谷專主此等流弊至不可讀夫山谷所主特愛其生辣苦澀風調清

深豪宕感激亦賞歎之嗜耳夫豈齷齪文士所知又如上水遣懷篇工窮逞巧一段政以篇工濟危險之灘棖觸時無賢傑以濟艱屯乃淵懷比興最深切處而鄭少谷評曰詩何得如是此皆杜逗滯處篇篇有之云云若爾則說命之舟楫正月之輔車皆逗滯耶杜集韓集皆可當一部經書讀而僻儒以一孔之見未窺底蘊浮情淺識妄肆膚談互相糾評以爲能事遂奮筆而著之說亦烏足爲有亡哉

杜公立志許身稷契全與屈子同讀離騷久自見之

深觀康樂終落第二乘不及杜韓遠甚蓋杜韓能包康樂康樂不能兼有杜韓非特杜韓卽太白子瞻縱宕橫放變

吾謂當先從杜韓大家入手自臻上乘謝鮑只可參取不宜專學恐爲其字句所縛不能恣肆也

化頓挫壯浪恣肆飛越終非鮑謝所敢望昔人論書嫌聖教序板俗謝詩蓋亦略如此政以其精深密麗無一敗筆而恣肆超妙不可方物處少也試觀蘭亭爭坐帖塗抹潦草而天機神化非聖教可同觀矣以詩論之三百篇離騷漢魏李杜韓蘇與文家莊子史遷同爲活潑潑地謝詩於文似班固於書似聖教序其不可及在此而其品終落第二亦坐此但世人尚未能窺謝鮑之精深法律而何能知李杜韓蘇之根本盛大後人須深繹吾言否則以余爲罪爲謬誕也右丞是維摩禪杜公亦不能加其上

昭昧詹言卷八終

昭昧詹言卷九

桐城方東樹

韓公

讀杜韓兩家皆當以李習之論六經之語求之乃見其全量本領作用至其筆性選字造語隸事則各不同而同於文法高古。奇恣變化。壯浪縱宕。橫跨古今。

選體造語極其奇變但筆勢不能壯浪縱恣。又託興隱緩。自家胸襟面目不能呈露。固由其本領淺薄亦由篇局短筆力懦氣魄小發不出來至杜韓始極其揮斥。固是其胸襟高本領高實由讀書多筆力強文法高古而文法所以

此不盡然有所法而後能有所變而後大耳

高古由其立志高取法高用心苦其奧窮在力去陳言而已去陳言非止字句先在去熟意凡前人所已道過之意與詞力禁不得襲用於用意戒之於取境戒之於使勢戒之於發調戒之於選字戒之於隸事戒之凡經前人習熟一概力禁之所以苦也

杜公如造化元氣韓如六經直書白話皆道腴元氣韓公當知其如潮處非但義理層見疊出其筆勢湧出。讀之攔不住。望之不可極。測之來去無端涯。不可窮不可竭。當思其腸胃繞萬象精神驅五岳奇崛戰鬬鬼神。而又無不文從字順。各識其職。所謂妥貼力排奡也韓公詩文體多而造境造言精神兀傲氣韻沉酣筆勢馳驟波瀾老成意象曠達句字奇警獨步千古與元氣侔韓蘇並稱然蘇公如祖師禪入佛入魔無不可者吾不敢以爲宗而獨取杜韓又李杜韓蘇並稱以其七言歌行瑰詭縱蕩窮態盡變所以爲大家至五言則蘇未能與三家並立也

韓公筆力强造語奇取境闊蓄勢遠用法變化而深嚴橫跨古今奄有百家但閒有長語漫勢傷多成習氣此病杜公亦有之

杜韓有一種眞率樸直白道不煩繩削而自合者此必須

先從艱苦怪變過來然後乃得造此若未曾用力便擬此種則枯短淺率而已如公南溪始泛三篇寄元協律四篇送李翱寄鄂岳李大夫等皆是文體自道但序事而一往淸切愈樸愈眞耐人吟諷山谷后山專推此種昔人譏其舍百牢而取一臠余謂此詩實佳但未有其道腴而專學其貌則必成流病失之樸率陋淺又開僞體矣

病中贈張十八瑰造奇險山谷所標醉贈張秘書句法精造亦山谷所常標

醉贈張秘書與贈無本特地做成局陣章法參差迷離讀者往往忽之不能覺也然此等皆尙有迹可尋

有來歷不是陳言務去陳言不是無來歷言豈一端而已

解仍未的

文學中無此頓悟法

意新則熟詞亦無碍

韓公去陳言之法眞是百世師但其義精微學者不易知如云公詩無一字無來歷夫有來歷皆陳言也而何謂務去之也則全在於反用翻用故著手成新化朽腐爲神奇也非如小才淺學剽剟餖飣換用生僻之可厭適見其內不足而求助於外客兵又不服用但覺齟齬不安而已原本前哲卻句句直書觸目所以非蹈襲陳言此是三昧微言苟能於言下契悟比於禪家參證一宴直透三關矣既解此意則直取眞境而脫模擬之迹故曰還他本等不取獵近似之詞然而不別剏造一等語句必使己出自成一家則仍是陳言以熟詞晦其新意也此山谷所以得自

此不待言雄直之氣與倒折逆挽諸法並不相背蓋氣體貴直而筆勢要曲也

成一家亦百世師也

選字固非剽剟餖飣換用生僻求助於外然亦不可不精擇但讀書不博縱欲擇之而無可擇如窶人居室什器無多不得不將就用故物矣

詩文以豪宕奇偉有氣勢爲上。然又恐入於粗獷猛厲骨節粗硬故當深研詞理務極精純不得矜張妄使客氣庶不至氣骨粗浮而成傖俗

詩文貴有雄直之氣但又恐太放故當深求古法倒折逆挽截止橫空斷續離合諸勢惟有得於經則自臻其勝

高詞媲皇墳與至寶不雕琢神功謝鋤耘是兩境上言艱

窮怪變下言平淡此公自述兼此二能不拘一律也

選字避陳熟固矣而於不經意語助虛字尤宜措意必使堅重穩老不同便文隨意帶使此惟杜韓二家最不苟東坡則多率便矣然要自穩老非庸儒比

山谷放翁猶時有客氣假象陶公李杜韓蘇無之六一亦時有客氣假象

讀漢魏阮公陶公杜韓必求通其詞求通其意不獨詩也凡讀古書皆然鮑謝意雖短淺然必有其歸宿亦古大家作者無不歸宿之意此是微言聖凡正俗之分以此

六一學韓才氣不能奔放而獨得其情韻與文法此亦詩

此說未是大約方氏泛論多精而實指輒謬

家深趣自歐以後諸家未有一人能成就似歐者則亦豈易到也

韓公亦是長篇易知短篇用意深微文法奇變隱藏難識尤莫如秋懷十一首矣

秋懷終是豪宕非選體也此元和十年公由員外郎降爲國子博士時作卽作進學解之意也有怨意有斂退自策厲意而直書目前卽事指點惝怳迷離似莊似諷朱子言孟子說義理精細明白活潑潑地可以狀此詩意境

秋懷始於宋玉以搖落自比此其本恉也謝惠連作一往清綺眞味盎如然猶未若韓公之奇恣根本淵浩無不包

也

昭昧詹言卷九終

清末民初文獻叢刊

昭昧詹言

（下册）

［清］方東樹 著
吴闓生 評

朝華出版社
BLOSSOM PRESS

昭昧詹言卷十

桐城方東樹

黃山谷

涪翁以驚一義 㧐一義 爲奇意一事 格一事 境一事 句一事 選字一事 隸事一事 音節一事 著意與人遠此即恪守韓公去陳言詞必己出之教也故不惟凡一䣛 近一䣛 淺一䣛 俗一䣛 氣骨輕浮一䣛 不涉毫端句下凡前人勝境世所程式效慕者尤不許一毫近似之所以避陳言羞雷同也而於音節尤別㧐一種兀傲奇崛之響其神氣即隨此以見杜韓後眞用功深造而自成一家遂開古今一大

亦不必如是

法門亦百世之師也

山谷曰寧律不諧而不使句弱寧用字不工而不使語俗觀此則阮亭標四法一諧字非至教矣諧則易弱又阮亭愛用好字求工流弊不免入於俗矣世士眞知此意者少將誰語乎

山谷立意求與人遠奈何今人動好自詡吾詩似某代某家而冒與爲近又有一種傖父野士亦不肯學人而隨口譚俗衆陋畢集以此傾動一世坐使大雅淪亡然後一二中才又奉阮亭爲正法眼藏以其學古而意思格律猶有本也大約此二派互相勝壓而眞作者不出世久矣山谷

曰隨人作計終後人自成一家始逼眞而又曰領略古法生新奇未有不師古而孟浪鹵莽如夜郎河伯向無佛處稱尊者也

姚薑塢先生曰涪翁以驚剏爲奇其神兀傲其氣崛奇玄思瑰句排斥冥筌自得意表玩誦之久有一切厨饌腥螻而不可食之意又云精華錄山谷所自定凡阮亭選本所云正集者是也然別集外集殊多傑作其去取之意亦有不可解者

又曰宋藝文志有陳逢寅注二十卷而不及任淵史容樹按任注甚疏漏史更劣姚又曰魏泰隱居詩話極詆山谷

泰本不齒土類而糊心眯目敢於狂吠如此近世馮班之徒所見與泰不遠而學者奉其盲論過矣

山谷之不如韓杜者無巨刃摩天乾坤擺蕩雄直揮斥渾茫飛動沛然浩然之氣而沈頓鬱勃深曲奇兀之致亦所獨得非意淺筆懦調弱者所可到也今選五言除海峯所取十篇實具雄遠壯闊之意益以蘁塢補選二十餘篇大略備矣如次韻伯氏長蘆寺勞坑入前城寄宗汝爲過致仕屯田劉公隱廬留王郎餞薛樂道等皆至佳海峯失之也

學者須要胸襟高識趣超義理宏筆力强此皆詩文本領

詩之生硬或圓熟此其貌耳至於高下全不數此所謂文無難易惟其是也方乃采喻此理

不可强而能不從學詩得也

凡諸詩家大抵語氣雖弱境界隘小氣有輕浮縱有佳句不過前人熟徑即有標新領異又失之新巧傖俗乃知作家之未易到也

詩文句意忌巧東坡時失之此遂開俗人故作者寧樸無巧至於凡近習俗庸熟不足議矣要之惟學山谷能已諸病故陳后山雖僅得其清鍊沉健洗剝渺寂之一體而終勝冶態凡響近境者也

學黃必探源於杜韓而學杜韓必以經騷漢魏阮陶謝鮑爲之源取境古用筆鋭造語樸使氣奇選字堅神兀骨重

思沉意厚此亦詩家極至之詣也

惜抱論玉溪矯僘滑易用思太過而僻晦之病又生竊謂后山實爾山谷無之然山谷矯僘滑熟時有蕃礎不合枯促寡味處杜韓蘇無之杜韓蘇閒有貪多聱末處漢魏阮公陶公大謝太白無之

黃只是求與人遠所謂遠者合格境意句字音響言之此六者有一與人近即爲習熟非韓黃宗恉矣

又貴清凡肥濃廚饌忌不用

又貴奇凡落想落筆爲人人意中所能有能到者忌不用必出人意表崛峭破空不自人閒來

又貴截斷必口前截斷第二句凡絜接平接衍敘太明白太傾盡者忌之

英筆奇氣傑句高境自成一家則韓黃其導師也

黃詩秘密在隸事下字之妙拈來不測然亦在貪使事使字每令氣脈緩隔如次韻時進叔篇此一利一病皆可悟見學者由此隅反可也此詩與字兩字腐字三韻節去則文意不足讀之實牽強未妥於此乃知韓公押強韻皆穩不可及也此病陳后山亦然可悟人才性大小不可強能

文從字順言有序李杜韓蘇皆然黃則不能皆然雖古人筆力貴斬截起勢貴奇特然如山谷過家起處亦大無序

矣

附論陳后山

姚薑塢先生曰后山云少好詩老而不厭按后山與謝康樂卒年皆四十九而已自云老故不老矣及見黃豫章盡焚其稿而學焉豫章譬之弈焉弟子高師一著僅能及之爭先則後之矣樹按此即智過於師乃堪傳法智與師齊減師半德之惰以此繩后山眞減於黃一半也

又云新城云后山詩反覆觀之終落鈍根按此意不可不知然新城雖不落鈍根而深造孤詣卓然自立遠不逮后山總不如杜公不隨後生嗤點亦不薄今亦不愛古惟清

息夫人豈枯槁者耶

麗與鄉風騷與親之爲正等正識也

又云后山於詩果未有悟入處按此論后山誠然但先生論詩文妙悟獨照可謂得無上正等正覺而其所自造甚凡近殊無奇特遠不逮所知豈知之易而才分有所限與

又云后山自謂黃出理實勝黃其陳言妙語乃可稱破萬卷者然外貌枯槁如息夫人絕世一笑自難

又云后山之師杜如穆柳之徒學文於韓也后山之祖子美不識其混茫飛動沈鬱頓挫而溺其鈍澀迂拙以爲高其師涪翁不得其瑰瑋卓詭天骨開張而耽字洗剝㵽寂以爲奇又云后山五七古學杜韓其不可人意者殆如桓

宣武之似劉司空其五古意境句格森沈淡澀之致於老杜亦虎賁之似而無老杜之雄鬱混茫奇偉之境其五七律清純沈健一削冶態猝音亦未可輕蔑

薑塢先生論后山之學杜學韓黄不至處云云愚嘗細商其故此非學之不至得其粗似而遺其神明精神之用云爾也直由其天才不强耳任淵論后山詩如曹洞禪不犯正位切忌死語愚謂此亦非大乘之談又后山用意求與人遠但過深轉竭索無味又時藞蓯不合此不可謂非山谷遺之病也若大謝杜韓用意極深曲而句無不穩洽

昭昧詹言卷十終

皆學力所致何天授之有

昭昧詹言卷十一

桐城方東樹

總論七古

詩莫難於七古七古以才氣爲主縱横變化雄奇渾顥亦由天授△不可强能△杜公太白天地元氣直與史記相埒二千年來△只此二人△其次則須解古文者而後能爲之觀韓歐蘇三家章法翦裁純以古文之法行之所以獨步千古南宋以後古文之傳絶七言古詩遂無大宗阮亭號知詩然不解古文故其論亦不及此

七言古之妙樸拙瑣曲硬淡缺一不可總歸於一字曰老△

此[illegible]淼所不解此種翁之所見到昭昧詹言之所以作也固亦有益學者而古人之所以佳處則全不在此

此皆刻舟求劍之論所謂鴻鵠已入寥廓而獵者猶

凡歌行要曼不要警

七言長篇不過一敘一議一寫三法耳。卽太史公亦不過用此三法耳。而顛倒順逆變化迷離而用之。遂使百世下目眩神搖莫測其妙所以獨掩千古也。

一敘也而有逆敘倒敘補敘插敘必不肯用順用正。一議也或夾敘夾議或用於起最妙或用於後或用於中腹一寫也或夾於議中或夾於敘中或用於起尤妙或隨手觸處生姿

無寫但敘議不成情景非作家也然但恃寫猶不入妙必加倍起棱汁漿。或文外遠致。此爲造極。

祝矣藝蓄也

此不能尋在踪法錯綜上求之矣

此止自今視之如是耳古人何嘗有成心哉皆求其解而不得而強為之詞也

欲知插敘逆敘倒敘補敘必真解史遷脈法乃悟以此為律令小才小家學之便成亂雜不通也此非細故乃一大門徑非哲匠不解其故所謂章法奇古變化不測也坡谷以下皆未及此惟退之太史公文如是杜公詩如是

大約不過敘耳議耳寫耳其入妙處全在神來氣來紙上起棱骨肉飛騰令人神采飛越此為有汁漿此為神氣

其能處只在將敘題寫景議論三者顛倒夾雜使人迷離不測只是避直避平避順

起法以突奇先寫為上乘汁漿起棱橫空而來也其次則隊仗起其次乃敘起敘起居十之九最多亦最為平順必

平起實敘亦未嘗無有要看敘勢何如耳

此等議論皆淺

曲必襯必開合必起筆勢必夾寫必夾議若平直起老實敘此爲凡才杜韓李蘇黃諸大家所必無也

汁漿起棱不止一處愈多愈妙段段有之乃妙題後墊襯出汁起棱更妙此千餘年不傳之秘盡於此矣乃太史公退之文法也惟杜公詩有之

敘在法存乎學。寫在才氣存乎才。議在胸襟識見存乎識。一詩必兼才學識三者起棱在神氣存乎能解太史公之文汁漿存乎讀書多材料富凡以上諸法無如杜公今一一評之細心體察久之自有悟入處

命意不深則傖下字不典則傖取境不遠則傖文法不超

如此則人人閣筆矣不如姑且緩作久之自有成也此亦腐論作者各有胸襟懷抱豈可執定

妙則尋常俗士皆能到一望易盡安足貴乎

艾千子論文曰道理正魄力大氣味醇色澤古此亦可通之於詩今欲勝人全要在此數字中講究非苦心深思不能領略古人之妙也

不尋其命意則讀其詩不知其歸宿亦並不能悟其文法所以爲奇爲妙爲變爲逆爲棱爲汁爲景象爲精彩也

須要自念必能斬新日月特地乾坤方可下手苟不能不如不作△

豪語須於困苦題發之失志時不可作頹喪語苦語須於佛仙曠達題發之流連光景須有悟語見道根山水憑弔

須發典重語酬贈應答須發經濟語如此乃爲超悟古作家不傳之祕而非學究傖父腐語正論所能解此祕奧詩中夾以世俗情態困苦危險之情杜公最多韓亦有之山水風月花鳥物態千奇萬狀天機活潑可驚可喜太白杜公坡公三家最長古今興亡成敗盛衰感慨悲涼抑鬱窮通哀樂杜公最多韓公亦然以事實典重飾其用意加以造創奇警語不驚人死不休此山谷獨有然亦從杜中得來者不過加以造句耳雜以嘲戲諷諫諧謔莊語悟語隨興生感隨事而發此東坡之獨有千古也

段落層次不待言惟每段中有浮聲切響乃不流於滑率

要說　此等亦難預定

又一氣渾轉中。必有奇情快句令人驚心動魄。此詩文中一大作用高會不易之規矩也

杜公如佛韓蘇是祖歐黃諸家五宗也此一燈相傳

杜韓李蘇四家能開人思界開人法助人才氣興會長人筆力由其胸襟高道理富也歐王兩家亦尙能開人法律章法山谷則止可學其句法奇創全不由人凡一切庸常境句洗脫淨盡此可爲法至其用意則淺近無深遠富潤之境久之令人才思短縮不可多讀不可久學取其長處便移入韓由韓再入太白坡公再入杜公也

敘事能敘得磊落跌宕中又插入閑情文外遠致此惟杜

公有之
學詩從山谷入則造句深而不襲從歐王入則用意深而不襲章法明辨
李杜韓蘇四大家章法篇法有順逆開闔展拓變化不測着語必有往復逆勢故不平韓歐蘇王四家最用章法所以皆妙用意所以深曲山谷放翁未之知也
大家用事若不知其用事者此其妙也用事全見瘢痕覩不典而不足於用者雖賢去大家境界遠矣
他人數語方能明者只須一句即全現出而句法復有餘地此爲筆力韓公獨步

放翁七古何可薄視

此柒不必定

此亦各家面目不可强同詩之道博矣數此議彼皆非是。

詩道性情只貴說本分語如右丞東川嘉州常侍何必深於義理動關忠孝然其言自足有味說自家話也不似放翁山谷矜持虛憍也四大家絕無此病

凡短章最要層次多每一二句卽當一大段相接有萬里之勢山谷多如此凡大家短章皆如此必備敘寫議三法而又須加以遠勢又加以變化

李杜韓蘇非但才氣筆力雄肆直緣胸中蓄得道理多觸手而發左右逢原皆有歸宿使人心目了然饜足足以感觸發悟心意餘人胸無所欲言而强爲筆力旣弱章法又板議論又卑近淺俚故不足觀山谷筆稍强猶可放翁但

此喻何好

何止此首

語亦蒙混山石並不以結處見奇觀此等知槐翁全未知詩也

大約學力深自不凡近此乃深造自得之功非可因

於詩格中求詩其意氣不出走馬飲酒其胸中實無所有故知詩雖末藝而修辭立誠不可掩也

讀韓公與山谷詩如制毒龍斂其爪牙橫氣於盂鉢中抑遏閟藏不使外露而時不可掩以視浮淺一味囂張如小兒傳粉搔首弄姿不可耐矣觀韓長安雨洗一首可見

凡結句都要不從人間來乃爲匪夷所思奇險不測他人百思所不解我卻如此結乃爲我之詩如韓山石是也不然人人胸中所可有手筆所可到是爲凡近

古人論文必曰一語不落凡近此數百年小家不能自立祇是不解此義而其才力功夫學問識見又實不能脫此

繇懸藉而至欲論詩法只須將古人所以雄奇卓絕之境高深瓌瑋之詞意一一指出不然無悟入處今一切置之不論而但曉曉責人以不能如古人之高遠果何益於後哉

不自人間乃麐道語

以凡近之心胸凡近之才識未嘗深造篤嗜篤信不知古人之艱窮怪變險阻難到可畏之處而又無志自欲獨出古今故不能割捨凡近也凡近意詞格三者涉筆信手苟成即自得意皆由不知古人之妙語云但脫凡近即是古人

有接筍而鬆者有不接筍而促者皆不知緒故也靜會自己之氣乃知之

詩文以起爲最難妙處全在此精神全在此必要破空而來不自人間心令讀者不測其所開塞方妙

杜公乃佛祖高岑似應化文殊輩韓蘇是達摩聖人復起不易吾言矣

太白是五通仙人

太白仙語須有方寸不爾便至狂狙失守大約至杜公則龍象一振羣獸退聽矣自杜以後便有門徑好認

坡詩每於終篇之外恆有遠境非人所測於篇中又有不測之遠境其一段忽自天外插來。爲尋常胸中所無有。不似山谷於句上求遠也

坡詩縱横如古文固須學其使才恣肆處尤當細求其法度細緻處乃爲作家

太白時作仙語意亦超曠亦時造快語東坡品境似之果欲學坡須兼白意乃佳若但取其貌乃爲不善也若能志

不志莊佛便不能成大家乎

退之何嘗無天外落筆之何

莊佛兼取白坡意境而加以杜韓必成大家非他人所知矣

杜公作詩時作經濟語坡時出道根語然坡之道只在莊子與佛理耳取入詩既超曠又善造快句所以可佳

莫難於起句不能如太白杜坡天外落筆便當以退之爲宗且得老成安定辭也

昭昧詹言卷十一終

昭昧詹言卷十二

桐城方東樹

王李高岑補遺

王李高岑別有天授自成一家如如來下又有文殊普賢維摩也又如太史公外別有莊屈賈生長卿也

東川纏綿情韻自然深至然往往有痕所謂無意爲文而意已至闊遠而絕無努拔之迹右丞其至矣乎高岑奇峭自是有氣骨非低平庸淺所及然學之者亦須韻句深長而闊遠不露乃佳不然恐不免短急無餘韻仍是俗手耳

王摩詰夷門歌　亥爲屠肆二句與古文浮聲切響一法

此首佳處未能批出

非但慷慨以下轉出波瀾議論

隴頭吟　起勢翩然關西句轉收渾脫沈轉有遠勢有厚氣此短篇之極則

老將行　衞青句陪李廣句轉昔時二句奇姿遠韻賀蘭句轉

桃源行　月明松下二句浮聲切響

同崔傅答賢弟　姑蘇客或作桂苑客桂苑在姑蘇臺

故人張諲工詩善易卜丹青草隸以詩見贈聊試酬之

前八句分敘四事各有警句故園二句總束詠歎末二句結到自已作收古人無不成章之作學詩先宜知之

篇臨稍長氣勢未足

送崔五太守　轉韻　黃花縣西以下敘一路所經由之地學其對仗警拔

王龍標箜篌引　商調抗墜自有奇氣

李東川放歌行　濫作詞林兩京客以上扶風縣輿來逸氣句形容五言不確收南郡陽

欲之新鄉　頎爲新鄉令在衞州汲郡此篇澀晉屬句接有痕

送康洽入京　長安句此接好無輞川之韻　李東川詩十三首刪古從軍行緩歌行欲之新鄉送康洽入京四首

別粱鍠　起颯爽作色論兵句此等句最爲費力收二句

拌不見弱但不宜遽轉韻耳

似是噴薄然適足見其痕迹以氣不能浮舉之也此言有
誰知耶
送從弟游江淮兼謁鄱陽劉太守　似右丞泊舟句換
送陳章甫　何等警拔便似嘉州逵夫起二句奇景湧出
東門沽酒句換氣
愛敬寺古藤歌　相陵突三字弱△三字見荀子非相篇空
庭二句快人
送劉昱　天地閒別有此一種情韻
聽董大彈胡笳　胡人句接不舒△漢使句費力△四郊句湊△
收有遠致生氣

高達夫古大梁行　起二句伉爽魏王二句衍憶昨四句推開全盛句折入暮天句入已以下重複感歎自有淺深而氣益厚韻益長反覆吟詠久之自見

燕歌行　漢家四句起摐金句接山川句換大漠句換鐵衣句轉收指李牧以諷

別韋參軍　收四句入別

崔司勳孟門行　唐汝詢曰此爲讒諛而作題曰孟門言人心險於水也

岑嘉州白雪歌送武判官歸京　奇峭起颯爽忽如六句奇才奇氣奇情逸發令人心神一快須日誦一過心摹而

詩家各有體
裁自以飛仙
亦應遺語

力追之瀚海句換氣起下歸客

走馬川行奉送封大夫出師西征　奇才奇氣風發泉湧

平沙句奇句

李太白

太白飛仙不可妄學易使流於狂狙熟濫放失規矩乃歸咎於太白太白不受也須善學之此選皆取其繩尺井然者俾令後學知太白實未嘗不有法度漁洋老眼苦心鑒裁美善如此

太白層次插韻此最迷人眞太史公文法玩烏棲曲可悟

讀太白者先詳其訓詁次曉其典故次尋其命意脈絡及

歸宿處而其妙全在文法高妙大約古人不可及只是文法高妙令人迷離莫測如世之俗士亦非無學不能用典亦非無筆不能使才只是胸襟卑用意淺故氣骨輕浮若不遜志學古人苦心孤詣印古人不傳之心又不解文法所以不通韓子云不登其堂不嚌其胾又曰用功深者其收名也遠不可不知此義

太白當希其發想超曠落筆天縱章法承接變化無端不可以尋常胸臆摸測如列子御風而行如龍跳天門虎卧鳳閣威鳳九苞祥麟獨角日五彩月重華瑤臺絳闕有非尋常地上凡民所能夢想及者至其詞貌則萬不容襲蹈

襲則凡兒矣

大約太白詩與莊子文同妙意接詞不接發想無端如天

上白雲卷舒滅現無有定形

以上全是坐論無裨實處

蜀道難　朝避猛虎四句同屈子招魂　收句主意

梁父吟　此是大詩意脈明白而段落迷離莫辨　二句

冒起朝歌八句爲一段大人二句總太公高陽八句爲一

段狂客二句總酈生我欲句入已以下奇橫用騷意帝旁

句指羣邪也三時二句言喜怒莫測閶闔句歸宿如屈子

意承上一束以額句奇氣橫肆承上一束白日二句轉猰

㺄句斷言性如此耳騶虞句再束上頓住手接句續力排

此等何待解說

此首意緒至爲雜尋所分亦恐未當

吾以爲此首無甚異處惟登高四句寫景尙壯潤耳

二句解上手接二句ㄙ吳楚二句解上智者二句ㄙ此上十九句爲一大段梁甫吟以下爲一段自慰作收

烏棲曲　太白層次插韻此最迷人眞太史公文法矣

戰城南　結二語虛議作收陳琳鮑照不逮其恣

醉後贈從甥　三句伏專諸ㄙ四句伏換酒ㄙ江東以下言必須飲

盧山謠寄盧侍御虛舟　緣起盧山以下正賦早服數句應起處而提筆另起是以不平章法一線乃爲通非亂雜無章不通之比

霸陵行送別　敘起上有二句奇橫酣恣天風海濤黃河

亦壯語耳何故難知此首奇橫恣肆全在起結數語亦未批出

柳花不能香以壓酒而香此正寫酒非寫吳姬

何至於此

天上來我向句倒點題柄更橫古道句入送
於宣州謝朓樓餞別校書叔雲　起二句發興無端長風
二句落入如此落法非尋常所知△抽刀二句仍應起意爲
章法人生二句言所以愁
金陵酒肆留別　起二句寫吳姬△三四敘請君二句議收
夜泊黃山　起句敘二句寫三四順平我宿句接續敘聽
之句襯朝來句又提佳在下半筆力截覇收二句倒繞加
倍法六一有之兩半章法同江上吟前層正敘敘畢乃在
推論此與七律同千年以來不解此矣△此詩律最深處
金陵歌送范宣　起四句寫颯爽。四十數句敘冠蓋數句

亦偶憶阮詩非展筆平頭二語詠詭奇特非肆放也昔人八句感弔蒼茫以見懷抱共分兩事非自空餘句始頓沈吟句承上非轉正也樵翁論詩殊屬皮毛之見此皆胸中感觸隨事生波並非預設此意乃成此詩也所解殊謬

頓挫淋漓。此地四句結題送別

梁園吟　起四句敘平臺二句入題情正點一篇提局卻憶句轉放開展用筆頓折渾轉平頭二句酣恣肆放玉盤四句鋪昔人數句詠歎以足之情文相生情景相融所謂興會才情忽然湧出花來者也空餘句頓挫沈吟句轉正意　太白亦自沈痛如此其言神仙語乃其高情所寄實實有見小兒子强欲學之便有令人嘔吐之意讀太白者辨之　因見梁園有阮公信陵梁王諸迹今皆不見足為憑弔感慨他人萬手同知如此用意而不解如此作法此卻從自己遊歷多愁說入又自解不必如此所謂借他人

觀其收語落想至為宏遠槪觀全未察及此歎語得之然此等亦最膚淺之議論詩正閒佳不佳耳段落非所忌也令人從此悟轉換章法又與前不可妄學不容蹈襲詞貌等語矛盾此只是超得軒爽氣王云云亦失之此皆隨乎超興之詞耳若

酒杯澆自己壘塊。死活仙凡全在如此　尋常俗士但知正衍故實以爲詠古炫博或敘後入議論炫才識而不知此凡筆也此卻以自己爲經。偶觸此地之事。借作指點慨歎。以發洩我之懷抱。全不專爲此地考古跡發議論起見。所謂以題爲賓爲緯。於是實者全虛。憑空御風飛行絕跡超超乎仙界矣脫離一切凡夫心胸識見矣杜公詠懷古迹便是如此解此可通之近體一也　詩最忌段落太分明。讀此可得音節轉換及章法大規

襄陽歌　興趣筆如天半游龍。斷非學力所能到。然讀之使人氣王。笑殺句借山公自興遙看二句又借興換筆換

云爲此始飲酒滿極

通首言飲酒何爲草蛇灰綫

氣此江句起棱千金駿馬謂以妾換得馬也咸陽二句言所以飲酒者正見此耳ㄥ君不見二句以上許多都爲此故玉山句束題正意藏脈如草蛇灰線ㄥ此與上所謂筆墨化爲烟雲世俗作死詩者千年不悟只借作指點供吾驅駕發洩之料耳

西岳雲臺歌　中有不死句入題　杜玄都擅孔巢父

鳴皐歌　起以己發興麒麟句提筆逆入入青松句再提筆逆入地我家句接出敘

勞勞亭歌　昔聞以下發興收句歸宿

扶風豪士歌　此爲祿山之亂而作以張良自比以黃石

通首爲末二句作勢

借襯亦文家常法何迷之有　我欲句入夢乃是奇語非正敘自忽魂悸句轉宜批明世閒句亦順口陪說並非正恉此詩體蓋入

比士

金陵城西樓月下吟　起二句敘三四寫五六議七八換筆收

答王十二　魚目句入己楚地句以上學讒言句以上世情與君句合

夢遊天姥吟留別　陪起令人迷我欲以下正敘夢愈唱愈高愈出愈奇失向句收住世閒二句入作意因夢遊推開見世事皆成虛幻也不如此則作詩之旨無歸宿留別意只末後一點韓記夢之本

于闐採花 漁洋未選　託寄深遠蓋傷不遂時賢否易位也

騷賦
韓亦未嘗不能橫空起例特氣脈較杜爲小耳
杜公推前偉大變動神界不可端倪處全未拈出但啜嘆噪無當由其才力不能指點深透也
此皆橫空特起非復常法宜批明將行軍善況先行寫足以下再入敘事則通

杜公

杜公自有縱橫變化精神震蕩之致以韓公較之但覺韓一句跟一句甚平而不能橫空起倒也。韓黃皆學杜今熟觀之韓與黃似皆著力矣杜公亦做句只是氣盛噴薄得出學詩者先從此辨之乃有進步

玄都壇歌　起四句敘屋前四句寫知君四句議

兵車行　起段夾敘夾寫一起噴薄道傍句接敘絕不費力而但覺橫絕而不平漢家段憑空生來。韓所不能。黃希曰古所謂山東卽今河北晉地今所謂山東古之齊地青齊也閻若璩曰此謂華山之東不指泰山之東亦不指太

首逆振有勢秦漢家二句東上下縱有二句再開此云漢家段云云亦談也信知四句跌宕以極沈痛之致五首中三別三吏多如此

通首多取材於顏籍曰馬賦以此見大家亦必有所本也

行之東秦時河山以東強國六皆山東也縱有二句開以陰調長者二句又開陰調且如四句縱橫信知四句又縱橫收段精神振蕩　結與起對看悲慘之極見目中之行人皆異日之鬼隊也此詩之意務令上之人知好戰之害與民情之愁苦如此而居高者每不知所以不得已於作也　此篇眞史漢大文論著奏疏合詩書六經相表裏不可以尋常目之　謂明皇用兵吐蕃民苦行役而作也

高都護驄馬行　直敘起三四夾敘夾議頓住卻皆是虛敘第四伏結功成四句實敘其老閒而以猛氣句再伏結腕促四句寫長安二句起稜青絲二句入今別一意作收

年多以下句句頓句句咽乃大家筆意凡手所無也

妙能雙收人馬　爲君老三字下得悽惻如此大材肯爲君老乎乃竟爲君老矣轉筆言還當用之於邊塞戰場之上又歎何由而得見用也蓋借馬以爲喻

天育驃騎歌　起二句故意曲入以避平敘突起奇縱此詩寫老馬分明爲老將寫照是何六句先寫伊昔八句始實敘而當時四句提筆跌宕以補敘爲棱汁卽借此逆入年多二句轉入議如今二句入議歎今之不遇以結驃騎之遇知不獨爲馬歎也　以眞爲畫以畫爲眞忽從眞說到畫忽從畫說到眞眞馬畫馬交互言之令人迷離莫辨

此亦是襯起曲入以避直敘平敘是何以下接寫伊昔

後半盤情俱
盛不止此四
句也
春光數句自
是另起酒盡
二句頓挫以
蓄機勢收乃
暢足言之
此首平敘而
譏諷之意自

以下敘題又將眞馬一襯作勢拍題感歎以眞馬與人作收

醉時歌　豪宕絕倫音節甚妙　起敘廣文耳。每句用一襯爲曲筆。避直也。是法。杜陵一段接入自巳段落分明無深奇清夜四句驚天動地。此老胸襟筆性慣如此。他人不敢望也。　以寫爲議異乎平直

醉歌行　起句襯次句虛出驊騮二句比只今句實點汝身以下承上入自家又閒摹景物漸入離思。情致委婉入妙。結出別

麗人行　起二句敘態濃八句先寫就中二句倒點作章

見

後半橫闊蒼茫杜公本色

植翁專在章法上分深淺奇正此買櫝而還珠也

半陂以下變勢變氣蒼茫迴顧淋漓不測收急轉迴勤而神氣愈勁

法收句亦是倒點。　此詩極言姿態服飾之美飲食音樂賓從之盛微指椒房直言丞相大意本君子偕老之詩而諷刺意較顯

樂遊園歌　起以敘夾寫卻憶句入議有敘有寫前半陽調後半陰調平平無甚奇陽調陰調相閒用惟杜公能之

渼陂行　此只用起二句敘點以下夾敘夾寫此等章法歐公慣用無甚深奇△但其色古澤濃鬱棱汁鉅響非歐公所有韓公亦時時學此　起句好奇二字乃一篇之章法天地一段初至之詞主人以下再開船游賞卻難其寫處有鬼神風雨恍惚萬狀船舷句棱此時句加棱咫尺句情

景雙融以下樂極哀來作收有自解意　以哀樂二字總
束全篇章法奇詭莫此爲甚

沙苑行　無妙

驄馬行　逆跌筆勢　起點題敘三句一曲與丹青引同
法四句敘有逆跌五句寫朝來四句夾敘卿家句點敘他
人必接在畫洗二句下畫洗句又接寫他人必接在香羅
帕下此與孔明柏君臣二句同吾聞以下入議開一篇作
勢拍題此馬句逆跌時俗以下夾敘夾議詠歎頓挫此是
議中起棱處近聞以下推開作收此篇章法迷奇與劉少
府山水障同

不可隨门常作此等語

此等亦各大家所常有

此誤契丹二句乃承上段作收不能遥起此段

此首佳處全在後半意思之沈痛

奉先劉少府新畫山水障畫　章法作用奇怪神妙此爲第一韓蘇以下無之。起突寫二句妙下始接叙畫巳奇矣畫師以下接敘人作兩層跌入得非玄圃數句又接寫畫乃遥接烟霧句下也。卻隔兩段。耳邊句隨手於議寫中起棱反思四句棱汁野亭六句又接寫畫乃遥接聞猿句下也。卻隔一段不見二句又於寫中起棱劉侯一段補敘乃接楊契丹句下也。每接不測奇幻無倫若耶四句另一意作結乃是興也遣情闊韻。

哀江頭　起二句點題以下用開合筆夾寫哀字此正格也憶昔句開明眸句合

此亦何嘗無章法要植翁斤斤此等古人未必有成心耳此則泥矣

哀王孫　起興也比也起棱似古謠以下亦是正敘不敢句接出此與上哀江頭篇不用章法但詞色古澤氣魄大筆仗雄自非他人所能及　竊聞句乃接上斯須句下

蘇端薛復筵簡薛華醉歌　起敘端復開筵是點題起句妙先起棱安得三句插入百壺以下敘飲入薛華亦是點題氣酣以下總收起棱神氣俱變

乾元中寓居同谷縣作歌七首　淒涼沈鬱令人不忍卒讀然意俱明甚易究也按公三年客秦州十月往同谷寓不盈月入蜀

雖意皆易究然此等乃文字精神處正宜多闡發以導初學不宜忽略

第五首起言亂世景象

第六首起託寄木葉黃落冬日愁慘之狀故望其回春姿

高下二句寫也非敘止言雲壘便往卻音昏黑言衾冷青見臥言屋漏乃倒點雨腳亦章法之奇者要之此等皆非詩中緊要耳故詩之緊要此書道者甚少

雖意與鮑同而沈痛獨絕

陽長陰消所感者大

石犀行　起點敘蜀人四句開夾敘夾議終藉四句合

茅屋為秋風所破歌　起段敘昏焦句用古歸來句總束

一筆安得數句宕開起棱

觀打魚歌　前段打魚後段食魚每段有汁棱託想雄闊

遠大潛龍句汁漿既飽句接上起下功名富貴何獨不然

又觀打魚　前段以敘為寫東津句點題逆入也日莫以

下議起棱乃見歸宿　前首為老饕戒耳此更說到干戈

兵革洪鐘無遺響信然

杜鵑行　用鮑照　意古

第四句倒落王宰宜批明 巴陵下是寫非敘 收有精神

戲題王宰畫山水圖歌　突起奇妙二句議三句點壯哉句點題巴陵以下敘尤工以下寫尤字從中段生出再加

一倍句中有句且層次得法

收意傳時乃杜公本色懷抱也

題李尊師松樹障子歌　起四句敘手提句點入又一襯障子四句寫老夫二句入已已知二句雙收入畫松下四句事外遠致

白摧二句在詩家不爲絶妙　若從以句語之重論杜淺矣況此詩妙處在詼詭奇過不在句語之重也

戲爲韋偃雙松圖歌　起句空中一喝。二句敘分賓主三四句夾議白摧二語鍛鍊奇句驚人此詩每句有千鈞之力△淺者豈能學之△

陪王侍御　六一本色從此出

一片驚天動地跌宕非常之意全未批出

坡十五馬別有奇處不必軒輊

二馬即新圖所有與會貌段不同叢自昔日句已入題特不平敘耳　顧視句極寫九馬矣借問二句閒情曲致且點

短歌行　仇注此章兩截各五句上截慰其哀歌之意下截送其赴蜀之情豫章二句仇注奇才終當大用且脫句何須撫劍悲歌仲宣句贈別之地收二句望其遭逢以慰哀者

韋諷錄事宅觀曹將軍畫馬圖　勝坡十五馬　起本是敘題卻用人襯起此法常用乃定法會貌數句一襯馬龍池句接手更著一語緊昔日二句又一襯以下寫九馬分合今之句始入題其餘四句放卻分作二層敘可憐以下又總敘縞素顧視二句分寫耳借問二句起棱收束點題又襯賞者手法極奇所謂文外遠致憶昔以下如水過峽

出主入非起棱

此等詩豈可如此枝節看法是盲人說象也

此無所謂强學

此二詩皆杜公大文所解殊穠襯影響自起首以下敘寫爲正面開元句止是開展非縱橫也

此皆義所應耳非故作閒

大感慨作結翠華句全襯騰驤句打合一筆收句挽三萬匹淒涼無限收句如水入海　末段所謂開勢起棱拍題與驪馬行吾聞良驤老始成一法因畫馬思眞馬思到故君此胸襟也不可强學　此與丹青引格律聲色縱橫變動俱不待言姑以其段落摘出俾承爲七古之法

丹青引　起勢飄忽似從天外來第三句宕勢此是加倍色法四句合乃不直率學書一襯就勢一放不至短促丹青句點題富貴句頓住伏收意只此二句是正面開元句筆勢縱橫淩烟句又襯褒公二句與下斯須句至尊句皆是起棱皆是汁漿於他人極忙之處卻偏能閑雅從容眞

憾先帝句接敘非襯逈立句是寫非敘上句已敘矣因將丹青二句看成正面故以爲逈身用襯實則非也

此語最是植翁於此等處所得尚少故言之甚略而

大手筆也古今惟此老一人而已所謂放之中要句字留住不爾便傷直率先帝句又襯又出波瀾敍事未了忽入議論牽扯之妙太史公文法逈立句夾寫夾敘詔謂以下磊落跌宕有文外遠致玉花句轉峽停蓄圉人句頓住弟子句又一波瀾奇妙幹惟句夾議將軍以下詠歎收如水入峽囘風助瀾　此詩處處皆有開合通身用襯一大法門　此與上曹將軍畫馬圖有起有訖波瀾明畫軌度可尋而其妙處在神來氣來紙上起棱凡詩文之妙者無不起棱有汁漿有興象不然非神品也

寄韓諫議　此開韓山石

所作亦未能工

錄此撥法

落落四句一氣捲舒可歎

憶昔　百餘年間句直放豈聞句轉抑頓挫乃非平直傷心句頓挫

冬狩行　前段敘獵且敘且寫有起棱有閒情飄然以下一段轉筆如虎入自己作議託諭諷諫高遠此作詩歸宿元遺山赤壁圖藍本於此

折檻行　無甚意詩注家不得其事

古柏行　起四句以敘爲寫首句敘二三四句便是寫已有棱汁君臣四句夾議夾寫他人必將雲來二句接在二千尺下看他一倒便令人迷與驄馬卿家二句同劉須溪王漁洋改而倒之不知公用筆之妙矣憶昨句是宕筆一

得地而多烈風乃借神明扶持云爾志士二句承上指明非另一意

此自以因公孫而憶先帝爲詩之正面題特記其詩之緣起耳非眞用如此大力以做此題也

燈如四句做出感時句頓挫以起下文

開拓勢補己之所見扶持二句頓挫住大厦句換氣突峯起棱忽借人雙寫志士二句另一意推開作收淒涼沉痛

此似左氏公羊太史公文法

觀公孫大娘弟子舞劍器行　通身詠公孫只晚有三句是題正面因李而言及公孫因公孫又言及先帝可見就題還題別無文章也一起襯敘觀者句夾寫天地以下四句寫起棱縫脣句頓住以上一段以起下出題感時句是一篇前後脈絡章法也卻入於出題中藏之金粟堆又從先帝意中起棱但覺身世之戚與亡之感交赴腕下按玄宗葬金粟堆　此詩亦豪宕感激瀏亮頓挫獨出冠時自大歷至今

此詩以憶先帝爲主則金粟等語固題中應有之義此二詩極似韓公

惜詞法三字有誤

栩字亦誤

先生一人而已

大食刀歌　大食本在波斯之西兵刃勁利其俗勇於戰鬬　逆捲起白帝二句敘點壯士以下寫蒼水二句起棱芮公趙公光祿皆以入緯芮公主帥賊臣以下雙寫闗合大食寶刀句反客

二角鷹　起似鮑照角鷹句點　二詩同品同法同意一味實敘寫議

秋風　祇是思深語曲非粗才可浮襲惜詞法　讀此可悟愈簡愈妙　不知明月句妒而思歸妙情收句忽又作酸語痛極仍不敢歸耳　此與王郎皆深曲删語轉層多

不測如虎

虎牙行　荆門虎牙二山楚之西塞在彛陵銅柱灘名

巫山句寫十年防盜句歸宿　此詠地

錦樹行　無甚深法

後苦寒行　起曲折筆力收句奇只說寒凍地裂耳而其

妙可悟　次首亦奇

魏將軍歌　此與寄韓諫議皆開昌黎路派

白鳧行　山谷如此平平耳但詞古澤筆勢平耳

醉歌行　起以論議爲敘點三句寫四句主另頓五句以

賓爲敘點無呆老實敘點此法也是日句起棱寫收完密

後半瑰麗韓所不及

是日以下神氣磊落乃杜公良實本領並未批出

膚淺語可惜

此非杜之佳製

章法井井又棱使無棱則平無可存半山以下不知況俗士庸奴乎。

發劉郎浦　短章遠勢在用意及接頓起伏歐王山谷無此雄壯　四句棱遠五句接勢闊

夜聞觱篥　起句敘三句寫收二句議忽然脫開加倍哀痛棱思深意曲極嗚悲慨見行路難也忽然脫開純以精神摶挠

醉爲馬墜　以寫議爲敘三句章法向來句承束入題

李潮八分小篆歌　此典制題前敘典起一句字古文三句大篆不辨四句點字秦有五句襯秦有句入先提蔡邕

先大夫曰快劍蛟竜等句乃是起棱吳郡句但襯托夾議耳

以下實證二碑嶧山句小篆苦縣句八分書貴句夾議惜哉二句賓主出題作章法亦是逆捲法吾甥句點入此段總襯尙書以下分襯潮也句以下八分爲主下用況字帶再襯篆吳郡句襯起棱夾敘夾議豈如二句收合巴東以下以敘點爲收變一章法　分合變化。隨手靈機。不似韓歐以下尺寸可尋。　八分乃漢隸中之正者惟伯喈石經如此故是從二篆生也杜公之言精審矣歐公總謂之漢隸尤當千年來無人辨得諸家紛紛之說皆非也　此固以中郞漢隸卽八分與歐公同歐稱爲不名八分同實異名不似他人分爲二實也竊以此爲得矣　此與公孫大娘

何以與史遷相抗亦未道出

弟子舞劍首皆須熟讀蓋其章法之妙直與史遷之文相抗矣

韓公

朱子譏公生平但飲酒賦詩不過要語言文字做得與古人一般便以爲是按此論學則誠不可若論學詩學文都是不傳之祕杜公云語不驚人死不休今誦公詩眞有起頑立懦之妙七言古詩易入整麗而近乎㶮公七言皆祖杜拗體

韓詩無一句猶人又恢張處多頓挫處多　韓詩雖縱橫變化不逮李杜而規摹堂廡彌見闊大

韓公較杜爲昔因韓比杜易見也

此首批若干語而於韓公佳處略未道著

汴州亂二首　大題短章而自足以筆力高斬截包括得盡也前敘四句能盡以筆力高也收二句入議閒遠次首六句三韻各抵一大篇又各換筆

山石　不事雕琢自見精彩眞大家手筆　許多層事只起四語了之雖是順敘御一句一樣境界如展畫圖觸目通層在眼何等筆力五句六句又一畫十句又一畫天明六句共一幅早行圖畫收入議　從昨日追敘夾敘夾寫情景如見句法高古　只是一篇游記而敘寫簡妙猶是古文手筆他人數語方能明者此須一句卽全現出而句法復如有餘地此爲筆力

此首大致慕桃源行用初唐諸公體非韓公本色亦非韓詩之至者

汴泗交流　分曹決勝一段此等處無筆力則冗滯最宜

知此誠二句筆力

鳴雁　時依張建封於徐不得志欲去明年夏即去徐

桃源圖　自李杜外自成一大宗後來人無不被其淩罩此其所獨開格意句創造己出安可不知歐王章法本此山谷句法本此此與魯公書法同爲空前絶後後來豈容易忽　先敘畫作案次敘本事中夾寫一二收入議作歸宿抵一篇游記　接屋連牆用子雲大蛇中斷用水經

凡一題數首觀各人命意歸宿下筆章法輞川只敘本事層層逐敘夾寫此只是衍題介甫純以議論駕空而行絶

託興佳處批評殊欠明了

此詩質健乃韓公本色

不寫

八月十五夜贈張功曹　貞元二十一年正月順宗赦公

故侯命柳州　一篇古文章法前敘中間以正意苦語重

語作賓。避實法也。一線言中秋中間以實爲虛亦一法也

收應起筆力轉換　朱子曰詞氣抑揚一篇轉換用力處

歸之於命反騷意

謁衡岳廟遂宿嶽寺題門樓　莊起陪起　此典重大題

首以議爲敘中敘中夾寫意境託句俱奇創以已收凡分

三段森然句奇縱

峋嶁山　先點次寫似實卻虛事嚴以下入議似虛卻實

衡山實無禹碑此詩所記盡當時之傳聞誤也故篇末自爲疑詞以見微意東坡詩云岣嶁何須到韓公浪自悲謂此詩也

通首用意以憶京國爲主曲江句雖折筆乃本情也若在句頓出主意而含蓄不露以爲奇格方全未悟

杏花　起有筆勢第三句折入中間忽開豈如句收轉乃見筆力挽回收本意

石鼓歌　一段來歷一段寫字一段敘初年已事抵一篇傳記夾敘夾議容易解但其字句老鍊不易及耳

寒食日出游　收句言有月可行莫以當禁火之令爲辭也

精研時出新論是韓公勝

劉生詩　此贈敘題造句重老

境也

此詩極力爲奇必一一傳會琴譜猶笨伯呆相

鄭羣贈簟　無甚意只敘事耳而句法意老重　三句敘四句寫法曹以下議誰謂三句敘光彩句夾寫青蠅句稜

和虞部盧四酬翰林錢七赤藤杖歌　怪變奇險　只造語奇一法敘寫各止數語筆力天縱　起二句敘滇王二句追敘繩橋句議共傳二句虛寫幾重句敘光照句寫空堂二句衝口而出自然奇偉

聽穎師彈琴　浮雲句泛聲喧啾句泛聲中寄指聲分寸句吟繹聲失勢句順下聲

酬司門盧四兄雲夫望秋作　起四句以寫爲點再追敘事

此實雄之奇作何得云非上乘

先大夫曰第三首無古人此是校刻脫錯誤錯亂

尋後寄崔二十六丞公　正起耳而筆勢雄邁中後感歎乃所以爲寄也筆勢緊則精神振然此非公上乘

奉酬盧給事雲夫四兄曲江荷花行見寄　從原人起而以寫爲敘中插入已夾寫此敘體而無一筆呆平夾寫議也

感春　第二首興比本言近學三人而故非之曲折豈如句折深近憐四句以曠爲憤放縱豪闊意高胸襟遠大勢亦闊遠平明句不得職之故　深開荆公　第三首起故曲跌入中入感字敘自己近事卻借古人說以藏掩抑鬱之最是興會

未必

氣體頗近韓
但少屈曲變
化耳

記夢　無論議論之惝怳句法之老只看得斷續章法乃一大宗門解此自無平序順接令人易盡之病　壯非少下插四句乃接一字難下又插二句乃接此杜公託勢不常之法體態不拘

龜山操　收句鬼字卻是字訣若下神字便腐學古歌要直若曲便嫩只是意直筆又直便難看所以筆調字眼上又須略變

附李義山韓碑　此詩但句法可取而已無復章法浮切氣脈之妙由不知古文也歐王皆勝之　此詩李杜韓無所解悟　此詩之病一片板滿而雄傑之句勝介甫作

歐陽永叔

學歐公作詩全在用古文章法如此則小才亦有把鼻塗轍可尋及其成章亦非俗士所解　逆卷順布往往有兩番逆轉順布後有用旁面襯後面逆襯法蓋上題用逆儆者無非避正避老實正局正論致成學究也

深人無淺意無率筆無重複一時竊之總不見其底蘊由於意法情俱曲折也

歐公之妙全在逆轉順布慣用此法故下筆不由人讀者往往迷惑又每加以事外遠致益令人迷

歐公情韻幽折。往反詠唱。令人低徊欲絶。一唱三歎。而有

此評最好

可憐四句感慨深至最精騰揚

還音如啖橄欖詩有餘味但才力稍弱耳

首領雙起以下分應作章法此杜公長律法歐用作七古雙收一句收一段雙起一句起一段皆杜公長律法亦可用於七古

黃牛峽祠　平敘以起句作章法以下發此新茶蔦鼎同起二句議歸宿三句寫

千葉紅梨花　起二句先點敘三四句寫夷陵句逆卷跌開可憐以下順布根盤二句合風輕二句來寫從來四句僦襯入議收

讀張李二生文　千年佛老四句此等入學究之氣不可

靜有賦情

可惜云云乃是備句歐公筆力弱處

無甚奇意頗嫌其繁

尚瓌瑋似集古錄序

法二子必拾唾之文

晉祠　不及太白堯祠題本不同太白兼送人　起六句寫并見以下六句敘

鎮陽殘杏　西亭以下正敘收句夾敘議

啼鳥　直敘逐寫我遭以下入議

滄浪亭　起撫石鼓四句敘荒灣以下寫不知以下議窮奇四句敘豈如句筆勢挽力

菱溪大石　從韓赤藤杖來不如坡雪浪石　皆云十四句平敘中入奇議以代寫

鸜鵒螺　紅螺句入匹夫句頓濃沙句寫美人句汁議

寄聖俞　眞似退之尚帶痕迹　凡寄人書遍彼我之情敘離合之迹引伸觸類無有言則此詩前敘彼之才次言己不能振之又惜其過而廣之抵一篇書汴水句暗用郗超事

葛氏鼎歌　章法太密出之費力矣然深重條㽞老於剪裁　起二句逆入三四倒敘蕩搖句實敘見出滑入以下後面虛寫鼎明堂以上虛說兩層二三子以下作詩亦兩層

和劉原父澄心紙　歐公閒淡此極有氣然有不振處才氣弱也不善學之便成弱派如璧粉句卽不振也因紙思

歐詩時有詞多之病

韓十五馬與此詩無涉

用因用思人

贈沈遵　此獨順題布放而奇恣轉勝用章法乃知詩貴精神旺爲妙也　起點敘次寫次追敘後以議收我初三句低徊欲絕

盤車圖　先寫逆捲題畫老法坡公偷此作韓十五馬

愛其樹老五句刪

贈沈博士歌　此與前章法同　滁山七句直寫子有句入琴嗟平句入議杜彬句是謂僦襯收二句學韓八月十五夜詩

於劉功曹家見楊直講褒女奴彈琵琶戲作呈聖俞　閒

淡可愛　起句點次句冒爲以下只寫此句嬌兒身小句

東橫截作章法收入議

謝觀文王尚書惠兩京牡丹　念昔數語即此花以追往

事詩人情思之常　河南官屬四字用孔融傳收賸收字

古本作故

送公期得假歸絳　往返曲折總是古文章法此爲通人

逆起三四點五六正面收二句棱後面

嘗新茶呈聖俞　起以二句作柱以下只發此亦一法也

奉答原甫見過寵示之作　起追敘

明妃曲和王介甫作　思深無一處是恆人胸臆中所有

收賸乃收之誤放字亦誤

此等評語適見其陋蓋於詩中要妙全未夢也

耳目句正見宏識何得謂腐

收未然住

此時代不同耳

以後一層作起誰將句逆入明妃推手句插韻太白玉顏二句逆入琵琶收四語又用他人逆襯一層層不猶人所以為思深筆折也　此逆捲法也　再和明妃曲起六散漫耳目二句腐漢計二句更漫此篇全無佳處

歸雁亭　城下句逆捲因記句逆捲順逆之中插此句作章法亦制勝法此可為成式

初食雞頭有感　小詩小題不如坡荔枝山谷野菜

鵯鶋詞　小題感寄思君之意此風人之旨杜公慣用然此不甚覺蓋此以和平微婉出之不似杜之血淚也可憐此樂七字用意深婉不似今人一味說出

代贈田文初　此詩令人腸斷情韻眞是唐人加入中閒一層更闊大收四句深折唐人絶句法也。

答謝景山遺古瓦　文無定準小題恢之使大則大篇矣隨興會所之爲之　起段從源頭說起夾敘夾議學韓而老但少其兀傲高臺二句逆入舟行四句學韓之奇凡此皆從赤藤杖來

寄聖俞　起筆勢跌宕有深韻　兩句相背起官閑以下全發第一句今來一段虛應第二句兩段相背此章法也客襯法也妙絶　巖蓀四句以西陵形此地更不如。卻先言西陵已爲所嗟。此爲深曲。

不羞句貫下二氣讀并無所謂迂不快人意者

此詩歐公勝作

放翁自勝歐作何可厚非

送琴僧知白　此從杜公孫大娘來亦是逆捲法門俗士不知豈謂句逆捲人久以句逆捲琴

送吳照鄰還江南　數句耳而往復逆折深變如此非深於古文不知　寫江南時令景起倒入今白髮卻憶先年來時未老逆捲法也不羞句用意迂不快人意然或余未能解之耶羞見句逆捲五年二句又順布言不再出　不如杜公秋風

石篆詩　起敘以下卻起棱此與題畫同　當時二一句偷退之

和對雪憶梅花　不解古文不能作古詩放翁所以不可

全在題面著眼小樣殊甚

此詩亦見歐公集力弱處句調亦未盡諧

亦嫌元弱無振起處

人意也此詩細縷密針麤才豈識　余最不喜放翁以其猶粗才也此論前未有人見者亦且不知古文也　昔在西陵見梅憶洛今在北地對雪無梅憶西陵再入題和詩從昔時見梅說即逆捲法也用意深情韻深句逸而淸先敘後點敘處夾議夾寫此定法也　正題在後卻將虛者實之於後　當時二句接風中仙下今來四句删　此不及坡元韻三首而情韻幽折可愛

歸雁亭　情韻好字密　細讀數過乃見情韻之妙不似俗手作重複不通之言也

日本刀歌　起平　先敘過本題再入議亦一定法但此

題平俗人皆解之而文法高妙乃可爲此題

和子履游泗上雍家園　平敘小景而老成幽韻無奇肆

大觀

王半山

向謂歐公思深今讀半山其思深妙更過於歐學詩不從

此入皆粗才浮氣俗子也用意深用筆布置逆順深章法

疏密伸縮裁翦有闊達之境眼孔心胸大不迫猝淺陋易

盡如此乃爲作家而用字取材造句可法　半山有才而

不深歐公深而才短

荆公健拔奇氣勝六一而深韻不及兩人分得韓一體也

歐公只是風韻拌非思深雖非微旨要義亦初學應知之理

龍骨自是水車何待言、

荆公才較爽健而情韻幽深不逮歐公二公皆從韓出而雄奇排奡皆遜之可見二公雖各用力於韓而隨才之成就只得如此以韓較杜太白則韓如象力雖大只是步步挨走杜公太白則如神龍夭矯屈伸滅沒隱見興雲降雨神化不測也。

半山本學韓公今當參以摩詰此旨世人不解

元豐行示德逢　先旱後雨頌揚耳御以德逢作緯便用意深曲不同俗手若但寫正題氣骨輕淺易盡也則成俗手應試體矣世之俗詩皆止於此　溝洫志龍骨開龍首渠古今詠溝水詩多用龍骨字今此疑作桔槔義解　儵

雪景王百穀冬景不必作蘆花帶

儵溝車滔滔屋敖字法也田背埋牛尻肥夾毛追前勞句法也收闊大又以德逢緯之更妙章法也

後元豐行　前言豐年之樂收處與上諸樂同卻似另出一層鄭重分明此以餘情閒致旁面取題也　麥行字法龍骨雖非社日句法也

純甫出釋惠崇畫要余作詩　起二句正點以一句跌襯作筆勢亦曲法旱雲四句接寫畫也卻深思沈著曲折奇險如此雪蘆花也往時四句又出一層而先將此句冠之與無若宋人然句法同沙平以下正昔所歷也頗疑二句遊捲何等奇險筆力方諸二句敘耳亦險怪不平如此大

余删

一見二句凡語通首亦無奇

粱六句一襯作一段亦另自寫一時以下賓主雙收作感慨收　通篇用全力千錘百鍊無一字一筆懈如輓百鈞之弩此可藥世之粗才俗子學太白東坡滿口常語庸熟句字信手亂塡章法更不知矣　此一派皆深於古文乃解爲此初學宜從此下手乃能立脚寫往時所歷凡題畫家常法也以眞襯也坡雪浪石用離堆蜀士同此用意此詩四段一點一寫一襯一雙收余删黄蘆二句莫氣二句方諸四句流鶯二句更遒妙

徐熙花　起敘點一見二句寫用筆勢曲折同朝二句推開入議收起稜短篇耳分四層抵一長篇局勢作短篇不

可不知此

燕侍郎山水　前半畫後半人用寫起遊卷一句入題仁人二句人畫雙收　看半山章法謹嚴全從杜公來不自以古文法行之也

泉酬王濬賢良　工細而不雄刪長慮六句

張良　自況

明妃曲　寄託歸來二字擲　此等題各人有寄託借題立論而已知太白只言其乏黃金乃自欺也公此詩言失意不在近君近君而不為國士知猶泥塗也六一則言天下至妙非悠悠者能知以自喻其懷非俗衆可知

此等何人不知何用詳說

亦無味

所說亦膚淺之至

桃源行　此與張良韓信明妃曲只用夾敘夾議但必有名論傑句以見寄託　無寫以敘爲議以議爲敘

虎圖　非熊五字擲卒然八句删

送程公闢守洪州　起四句點敘以下兩段入議夾寫收另作章法應起　此應酬題他手只夸地頌才德而已此時俗應酬氣縱詩句佳而意思庸俗此言用意也至於格局縱用奇勢亦終是氣骨輕浮蓋不知深於律法者也必於此用意將欲贊換入他人口氣則立意不同人以不如意先作一曲折墊起用兩人作局陣此乃深曲迷變氣骨不輕浮矣純是古文命意立局章法所以爲作家跳出

尋常庸人應酬套此非深思有學人不能作不同俗手分別在此　本意作夸美詞嫌淺俗酬應氣無味又已本洪州人不便自夸其鄉亦不可謙貶故託爲吏詞以爲曲折與退之瀧吏局同意異　公不便自謙自誤皆託之人言一賓一主解嘲客難之局而用之於贈人皆避淺俗平直也足以爲式

彭蠡　起四句點敘中一波一收看似無縱橫奇肆而老筆翦裁非庸才可及

牛渚　收二句余謂楊修如此涉世者不可不知

和王微之三首　微之新詩句點相攜四句伏更欲遠引

即知淵魚之義　此等詩字句質健最見判

以𡉁承高論山水又足以上承歸雲
二首從高齋起百年以下入一層當時二句湊删神靈二
句湊删使君句點老矣句即前書成意憂端句入詩餘年
句入和
三首建隆入下入句删
平淮右題名碑　學韓石鼓此詩眞不如義山之雋偉
韓信　此等題只寄託在言外有自己在　爲之之法夾
敘夾議　只在句法雙筆勢稍雄　末句以二人託結出
歸宿短篇定法
吳長文新得顏公壞碑　無甚佳處而有情韻

三四句荆公意態

五六殊有工力餘少味九井詩勝此

寄岳州張使君　起四句此等衍語不可學

雲山詩送正之　情韻佳

獨山梅花　收二句此等衍語不可學

寄題郢州白雪樓　三句跌入四句折入朱樓二句寫樓

丘墟二句合

九鼎　大題短篇能盡以深創也　起四句敘五六二句寫

杭州脩廣師法喜堂　以龜山辯才師較之可見才有大

小少得句冋合見筆勢

登越州城樓　淸折

蘇東坡

坡公之詩每於終篇之外恆有遠境。匪人所測。於篇中又各有不測之遠境。其一段忽從天外捕來。爲尋常胸臆中所無有。不似山谷僅能句上求遠也

薑塢先生曰東坡詩詞天得常語快句乘雲馭風如不經慮而出之淒淡豪麗並臻妙詣至於神來氣來如導師說無上妙諦如飛仙天人下視塵界

惜抱先生曰東坡文遠遜韓若以詩論故當勝之

與子由別於鄭州西門之外馬上賦詩一篇寄之　起突兀惟見句寫

石鼓　渾轉瀏亮酣恣淋漓　按此首暨王維吳道子畫龍興寺武昌劍銚國夜遊雪浪石杜李潮八分韓贈簟赤藤杖李韓碑歐古瓦菱溪黃磨崖碑皆可為典制之式

起三句敘四句寫細觀句棱以下夾敘夾議古器六句起棱漂流二句伏收處上追二句束以上實敘憶昔以下追敘本事原委何人四句大筆欲尋二句入妙起棱事外遠致六經句又一襯傳聞句起棱是時句收轉

王維吳道子畫　古人得意語皆是自道所得處所以衝口即妙千古不磨今人但學人說話所以不動人此誠之不可掩也以此觀大家無不然而陶杜韓蘇黃尤妙　神

此等詩殊不可學學之必入病痛

以奇氣勝

品妙品筆勢奇縱神變氣變渾脫瀏亮一氣奔赴中又頓

挫沈鬱所謂海波翻氣已吞一一可尋源仙翩謝樊籠等

語皆可狀此詩眞無閒言

秦穆公墓　有敘有議筆勢奇縱如收六句三層是層層

奇縱也

出穎口初見淮山是日至壽州　短篇極則

遊金山寺　奇妙

自金山放船至焦山　此正鋒可以爲作詩之法

臘月遊孤山訪惠勤惠思二僧　神妙

遊徑山　起六句寫道人八句敘

滿紙六字乃姚評也以此見此書中兼錄劉姚諸前輩之評而不分別者多矣

吳中田婦歎　小詩沈著杷頭句言無用也收言不如沈水死也

往富陽新城　小詩有韻

大風留金山兩日　遒妙

寄劉孝叔　滿紙奇縱之氣　此詩推尊孝叔已至蓋以同被安石之斥故言之親切也更望紅裙句言不可得收跟談道

書韓幹牧馬圖　起跳躍而出如生龍活虎先生句逆出金羈三句提筆再入題　以眞事襯以衆工襯以先生襯以廐馬襯不如一句入題筆力奇橫渾雄遒切放翁折海

棠從此得法　大約句法以下三字寫上四字如隴秦川是也諸家皆同如下章攢八蹄三字寫上四字不可勝言

渾雄遒妙　大約坡勝太白

韓幹馬十五匹　敘十五馬如畫倘不爲奇至於章法之妙非太史公與退之不能知之故知不解古文詩亦不妙放翁所以不快人意者正坐此也　起四句分敘寫老髯二句一束夾此爲章法微流句欲活前者二句總寫八匹最後二句補遒足韓生句前敘後議收自道此詩　直敘起一法也序十五馬分合二也序夾寫如畫三也分合敘參差入妙四也夾寫中忽入老髯二句議。閒情逸致。文外

之交。弦外之音。五妙也夾此二句章法變化中又加變化六妙也後八匹前者二句忽斷七妙也横雲斷山法此以退之畫記入詩者也後人能學其法不能有其妙　章法之説山谷亦不能解御勝他人

答呂梁仲屯田　經濟成算從旁裕如故可飲樂令人非荒宴卽震驚忙迫耳此等可想其人之氣象。不獨詩美也

歲寒四句亦逆法

送李公恕赴闕　遒轉奇縱熟此可得下筆之法　奇快用逆句倒入忽然句奇君爲句倒入獨能句倒入通身用逆　贈人寄人之詩如此首暨送郎中與梁左藏戲子由

一大乚當風 李哲

送劉道原寄劉孝叔送沈逵寄吳德仁次韻王定國南遷
回見寄篇皆入妙

送孔郎中赴陝郊　遒緊秀麗

與梁左藏會飲傅國博家　遒緊

攜妓樂遊張山人園　起二句寫時景如見故將二句敘
題渾脫不作死語提壺二句敘一大篇收有韻不但寫後
景而兼寫山人高情遠韻八句耳而首尾敘事明劃章法
一絲不亂而閒情遠致寬博有餘如長幅此非放翁諸人
所及　神來之作其氣遒緊瀏亮頓挫

和子由送將官梁左藏仲通　起妙閒逸

凡字湊韵亦姚說

收句自道節概也

雖無深意而組織殊工

僕曩於長安陳漢卿家見吳道子畫佛碎爛可惜其後十餘年復見於鮮于子駿家已裝背完好子駿以見遺作詩謝之　坡此首暨荔枝山谷春菜皆可爲詠小物之式起二句今世大夫皆寧見笑於公亦可歎志公句用事精切

次韻答舒教授觀子所藏墨　第二句不免湊韻四句用事精切　小詩亦遒宕有情韻

答范祖禹　有趣

送將官梁左藏赴鄭州　無甚意思

李思訓畫長江絶島圖　神完氣足遒轉空妙

此等乃坡公天才全由天授不可以人力幾殊不經意而妙合自然赤壁賦亦如此

百步洪　君看句忽合此爲神妙　惜抱先生曰此詩之妙詩人無及之者也惟有莊子耳　余謂此全從華嚴來

此首暨劉孝叔南山之下二馬並驅我昔在田間五首熟讀之可得奇縱之妙　余喜說理談至道然必於此等閒題出之乃見入妙若正題實說乃爲學究傖氣俗子也

舟中夜起　空曠奇逸仙品也

安國寺尋春　起超妙遙知數句妙有情

武昌銅劍歌　奇妙不減昌谷

與子由同遊寒溪西山　起有情吾儕二句作詩意旨凡作詩必有此等語乃見意旨

一片奇氣坡公獨擅

過江夜行武昌山上聞黃州鼓角　此可爲流連光景等法誰言句用杜精切收四句仙氣

將至筠先寄遲适遠三猶子　起筆仗跳脫有韻

別子由二首　眞摯

送沈逵赴廣南　起筆突兀君隨六句分故人四句合相逢二句神來氣來　學道有涯涯當作牙用劉禹錫詩

龜山辯才師　起妙

次韻王定國南遷回見寄　奇起卻思四句神到氣到之作

寄吳德仁兼簡陳季常　起妙品神到三句用事精切門

前四句起棱象外　先生嘗至蘄州欲訪吳末果彼此兩
不相識

書林逋詩後　妙

海市　敘寫清妙

佳處尤在縱宕超逸轉接純從空際

送戴蒙赴成都玉局觀將老焉　清韻

送陳睦知潭州　妙君時六句敘昔遊收四句忽合妙

奇逸之氣

虢國夫人夜遊圖　起寫只有句收題人開以下推開入
議

一起神來氣來

武昌西山　正鋒起寫憶從二句追敘昔遊用逆故有筆
勢西山以下細述夾寫帶棱當時句束江邊四句如水銀

入地筆不暇給神流意極請公二句收順逆棱汁

趙令晏崔白大圖幅徑三丈　筆勢颯然

偶與客飲孔常父見訪方設席延請忽上馬馳去已而有詩戲用其前韻答之　釁蝥句改遣人追君君絶馳句後遣人二句删

次韻子由書李伯時摹韓幹馬　未妙

郭熙畫秋山平遠　亦未妙

戲書李伯時畫御馬好頭赤　前四句有筆勢本題無可說用此格

木山　可不選

書王定國所藏煙江疊嶂圖　起段以寫爲敘寫得入妙

而筆勢又高氣又遒神又王使君四句正鋒

興隆節侍宴前一日微雪與子由同訪王定國小飲清虛

堂　未妙而自然空圓轉宕非老手翦裁不能

王晉卿作煙江疊嶂圖僕賦詩十四韻晉卿和之語特奇

麗因復次韻不獨紀其詩畫之美亦爲道其出處契闊之

別而終之以不忘在莒之戒亦朋友忠愛之義也　凡作

詩皆宜如此屈居華屋四句即草長病牛羊慧智疢疾生

於憂患貧賤玉成之意風流二句入畫敘畫山二句夾議

鄭虔二句棱以山中收

禁體自戰而出以奇麗故為尤難

生氣迸出非歐公所能到也

清宕中自有雄渾之勢如此方是大才

復次放魚前韻答趙承議陳教授　無佳勝　起悟語

聚星堂雪　本色正鋒　起八句樵寫細景如畫歸來四句虛字語病　奇麗公自云

送劉景文　六一半山用此章法　清妙　有筆勢起落

閣立本職貢圖　起敘音容四句寫粉本句入畫點收入論小詩義意完足凡四層

軾在潁州與趙德麟同治西湖未成改揚州三月十六日湖成德麟有詩見懷次韻　清適　敘事首尾　起二句道語

送鼂美叔赴闕　妙收四語見作詩心胸其筆如天仙乘

只老去一句入題

雲而游。御風而行。可望而不可到。

書龍說之考牧圖後　此方是眞妙我卧句仙語澤中三句見道凡民逸則生患勤則生善老去一句爲一段章法收另入一段　總分三段一眞一畫一議耳細分之則一眞之中起　次分次議凡四段大宮包小宮　一路如長江大河忽然一束又忽然一放　此詩具三十二相分合章法變化不測一句入便住所謂將軍欲以巧服人盤馬彎弓惜不發　以眞形之題畫老法拔入妙半山章法杜公入神　詩無羊考牧也

書丹元子所示李太白眞　丹元奇人故公詩亦奇有以

發之也　小兒司馬子微也

雪浪石　此詩奇橫以較諸人和作其大小平奇自有辨蓋他人不能有此筆勢故不能有此雄恣離堆二句形容此似離堆耳惜無蜀人不及知故末句云云老翁句用退之　土門卽井陘口今名土川口太行八陘第五陘也

此次韻滕大夫三首之一

子由生日以檀香觀音像及新合印香銀篆槃爲壽一首

坡每詠一小事必原委詳備。此非儉陋小家所能。雖詩之妙不在此而此亦要緊不然不典不㲄用也此可悟

綿綿以上香東坡句敘子由己卯生釋迦文用十六國趙

眞放精微千古名論

後四句神氣駿逸

整事君方論道以下後半牽率不佳

子由新修汝州龍興寺吳畫壁　起二句凡語那復句凡

語收四句有味

十一月二十六日松風亭下梅花盛開　亭在惠川學舍

東　韻

追餞正輔表兄至博羅賦詩爲別　起二句敘亦不平三

四寫夾敘高安客謂子由　尋常情事而眞

四月十一日初食荔枝　尋常敘情景入妙如此首暨海

市清風弄水江上愁心塔上一鈴孤山等篇不可枚舉可

類推之　不須二句仙氣與梅花詩仙雲句同妙雲山二

句不脫食字　凡寫議託寄敘四者各有神韻妙語
荔枝歎　起三句寫有筆勢四句倒入敘永元句逆入敘
結上我願二句刪好　小物而原委詳備所謂借題章法
變化筆勢騰擲波瀾壯闊眞太史公之文鰒魚不及多矣
同正輔表兄游白水山　起憑空落入句奇語縱。氣又奇
縱。因隨句用筆純是空縱。穿雲句仙句坐看句奇縱且敘
且寫且入議收二句神來氣來、白水山在羅浮　太白
高境而全變其面目
次韻正輔同游白水山　此詩詞太繁和韻詩不免牽率
勉强　起二句悟語先以此起令人迷惑此章法變化

吾謫海南子由雷州被命即行了不相知至梧乃聞其尙在滕也旦夕當追及作此詩示之　白須句有韻莫嫌句頓束　有韻而豪無頽喪意。失志時能如此可法

韋偃牧馬圖　起有勢

申王畫馬圖　起言外無此二子奇肆之意只勉强了題而已此所以爲凡近　荆公只如此境界　苕溪漁隱叢話云此詩蔡天啓作按以南山之下一首持較此詩有龍象蹙踏非驢所堪之歎

贈李兕彥威秀才　氣骨凡淺封侯以下皆庸語凡筆

次韻謝子高讀淵明傳　此詩以爲山谷作者得之

此東坡公極諧

宋文鑑云云亦姚評此詩

舟中聽大人彈琴　高韻意境可比陶公　詞意韻格超詣入妙而筆勢又奇縱恣肆六一尚不脫退之窠臼此獨如飛天僊人下視塵壒俱凡骨矣

渚宮　重複不妙故宮千年壯觀不可復池樓閣臺綠窗朱戶草堂破窗百年人事等字俱擲　費力蹇頓必非坡作與驪山同臺塢以爲陳所逮文義似是

柏家渡　不必選

鰒魚行　使事太多以此炫俗人乃近來作俗詩入魔最下最凡俗可厭　肯向緣瘡痂誰爲材等字俱擲

驪山　宋文鑑以爲李儁作此詩用意似近沉著而氣骨

上有稿按二字亦删去

實輕不足錄也　收四句如此淺近豈成坡語

附穎濱

子由氣格皆雅適勝吳淵穎而不能有餘妙奇氣韻不及歐快不及王勁不及黃奇肆不及子瞻而妥貼大雅亦可謂工矣

子由只用退之格而奇崛不及又氣勢不甚遒壯用意用筆老重不事馳騁非餘人浮情粗氣苟爲驚俗而意不可尋了語句或失之平淺者可比此所以爲坡弟能立一隊大約以韓公爲宗而造句不及其奇崛使才用筆奇縱不及坡及太白杜韓四大家耳以此求之可知家數

大小優劣

野鷹來　似韓公吳淵穎常似此種而立夫傖氣粗句無詩人雅韻

楊惠之塑維摩像　似坡

次韻子瞻遊徑山　只有平敘而無勝處

湖陰曲　温飛卿詞誤以陰字屬上句張耒作于湖曲以正之

書郭熙橫卷　起句老氣一句點三句畫黄散以下有情韻

黃山谷

此姚評

山谷之妙在乎迥不猶人時時出奇故能獨步千古所以可貴若子由立夫皆平近此才不逮也大家小家卽以此分別

涪翁以驚創爲奇才。其神兀傲。其氣崛奇。玄思瑰句。排斥冥筌。自得意表。玩誦之久有一切厨饌腥螻而不可食之義

入思深造句奇崛筆勢健足以藥熟滑山谷之長也又須知其從杜公來卻變成一副面目波瀾莫二。所以能成一作手。乃知空同優孟衣冠也近有人學太白出口卽似之所謂隨人作計終後人小兒強解事可謂不善變矣從此

證二人乃有得處　學詩從山谷入則造句深而不襲從歐王入則用意深而不襲

山谷之妙起無端接無端。大筆如椽。轉折如龍虎。掃棄一切。獨提精要之語。每每承接處中亘萬里不相聯屬非尋常意計所及。此小家何由知之亦無此力故作家不易得也　奇思奇句奇氣

長吉亦如是但嫌節促無舒博氣政與公羊穀梁同病

大抵山谷所能在句法上遠凡起一句不知其所從何來斷非尋常人胸臆中所有尋常人胸臆口吻中當作爾語者。山谷則所不必然也。此尋常俗人所以凡近蹈故庸人

皆能不羞雷同如山谷方能脫除凡近每篇之中每句逆接無一是恆人意料所及句句遠來　山谷於變化中甚少講究由未嘗知古文也

山谷死力造句專在句上弄遠成篇之後意境皆不甚遠

衰颯無趣

送范德孺知慶州　自是老筆而乏妙處三四句剩語不歸△擲收四句正入闊遠簡盡

次韻子瞻題郭熙畫秋山　黃州四句敘畢郭熙二句正面江村句寫歸雁句頓住坐思二句入已縴也乃空中樓閣妙熙今二句馳取下二句畫取二句點出宗旨但熙二句餘情遠韻力透紙背　曲折馳驟有江海之觀△神龍萬

妙不至此

嘗於宣德元
斂處求之耳

里之勢。熙今四句枯窘

詠李伯時摹韓幹三馬次蘇子由韻簡伯時兼寄李德素

起四句敘畢絕塵句正面議緬懷句入千金二句删收

舉百鈞持重固而存之不喘不汗此使才驕氣浮者不解

始知神龍別有種不比凡馬空多肉

次韻子瞻和子由觀伯時畫天馬因論韓幹馬　敘題章

法老李侯二句逆入題一日二句棱曹霸二句議論幹四

句反復有筆勢翰林論詩言蘇公亦同李論　初學須解

此種乃不妄下筆入滑俗傖父派沈著曲折所謂氣深穩

語意重。

亦無此病
此詩不失爲
佳
此律詩

謝黃從善司業寄惠山泉　起三句敘四句空寫五六句議二語抵一大段七八句另一意又抵一大段　敘寫議雖短章而完足轉折抵一大篇凡四層章法好短章之式

次韻錢穆父贈松扇　未佳

戲和文潛謝穆父松扇　文潛體肥大詩蓋譏之見老學庵筆記

次韻王炳之惠玉板紙　起句用黃秀責髯奴文須離離若緣坡之竹三句接不下△接此詩意甚平無奇

贈鄭郊　起二句賓主陪起而雄整琢鍊三句抗墜折出主四句入主正位五六二句正寫七八又繞賓凡四層妙

雙井茶送子瞻　空中縱起。我家二句入敘爲君二句逺勢。凡三層　避暑錄話雙井在分寧地屬黄氏魯直之家也

省中烹茶懷子瞻用前韻　閤門井水歐梅諸公俱有詩

以雙井茶送孔常父　佳兩層

常父答詩有煎點徑須煩綠珠之句復次韻戲答　妙兩層

戲呈孔毅父　起雄整接跌宕俱入妙收逺韻凡四層

東湖在豫章

以團茶洮州綠石硯贈無咎文潛　此又平敘而起淵亮

俊逸後二段章法畢竟拙笨

謝送碾賜壑源揀芽　起二句襯三句入借襯五六句襯

橋山句襯右丞句入正春風以下入妙前未妙

以小團龍及半挺贈无咎　先皇句不歸擲開典禮三字

擲

送謝公定作竟陵主簿　起八句皆正敘夾寫胸中以下

始換議漢濱二句跌入收妙

觀伯時畫馬　起三句極言供奉之陋當一傳收入題神

化極言貧困、　此是作試院作坡和尤妙鼂不佳廖皆有

作

不得如此苛求

次韻子瞻以紅帶寄眉山王宣義　王淮奇字慶源東坡妻叔也惜翁云王以雅州主簿取長官怒謝病去　一起跌宕言貧不可歸二句不歸擲三曲句曲折好鄰翁無三字擲當今句言不用要我收衰了

聽宋宗儒摘阮歌　起先敘人三四贅語不緊健落魄句無味擲手揮一段寫未妙太漫未三句以己收

博士王揚休碾密雲龍同事十三人飲之戲作　王郎四句分敘嗚鳩四句寫收二句反掉

再答黃冕仲　逆入妙

再答陳元輿　起逆入奇氣傑句。跌宕有勢。牛鐸句擲收

四句有韻言不如歸也

戲書秦少游壁　任注此詩當是少遊過南京有所盼主翁待少游厚欲令從歸而其家難之也此篇因有秦氏鳥事遂皆寄言衆禽以爲戲丁令威似指少遊鸜鵒似指所盼者秦氏庭鳥似指少遊之細君雅烏之兄言喜其所生之子已長成宋都南京宋父指南京主翁末句戲謂少遊富貴雖有姬妾何傷以廣細君之意也

王允道送水仙花欣然會心爲之作詠　起四句奇思奇句山礬句奇句坐對句用杜收句空　遒老

武昌松風閣　風鳴二句奇想後半直敘卻能掃人凡言

譏此山谷鄙褻也

自撰奇重之語收無遠意我來句删野僧二句不洽删

書磨崖碑後　稍有章法然亦順敘分三層專有二句太漫△後半大勝放翁十八學士明皇幸蜀二首乃知坡驪山亦不佳也　惜翁云揮麈錄載崇寧三年詹直竄泊於零陵曾志青坐鉤黨先徙是郡因率遊浯溪太史賦詩云文士追隨者曾也

伯時彭蠡春收圖　起題畫中敘馬中原四句入議收有意　駑驥用鄒陽傳

再次韻呈廖明略　三次韻皆勝旡咎而此最佳　薑塢先生云愛文好士之意見於眉睫

再次韻呈廖明略並寄无咎　一夫六句散漫

題落星寺　全橅杜腴妙乃非枯寂　起二句敘三四句寫五六句換筆自注僧隆畫甚富收承五六有不盡之妙筆勢往復展拓頓挫起落　蘉塢先生云撐挺嵯峨山谷獨得處

和答梅子明王揚休點密雲龍　惜翁云歐寧縣東五里鳳凰山即龍焙山上有龍焙泉其麓北苑　蘉塢先生云會字下疑是郝字建茶勝處曰郝原坑其間又分山根山頂二品尤勝李氏時號爲北苑置使領之　外家山谷舅李公擇也　鷓鴣班言其文也諸公句有情韻河伯二句

硬不上題子雲四句湊收二句意太小惜翁云詩太窒澀

尋其意味不明白

奉送周元翁鎖吉州司廳赴禮部試　惜翁云宋時凡仕

宦應進士舉皆曰鎖廳元翁濂溪子　無佳處

彫陂　無妙處

長句謝陳適用惠送吳南雄所贈紙　自然句用韓千里

四句刪君倏句犯前平生二句刪　順敘只在句法上稍

逆

送曹子方福建路運判兼簡運使張仲謀　阿瞞二句刪

不獨用杜滅品亦傷氣官焙二句擲奮髯二句擲

此首甚有妙理

以右軍書數種贈邱十四　問誰句倒入隨人二句皆古人自道其自得處山谷自道所以自成一家古人無不如此無不快妙　亦是順敘收段稍佳出題外矣

李君貺借示其祖西臺學士草聖并書帖一編二軸　起二句陪西臺句跌入新春二句起棱

題虔州東禪圓照師新作御書閣　起正敘實敘亦平平無奇但造句能掃一切人語交思二句删道人句禪語薑塢先生云王昌齡詩手巾花疊淨香帔稻畦成稻畦帔即袈裟

戲詠子舟畫兩鸜鵒　無味收二句眞假覺夢爲一爲二

此姚評然未當也

觀劉永年團練畫角鷹　爪拳二句全從杜來瞻相二句删收又子瞻語

次韻无咎閻子常攜琴入村　似六一　二首皆薄

戲贈彦深　君不見以下終是粗硬寡味學杜之過

和謝公定征南謠　謀臣二句倒入以下夾敘夾議營平句襯天道二句收足交州以下以古事影　此是大題句格老重之至但中閒用意無甚警悟不過說不應用兵開釁而已前言本事用兵之費李太字以下層層言失計凡五層　無佳處

次韻子瞻春菜　一起一收甚妙　收句見作詩之旨乃

有歸宿此不易之律

　　龜具茨

具茨風流韻秀無可衣被後世處

古樂府　似指道君微行

夷門行贈秦夷仲．收四句神來氣來

東陽山人僻居　小題細景

送一上人還滁州瑯琊山　可與放翁壬子作同看

　　量无咎

補之詞失之緐氣稍緩放翁多門面客氣乃知大家之不易得

補之綏弱平凡乃開近人蔣士銓一切小才等派

遊棲巖寺呈提刑學士毅夫兄　無雲二句删孔侯八句

删

和縉雲寺關彥遠浮山作　此等詩何必入選　原本浮

玉山當作浮山見揚州輿地志

酬李唐臣贈山水短軸　起二句誤用

鑾輦引　惜抱先生云宋時宮掖不聞有所譏而无咎忽

詠武后事必有謂也　此刺劉哲宗劉皇后也傳云以不

謹聞然則此詩作於徽宗初年

秋夜古風　長吉浩歌放翁三神山及此皆同一意而不

及坡百步洪帶說之妙此可究作家大小之分

若雲行和於潛令毛國華　薑塢先生云詩意未詳惜抱先生云西陵白髮人謂歐公此二句用歐代贈田文初詩意豈於潛亦以言被謫者耶

賈碩秀才得兩圭有郎　惜抱先生云氣亦不能舉其詞

徑山　學韓　不如坡勝次公

送龍圖范大德孺帥慶　起句自唐以來家尊先君之稱後人以為嫌矣

次韻蘇門下寄題雪浪石　學韓

陸放翁

惜抱先生曰放翁興會飆舉辭氣踔厲使人讀之發揚矜奮興起痿痹矣然蒼黝藴藉之風蓋微所謂無意爲文而意已獨至者尙有待歟。

放翁多無謂而强爲之作使人尋之不見興趣天成之妙

阮亭多取之過當

詩道性情只貴說本分語如右丞東川嘉州常侍何必深於義理動關忠孝然其言自足自有味說自己話也不似放翁山谷矜持虛憍也四大家絕無此病

惜抱先生云放翁王子九月夜讀歌詩稿有感云我昔學詩未有得殘餘不免從人乞力孱氣餒心自知妄取虛名

有慙色四十從戎駐南鄭酣宴軍中夜連日打球築場一千步閱馬列廐三百匹華燈縱博月滿樓寶釵豔舞光照席琵琶絃急冰雹飛羯鼓手勻風雨疾詩家三昧忽見前屈宋在眼原歷歷天機雲錦爲我用翦裁妙處非刀尺世間才傑固不乏秋毫未合天地隔放翁老死何足論廣陵散絕還堪惜竊謂此詩所述字字眞實學者不悟此旨終不爲作家矣

醉中歌　此摹坡谷春菜無甚妙處

上巳臨川道中　龜息句湊李杜韓蘇無之

題十八學士圖　高參二句筆勢李氏句不快　此詩氣

未適

石首縣雨中繫舟戲作短歌　惜抱先生曰金源之欺趙氏甚於秦之欺楚其終滅於弱宋豈非天哉讀放翁此詩爲之慨然

瞿塘行　浪花二句似杜

西郊尋梅　惜抱先生曰此蓋卽故蜀別苑詩所云昔年曾賦西郊梅者也

驛舍見故屛風畫海棠有感　成章而無妙以前路未適也

嘉州守宅舊無後圃因農事之隙爲種花築亭觀甫成而

婦女句本韓石鼎詩 此詩好在豪健不在往時四句

所以壓卷亦以豪邁縱横也

此雖稍淺然固放翁佳作

歸 無奇而見老筆

醉後草書歌詩戲作 起調熟詞粗婦女句好笑往時四句好△成章而無妙

神山歌 奇

山中得長句戲呈周輔並簡朱縣丞 此似六一

長歌行 厭卷

登灌口廟東大樓觀岷江雪山 究竟客氣浮淺收四句不佳

初到榮州 此佳作

謁諸葛丞相廟 公雖二句快語妙 此可

眉州郡宴大醉中閒道馳出城宿石佛院　無謂之作

醉中長歌　起妙三四偷坡黃金可成二句而不及坡清

可憐六句删收四習調

春感　起妙蛟龍句習氣語可憎收開俗派

對酒　神韻似六一

遊圜覺乾明祥符三院至暮　不逮韓之雄未妙收四句

凡語

夜宴即席作　此詩意佳但興象未妙

出塞曲　不及半山

贈宋道人　下無謂

豈有此理

此開流俗詩派

無可笑處

大雪歌　下　無謂　千年以下前後不稱當是另一首

故蜀別苑在成都西南十五六里樹至多有兩大樹夭矯

若龍相傳謂之梅龍　氣未遒語未妙收二句妙

大風登城　無味太淺

芳華樓賞梅　起妙放翁以下亂雜不佳萬人句非梅詩

應有料收畢竟不稱

遊諸葛武侯書臺　放翁但愛題目無詩而强作之故不

妙　下下　定軍二句凡情凡語松風句沒奈何出師句

更可笑

順風舟行甚疾戲書　有遠勢闊瀾稍粗耳

姚云此詩最似東坡

水作句實俗調收亦俗此醉中棄語尚無大碍

舟中對月　起妙太白坡公合作　江空二句正寫留連

哦詩二句再議收二句三妙合空

漁翁　妙作

遊萬州岑公洞　小有作意似坡水作珠簾月作鉤仙句

醉中下瞿塘峽中流觀石壁飛泉　起四句浮滑回頭二

句浮不佳此粗詩欺人開今世一無所知而强解事者

岳陽樓　有崖岸窠臼望之易盡以太白梁園比之此如

蹇驢矣　此無興會亦可作得　起四句敘耳卻有致我

來以下照譜塡詞之作世間不解譜者多矣故以此爲佳

自雪堂登四望亭因歷訪蘇公遺跡至安國院　起二句

敍三山二句死幾年二句支贅然删之接下句不得此類杜公無之此是才不足然又有事外之妙老仙二句歸宿點題蜿蜒二句本可接風烟閒下向來二句本可接老仙二句下易置乃見章法之妙名花二句事外遠致棱也收二句又一事外妙　滿紙奇縱之氣快妙眞似坡公布置章法知斷今世無人知之明代諸家亦不知惟我知之

荆溪館夜坐　起二句先寫四句倒點憶下四句開局人生二句接收習氣可憎　薑塢先生云自石首縣雨中繫舟至此庚寅盡戊戌並入蜀至東歸詩然放翁七言歌行佳處亦盡於此矣觀全集足知漁洋鑒裁之善

元遺山

惜抱先生云遺山才力微遜前人而才與情稱氣兼壯逸興會所詣殊覺蒼涼而醲至

赤壁圖　令人句抗墜不測兩事合併處接得神氣湊泊音響明徹得意二句再出一層可憐二句收束密而有弦外之音。純是神來之候而後幅尤勝遺山他篇皆不逮此成句絡繹奔赴氣愈縱橫神來之候他人不能妄爲

西園　按蒙古破金燕都焚宮室火一月不滅故有焚燬二語此詩乃興定庚辰八月中作　日下舊聞今西苑之太液池瓊華島爲金明昌宮西園遺址乃別館所在

興定云云元自注

西窗　惜抱先生曰小詩而情韻翩然

泛舟大明湖　趣曲折蘭襟四句情韻翩然末段偷杜渼

陂韓曲江

南湖先生雪景乘騾圖　望見句逆入　此髣髴太白仍

是六一

附劉無黨

鰒魚　未甚明了　一笑句用坡收用半山不可

虞道圖

惜抱先生曰歌行以才氣縱橫爲奇六一道園皆短於才

氣而兩公各具風韻使人愛不欲去六一多深湛之思道

此長江萬里圖鴉字涉詩中萬鴉圖而誤

園具閒逸之致

伯生情韻足與遺山相埒劉文靖亦足匹伯生

白翎雀歌　含毫邈然

題柯博士畫　似子瞻

爲汪華玉題所藏長江萬鴉圖　薑塢先生云作闊之似少豪情勝慨然一再誦之。卻見老筆。不事馳騁　青春二句亦見幽情郭熙以下漫記平生所見所謂漫錄云云

題漁村圖　有議論開闔段落則起接承轉自易如李杜韓蘇大篇皆易學若此等無事可敘無波瀾可生說一句其下句不知當作何接其機易窒其勢難振較大篇更難

此卻宛轉關生銜接一片於無可轉身處偏轉出妙境而

眞精鎔鑄極渾成又極轉換展拓使不能轉換展拓使一

覽易盡如小沼寒潭了無靈境奇勢尚何足貴千年以來

大篇人猶易學易知此種竟無人能到如東川八月寒葦

燕公去年荆南遺山南朝詞臣盧仝當時我醉美人家伯

生此首暨題柯博士尤宜致思

題秦虢二夫人承召遊華清宮圖　較坡仙夜遊圖何啻

聖凡

吳淵穎

惜抱先生曰按道園詩近緩弱立夫似勝之然氣不遒轉

語多粗硬。時有傖氣。不及道園得詩人韻格。阮亭極取之謬矣往時海峯先生論詩言立夫七古在伯生上今乃知此評不公而海峯没矣無從證之深爲慨息

又曰立夫雖有卷軸而苦於意爲詞窒

惜抱先生曰無錫王邦采箋淵穎詩某嘗閱之於吳腹笥

十失三四

立夫傖俗乃開袁簡齋趙甌北錢籜石等派不可令流毒後人固是才氣縱宕爲主而不知古人用筆法用意不能深詣一往便成此種粗才驚俗眼而已求其以古人深韻不復可見觀李杜韓蘇便悟

此姚評

大家用事若不知其用事者此其妙也立夫用事全見瘢痕然覩不典而不足於用者爲賢

用典取境皆有迹而未化可爲初學備題之用

觀秦丞相嶧山刻石墨本碑　起二句不接三句接無力四句抄蘇掃除句抄蘇收兵句支離胡亥二句擲

題南平王鍾傅醉搏虎圖　摩挲二句俗處

題晉劉琨雞鳴舞劍圖　人生四句生硬傖氣

客夜聞琵琶彈白鶬鶊　俗調開趙甌北袁簡齋等派

韓吉父座上觀漢陽大别山禹柏圖　以較杜公老柏奚

啻天淵

寄陳生　參乎以下傖俗開袁簡齋錢籜石趙甌北俗派

惜抱先生曰尋其意脈終不明了

昭華琯歌　一吹二句俗調

觀唐昭陵六駿石像圖　用典式然所以劣即在此　傖

派俗氣

東吳行　此言河患

送楊文仲歸餘姚　見古人作詩敘事用力處然氣不遒

昭昧詹言卷十二終

此條孫少發補之

昭昧詹言卷十三

桐城方東樹

附解招魂

風詩十五國獨無楚非孔子刪之也蓋國小人微僻陋在夷先王鄙之不採其風故春秋之初荆人猶不得列於朝聘會盟之末中世以後闢國浸廣英賢之君六七作良臣股肱韙興於是鬻熊之遺風德教復嗣而遂與中國抗衡焉至左史倚相能讀三墳五典八索九邱右尹子革能誦祈招之詩而文學大顯蓋南方朱明之次天文所昭江漢所流有非封域之區所能限也屈子以忠清之志發哀怨

之思上覽黃虞下駼箕比蔚爲千古詞宗豈特楚國之艮實繫斯文之寄離騷二十五篇歷世作者奉爲方圓並驅六經邈世獨立故嘗謂朱子之注楚詞其義理所存比於孔子删詩而無讓也立文隱志固已抉剔無遺惟招魂一篇大恉猶昧不揣淺陋間嘗通之雖未知必然與否抑千慮一得姑陳其說以俟來學之折衷云爾

吾讀屈子他篇未暇悉論竊以創意創格造言未有俶於招魂者也乃數千年文義瞢闇曾未有確揭其本事者故或以爲原所作以招懷王或以爲宋玉作以招師是皆泥題目字面而滯會之也又或以爲施之生前或更執去恆

幹像設等語以爲確施於死後尤爲癡語不悟題旣曰招魂則此等言句皆題內本分料語豈可以文害辭以辭害意而不尋其全文作旨本義邪竊意招魂者古之復禮所親死而冀其或反盡愛之道禱祠之心甚盛意也屈子以楚之將亡也如人將死而魂已去身冀陳忠諫而望其復存忠臣之情同於孝子故託招魂爲名而隱其實其稱名命意乃以比體爲賦體猶荀子請成相也陳季立略悟其旨而又以確爲招原而兼託諷則猶惝怳弗察也且以爲宋玉招師則中閒所陳荒淫之樂皆人主之禮體非人臣所得有也況又可謂玉之有所譏於原乎益非事實矣若

以爲原之招懷王則前後一起一結辭意安傳安施而不可通矣吾以爲此確爲原所作故其起曰長離殃而愁苦結曰哀江南一意貫串文義隱閎而又極明豁長離殃者已永謫於江南也愁苦者非爲一己乃哀國事也其哀其愁苦何也哀其外多祟怪內有荒淫其死徵如魂已去身而不知反歸也此原放於江南浮夏上沅時所作故望其復存而已在江南目極江楓千里抱此哀痛也既諷其荒淫而復以荒淫招之何也曰此於言爲從順理體當然也王者之居匪同儉陋既言其外之害則不得不陳其內之樂題面當如是也而極其奢靡則荒淫意亦在言外此文

何必如此

不曰楚人尙左乎

迂曲難通不必如此穿鑿

皆騷以下皆言獵事何云一句

用意旣隱曲迷離全用比興體豈可以尋常正言直諫之義例之乎惟中敘荒淫而獨將禽荒一事入於亂辭作結世未有能分而析之合而悟之識其用法之奇用意之隱者也意原初放時適值王之獵夢卽事寄意兼著其時也其曰引車右旋古者右爲正爲貴左爲邪爲賤故王制誅左道秦漢發戍卒取閭左原自言誘騁先趨欲抑其邪鶩順若以通於蕩平正直之大道卽所謂來吾導夫先路也惟君王親發兮憚青兕以一句當獵事一大段雖古人筆力强文字不拘究似迫而不備詳思未解疑有闕文朱明承夜欲其就明去黯棄穢改度而不可再稍淹緩假使皋

蘭被徑則大道蕪沒不可復識矣△又即其所見江楓千里目極傷心即郢夏蕪兩東門之意而終以七字結之七字作兩層△魂兮歸來言望王改行率德△哀江南三字言已所在之地以致意也△此指頃襄王非懷王也若眞作招魂則廻處數語及亂辭豈可通乎度賈傳太史公阮公杜韓必皆知之無容辨說於其閒觀太史公曰其存君興國而欲反覆之一篇之中三致意豈非招魂之恉乎△其餘人則皆茫昧未昭雖朱子之解亦未深察而仍舊說竊未敢安也惟以存國爲義故景差大招曰魂兮歸徠察幽隱存孤寡治田宅阜人民禁苛暴流德澤當賞罰舉賢能退罷劣而

終之以尙三王此分明代原補出誘勞先導朱明承夜之實事原曰朱明承夜兮時不可以淹白日出之悠悠兮青春受謝可謂能繼原之志矣考懷王十六年放原十八年復召用之三十年秦約懷王與會原諫不從遂阨於秦至頃襄立復放原九年不復至二十一年秦拔郢度原死幾已十年大招不知作於何時要爲在後故祖原之意無殊旨焉　如愚所解並起處文義亦明巫陽不能待筮而急於下招卽所謂時不可淹也以爲稍緩則亡不可救矣且本非眞死則筮其所在非要義也故就文省之耳古人筆力强得翦裁處卽翦裁之又九章哀郢郢爲國都在江北此云哀江南若以爲哀國則

古人詩文皆有意指妄爲

詞爲不備吾故知爲自指已所在之地以致其意也　朱子曰讀楚辭者徒玩意於浮華不暇深究其底蘊故於舊說多所糾正而於招魂則仍弗改固其愼於反古儻亦思而未得與且朱子既以爲宋玉作則不當曰太史公讀而哀其志夫太史公以招魂與離騷天問哀郢同稱則非以爲宋玉作矣余生平遵信朱子如天地父母之不敢倍而獨於此不能無異以爲縱朱子偶此小差亦無傷朱子之大故遂著之以俟來哲

補遺

樂府古辭　漢鐃歌戰城南　爲我謂烏句妙接思子良

删飾乃是一派蓋自望溪開之海峯尤甚

臣以下删

古辭　平陵東　兩走馬二句此音節

陳琳飲馬長城窟行　此漢人七言借口敘事作者意在言外此亦三百篇遺旨東山采薇是也　起八句敘議寫三法爲一長城何連連句縱至此報書往邊地句更縱生男慎莫舉四句停蓄頓挫切也收句竟止作者自已無言

樂府辭歌曲晉白紵舞歌詩三首　二首此皆太白所本

鮑照代白紵舞歌辭四首　一首起四句敘淒風句寫收二句但敘議在言外　章法備盡杜公所祖　用三法顛倒變化離合爲之章法行之以浮切頓挫含蓄或說或不

此等語習見可憎、

說此古人皆然而歐蘇以來七百年無人知之矣

二首起六句以敘爲寫此等以極富爲奇單舉村陋不知

古人義法末一句議收章法奇絕

三首荆王流歎句樂盡哀來紅顏句已收凝華句另換意

換筆頓挫收

四首起句比也奇情奇筆

擬行路難　子美品云俊逸須知此二字之義大約明遠

有氣有力意格緊健無客語不止工於起結

一首　紅顏句悲思也頓挫章法願君句章法勢縱語簡

收二句筆力變轉　章法古氣格雄渾雙盡　杜王郎

二首　起句興上刻二句奇麗外發二句頓挫汁棱上浮此切

三首　春燕二句所見空中橫接太白常用收二句比也逆中有力杜慈恩相如長門皆一一層次古人之深如此粗才豈知

四首　起句奇想奇筆收二句繞轉往復

五首　起句縱敘浮朝出句頓挫切收賦也浮切變轉

六首　豈憶句一句頓挫秦漢人及退之之文氣格高古

七首　起句無端奇

八首　比興起豈憶句一句轉同前杜鵑順逆

梅花落　起以敘爲議一片卽是章法有此一種

庾信烏夜啼　嬾漫令人厭

初唐李嶠汾陰行　起四句敘漢家四句再敘歡娛四句寫足

宋之問寒食江洲滿塘驛　陪起便不直遙憐二句推拓吳洲二句又轉出一意驛騎二句推開作收卻又往反曲折　八句耳乃往復曲折波瀾變化可悟詩忌直之病

王翰飲馬長城窟行　先說漢之勝胡次說秦之非計所謂殷鑒不遠也言婉託於古昔而本題兩層俱到與陳孔璋作並駕

陶詩附考

沈約宋書淵明本傳云潛自以曾祖晉世宰輔不復屈身後代自高祖王業漸隆不復肯仕所著文章皆題年月義熙以前則書晉氏年號永初以來惟書甲子而已蕭統作靖節傳亦云曾祖侃晉大司馬自以曾祖晉世宰輔恥復屈身後代自宋高祖王業漸隆不復肯仕云云自是以來如唐修晉書李延壽南史五臣注文選及宋秦少游黃魯直輩相沿皆如此說於是不但淵明之志事不明並其族世亦紊殊可歎異惟宋治平中虎邱僧思悅辨題甲子之非近山陽閻氏詠始據贈長沙公詩序辨其世次非出於

侃而何屺瞻全紹衣錢曉徵諸家猶必曲爲傅會之今反覆研考就淵明詩文集情事本末逐條辨之於左而斷以淵明决非出於桓公侃而晉宋二書及昭明南史等誤皆有不得曲爲救解者也

閻氏詠云自昭明誤讀陶命子詩以祖與考係於陶侃之下謂侃爲淵明曾祖其實不然又贈長沙公序於余爲族族是一句祖同出大司馬大字當爲右字卽漢高祖功臣陶舍也

樹按閻氏此說卓絕千古但於余爲族絕句終不辭改大爲右亦不必竊嘗詳思之魏晉之世重譜牒之學相

徇以郡望多虛誣非實疑此大司馬或是陶譜稱始祖
舍相沿爲望之稱淵明亦因而稱之而此所贈之長沙
公於世次適爲祖行據實命言本無深曲隱義後人耳
目所習祇知有一陶侃贈大司馬因堅傳著之以致百
端脫互齟齬不合皆由休文昭明誤之也
姚薑塢先生云按晉書陶侃傳侃有子十七人見於史者
洪瞻夏琦旗斌稱範岱洪早卒瞻爲蘇峻所害以夏爲世
子及送侃喪還長沙而夏斌稱各擁兵相圖夏殺斌庾亮
表請黜夏而夏巳病卒詔復以瞻息綽之襲侃爵卒子延
壽嗣宋受禪延壽降爲武昌侯淵明之祖茂當是名不具

於舊史者也然淵明爲侃之曾孫則夏瞻者乃其從祖也夏早卒瞻未襲其襲侃爵者乃綽之也則係淵明之再從父非族祖也按再從父於禮爲小功乃云昭穆旣遠已同路人可乎

樹按此亦小誤詔以瞻息宏襲侃爵宏卒子綽之襲淵明若爲侃曾孫則於綽之爲再從兄弟非從父也惟淵明不出於侃故於綽之有族祖之序事義至明

宋張演云年譜以此詩爲宋元嘉乙丑作則延壽已降爲武昌侯非長沙公矣詩云在長忘同先生世次爲長視延壽爲諸父行而長沙公爲大宗之傳先生不欲以長自居

故序稱於余爲族要是此詩作於延壽未改封之前

樹按張演據吳仁傑年譜繫作詩之年爲乙丑殊爲不確其謂淵明爲此長沙公諸父尤於文理不順何義門之說蓋本於此夫淵明惟不出於桓公而此所贈或緯之或延壽未改封要必於譜次實爲祖行故以此稱之

詩云在長忘同謂此族祖忘其在長而同與己游也若謂陶公於同曾祖之人而自黜其長不敢序禮服而稱族雖勢利小人之尤所不肯出而謂淵明顧爾乎

何氏焯曰陶贈長沙公詩序於余爲族祖同出大司馬族祖二字衍雖同出大司馬而已在五服之外服盡矣長沙

謂淵明族祖也

樹按衍族祖二字武斷於余爲同出大司馬不辭上不起始祖下不及遷籍之祖又不斷自高祖而獨震耀一六世祖大司馬著其同出何其胸襟之鄙陋也且淵明若於長沙爲族祖則當曰余於長沙公爲族祖不當曰長沙公於余也且旣曰族祖字衍不當又出族祖二字若淵明於此長沙爲族祖則非侃之孫卽侃之子於此長沙公正在五服之內不得爲五服之外服盡也一言三失無一可通義門於時亦號精識孰謂其疏昧若是乎吾疑輯讀書記者無識妄有所羼竄必非義門語也

何氏又曰閻百詩云樹按此閻詠 自昭明誤讀陶命子詩以祖與考繫於陶侃之下及作淵明傳遂謂侃乃淵明曾祖其實不然又贈長沙公詩序云長沙公於余爲族族是一句祖同出大司馬大字當作右卽漢高功臣陶舍也云云按顔延之誄云韜此洪族蔑彼名級可證此序中大司馬斷指士行非漢初開封侯陶舍以右司馬從漢高者詎右爲大也延延之與淵明同時安得謂昭明傳文誤讀陶命子及此二詩邪

樹按此必非何氏說其所駁閻氏語殊奢闊不中未足以折閻氏且延之語本不誤此自疏昧不察耳辨見後

錢氏解洪族條下

錢氏大昕曰靖節爲陶桓公曾孫載於晉宋二書及南史于有餘年從無異議近世山陽閻詠乃據贈長沙公詩序昭穆既遠已爲路人二語辨其非侃後且謂淵明自有祖何必藉侃而重詠既名父之子說又新奇可喜恐後來通人惑於其說故不可不辨靖節自述世系莫備於命子首述受姓之始次述遠祖愍侯丞相然後頌揚長沙勳德卽以己之祖考承之此士行爲淵明曾大父之實證也

樹按此何足爲實證命子詩歷序受姓及遠祖皆舉其名德之盛者桓公爲族祖世近名赫自不得遺故并列

之而何可定其必爲曾大父也淵自述世系必不誤旣稱此所贈長沙公爲族祖而侃又實爲此人之高曾猶得曰侃爲淵明曾大父邪

六朝最重門第百家之譜皆上於吏部沈休文撰宋史在齊武帝之世親見譜牒故於本傳書之昭明作靖節傳不過承宋書舊文而閻乃云始於昭明誤讀命子詩則是宋書亦未寓目其謬一也

樹按六朝最重門第故多僞造譜牒誣而失實殆無一族不然據顧亭林之言沈約自序其世繆妄可笑何況序述他族陶譜僞撰大司馬以爲望淵明因而稱之非

指倪也休文思雜風塵心撓成毀𡨋求見事有憇證辨既弗克詳檢此詩序又未及詳察此長沙公於倪爲何人又未及詳繹淵明若謂此人爲族祖則當下於倪幾世約略傳會以爲曾祖而不覺其疏漏之甚也然則雖見吏部譜牒奚益也至昭明作傳或承陶譜及十八家晉史何必定本宋書閻氏偶舉一端何必不見宋書錢氏發論以正得失無相成之美懷左袒之偏何足信與昭明傳云自以曾祖晉世宰輔恥復屈身後代此亦出宋書而閻又以訾昭明曾不知休文卒時昭明才十三歲前使傳有舛誤亦當先訾休文況傳本不誤乎其謬二也

此殊誤會錢恉錢謂昭明年既少於休文自當先引沈傳耳非以十三歲少之也

樹按此條無謂之至沈蕭兩傳其說皆同與蕭遺沈偶然之事何爭後先張楊園先生論此條但舉昭明不及沈約亦同但當論其所說之是否若此引書小失無關大義何足列爲專條夠二傳所言淵明恥仕後代之義全非其實何得云傳本不誤乎大約知人論世精識篤論非考證家纖人執著單文所能與矣且昭明卒於中大通三年其作淵明傳不知在何年何得以十三歲爲斷夠昭明生五歲已能誦五經豈得以十三歲而少之且使士行與淵明果屬疏遠如路人也者則命子詩中何用述其勳德攀援貴族鄉黨自好者不爲靖節高士豈宜

有此其謬三也

樹按傒淵明與士行果非疏遠則孟嘉傳可得斥稱名姪而其父與母之世次可得紊亂而不合乎命子詩述先世勳德而兼及近代近族一傒人於理於義必不可遺何謂攀援貴族此殆全不通事義理實也已

閣所據者惟有贈長沙公序而序固言同出大司馬矣夫司馬之稱非侃而誰雖閣亦知其不可通也詞遁而窮遂謂大當作右謂舍非謂侃也不知漢初軍營有左右司馬品秩最卑不過中涓舍人之比舍既位為列侯不稱侯而稱右司馬在稍通官制者且知其不可豈可以誣靖節乎

夫擅改古書以成曲說最爲後儒之陋況此大司馬又屬無可改之理其謬四也

樹按辨此事惟有大司馬一條最爲難破余反覆思之决爲魏晉之譜牒誣妄所致如吾方氏向來謂出黟侯與紘其實紘不見於史儲未封侯司馬紹統郡國志於黟縣下不言嘗爲侯國陶氏之大司馬亦若此而已淳安方氏譜序云儲封侯見謝承後漢書按七家漢書今皆不存而承在司馬彪之前彪書不應有乖互脫誤也惟是長沙公於靖節屬小功之親而云昭穆既遠已爲路人似有罅隙可指今以晉書考之士行雖以功名終而諸子不協自相魚肉再傳之後視爲路人固其宜矣昭穆猶

言兩世兩世未遠而情誼已疏故詩有念兹厥初語其云昭穆既遠者隱痛家難而不忍斥言之耳若以爲同出於舍則自漢初分支六百年人易世疏又何足怪其謬五也樹按卽如錢氏所解亦只當云情誼既疏不得曰昭穆遠也錢氏詆閻氏不當擅改古書以成曲說而已顧可改既遠爲未遠乎又曰昭穆猶言兩世不知此語何出且可曰兩世既遠乎直文義不通矣且淵明謂此長沙公爲族祖此長沙公之爲綽之延壽不可定要之於侃實爲曾元行淵明又下此人二世已七世矣而云兩世何謂也兩世何字除根數連根數皆於此所贈之人世

次不遠何云既遠也淵明惟於此人同出愍侯故有念

玆厥初人易世疏之言至其中閒之祖分於何世遠近

惟其所值何必定以六百年計數也玆必以人易世疏

屬之兩世而謂此必非指遠不知何以蔽昧若此且淵

明果出於侃悼心家難則平昔吟詠必常常及之以寄

隱痛何爲濳焉忘情而此詩方頌美如新乃僅於此昭

穆一語寓感亦太隱矣況此詩語意全不似悼難者直

爲影響臆脫耳

又曰顏延之作誄云韜此洪族藉非宰輔之胄安得洪族

之稱此亦一證

樹按此更奢闊不中觀命子詩稱陶唐虞賓御龍豕韋司徒愍侯丞相累世名德豈不足當洪族之稱而必屬之士行一人邪所見偏陋與僞何氏說同失夫閻氏所辨尤在孟嘉傳之斥稱陶侃錢氏亦知其堅而難破也遂遺此條遁而不辨亦見其窮而肺肝如見矣

錢氏又跋義門讀書記曰何義門援引史傳掎摭古人有絕可笑者宋書陶潛傳曰所著文章皆題其年月義熙以前則書晉氏年號自永初以來惟云甲子而已休文生於元嘉中見聞必不誤義門乃援陶詩書甲子者八事譏其紀事之失實夫本傳固云文章不云所著詩也詩亦文章

之一而其體則殊文章當題年月詩不必題年月夫人而知之矣隋志載淵明集九卷今文之存者不過數首考之桃花源詩序書太元中祭程氏妹稱義熙三年此書晉氏年號之證也自祭文則但稱丁卯此永初以後書甲子之證也與休文所說若合符節休文於淵明之文固徧觀而盡識之義門未嘗盡見淵明所著文何由知其失實以是訾謷休文恐兩公有知當胡盧於地下矣

又曰余作是辨在戊戌五月後讀七修類稿乃知義門亦有所本今附其說於左云五臣注文選以淵明詩在晉所作者皆題年號入宋但題甲子意謂恥事二姓故以異之

後世因仍其說宋治平中虎邱僧思悅編陶詩辨其不然謂淵明之詩有題甲子者始庚子終丙辰凡十七年詩一十二首皆安帝時作也至恭帝元熙二年始禪宋計二十年豈有晉未禪宋之前二十年輒有恥事二姓而預題甲子以自異者哉矧詩中又無標晉年號者所題甲子偶紀一時事耳余謂五臣誤讀宋書欲以詩證史思悅辨之當矣後人乃以攻休文不知本傳其言文章未嘗及詩休文初無誤也

樹按淵明之不仕其本量高致原非為禪代之故其詩文或書年號或書甲子本無定例隱義沈約妄倡臆論

昭明亦同後來如五臣之倫皆祖是說千餘年來牢不
可破思悅闕之義門證之其義甚卓錢氏堅意附和休
文而又無以解思悅之辨乃遁爲文章當題年月詩不
必書年月以傳會休文所著文章之語則試詰以文章
當書年月詩不必書年月此例出於何家而云夫人知
之真藏語也而祭弟致遠但書辛亥歸去來辭但書乙
巳皆文也皆在晉義熙之世皆不書晉年此又何說也
休文闇人作賊背叛忘義之徒其視不仕異代固爲無
上高節故以此美淵明自謂得之豈知向上更有至道
如淵明胸抱非約所及窺矣錢氏本無精知鉛槧鑽研

徒槃古虐今舞文欺世之不學者而已且詆義門不當
僅據八事以糾休文夫義門據詩猶有八事錢氏所據
僅一自祭文而又與在晉氏之文同例此何足以樹堅
壘定鐵案乎且陶集八卷據北齊陽休之以爲亦昭明
所撰而少一本今原本具在至其所少一本爲五孝傳
四八目四八目卽聖賢羣輔錄而五孝傳文義庸淺羣
輔錄引書牴牾四庫提要云已經睿鑒指示灼見其贋
且其文已爲陽休之十卷本所錄流傳至今并非不見
錢氏謂休文於淵明之文徧觀盡識故獨得陶公隱義
著爲斯例後世不見淵明全文故不知沈約傳稱所著

文章之語吾不知淵明書晉年號書宋甲子之例卽在
此所亡五孝傳羣輔錄之一卷中邪若此則無所爲詩
文書法之例且何氏未必不見見而與休文之言不應
不得謂休文之語非失實休文當媿恧於地下不得胡
盧也錢氏區別詩文書法已爲無稽又遁爲陶集亡後
人不克全見以爲休文之救穿鑿傅會分明如見眞所
謂心勞日拙也則其所撰廿一史考異未暇細校恐皆
舞文若是也已
又按今何氏讀書記不載八事而錢氏題曰跋讀書記
何也考閻百詩生前崇禎九年卒康熙四十三年甲申

屺瞻生順治十八年卒康熙六十一年何自記丙戌春爲故友閻百詩校困學紀聞丙戌閻死後之三年也是時潛邱劄記書未有逮乾隆九年十年之閒閻學林等次第刻書而劄記出搜羅散佚晉輯失當諸多乖違非百詩父子所親寫定至蔣維鈞何堂等輯刊讀書記在乾隆三十四年劄記附閻詠語非義門所及見二家之書皆出不學者之所爲其有所羼亂失眞必非本然之舊且其所駮又甚淺陋疏謬不似義門語吾疑蔣維鈞等無識不安義門之言故剟去八事復妄爲駮語以易之又以閻詠爲不足駮故著之百詩以爲重耳不然何

其牴牾如是邪錢氏所辨乃眞爲義門語而今不可考矣吾方以辨何錢者爲辨沈蕭之質故詳具其說以俟世之君子亦直而勿有之義云爾至錢氏所辨乖謬百端吾嘗論考證家之病多是不通文理此直由讀淵明詩文而昧其文義耳今反覆推考事蹟及本詩文義就閻氏之說一斷之曰此所贈長沙公爲桓公胄裔不待言至淵明一房實屬分支斷不出於侃有炳然者矣何則此所贈長沙公若是綽之則與淵明同爲桓公曾孫是昆弟也不但不得稱祖並不得稱族遠辭也此據宋書晉書本傳及本詩序輩行之稱而知其非也一也

本詩序曰昭穆旣遠已爲路人若共曾祖不得云遠二也

詩曰同源分流人易世疏明言同出懸侯而後分支世疏非對共曾祖之人之辭三也

次章曰於穆令族永搆斯堂我曰欽哉實爲宗光此對所贈之人而稱桓公以美之謙已叨榮之辭若同曾祖豈得云爾四也

命子詩首章溯受姓之始於陶唐以逮司徒次章及懸侯舍三章及丞相靑四章五章言長沙公政以始祖遠祖族祖並稱至六章曰肅肅我祖始言已一本之親武

昌太守茂也若淵明出於桓公則當稱桓公爲我祖以明一本茂源如謝康樂之述祖豈有舍大勳重望之曾祖不稱我祖而截然斷自其祖始更端稱我祖者乎五也

自丞相靑後陶氏稍替直至晉代功名懿鑠未有顯赫如桓公者故當列敘而何必決爲其本支曾祖而後始可稱之六也

史稱侃十七子其九人附史傳有名其八人不顯淵明之生晉哀帝興寧三年乙丑卒宋文帝元嘉四年丁卯年六十三歲自興寧三年至恭帝元熙二年庚申宋受

禪公已五十六歲則其抗節僅在垂老八年之中亦不爲難矣十二也

若據本傳自宋高帝王業漸隆不復肯仕此又不然公以安帝隆安四年庚子年三十六歲爲何人鎮軍參軍又六年乙巳爲建威參軍是爲義熙元年是秋爲彭澤令其冬解歸時年四十一　自是終身不復出是歲劉裕始以下邳太守拜都督鎮京口而謂王業巳漸著而不可待乎十三也

秦少游稱禪宋後而後投劾益爲無稽不知彭澤歸來以後元熙遇弒以前此十六年公仕於何地爲何官也

十四也

宋牟巘之嘗論世喜稱淵明入宋書甲子無年號黃豫章亦云然今陶集詩本無年號者惟祭妹文稱義熙此晉年也淵明恥仕後代大節較然此無須深論云云樹按此陵陽託以自廣若爲之彌縫本傳之失其實誤記義熙爲宋年世所以譏理學多疏陋也姚姬傳先生書錄謂陵陽集有用至元年號者意本此而不斥其誤記

、宋年言有從略以爲人皆知而不待言也十五也

張楊園先生曰蕭統陶淵明傳無一語得淵明之實所載五柳先生傳雖其自作亦非淵明本來如此蓋必其

晚年文字隱居以後所著也性嗜酒三字全非酒乃淵明有託而然自以曾祖晉世宰輔恥屈身後代亦非其本指然則劉裕未篡以前何卽不仕乎淵明學識晉宋閒人無能及之者讀其詩自知之十六也

闇氏之言曰陶公品自高不必以書甲子爲佳話陶公自有祖不必扳桓公以爲榮樹謂此論甚卓陶公不仕之高自得於其性之本量亦不必定以不仕異代爲節△觀始作鎭軍參軍詩可見朱子亦嘗謂陶公是眞不愛官爵者由朱子之言則公之不仕非因易代之故可知十七也

於陶公詩全無理會何以知人論世哉如此說便無轉路

公雜詩十二首白日淪西河篇末曰日月擲人去有志不獲騁玩其語意感慨深至則公固非石隱之流而自有其志矣但其志不可得聞如後人妄測不仕異姓欲爲荆軻子房者皆瞽說也是詩之作不知在劉裕已篡未篡之時要之劉裕未篡而公早已不仕及裕篡未久而公已歿則復仇之義不仕異姓之節皆非事實公生爲晉人固當爲忠於晉然公之心亦豈以司馬氏之篡爲得天人之正而必當萬世長享天下子孫不替也乎果爾則公亦爲不知天命不知道義者矣世人眼孔小僅有此一副見識而不知向上聖人更有大道也故公

之心與阮公微有不同而見道之大似勝阮公然則此所云有志不獲騁者豈小儒所及知哉假使晉不亡而公遂仕焉亦豈得騁其志哉推公之志恐便如桓公侃功名事業未必滿意以吾測公志殆亦欲禮樂得新彌縫使醇非補偏救獘一手一足之烈也公自言之矣十八也後見姜西溟敦好齋託亦說此意較余更透當詳錄之與吾說相輔可也

朱子嘗稱陶公無忝乃祖愚按朱子言必是指武昌太守茂言其德行相似也觀公詩一則曰直方再則曰惠和其稱仁考曰澹焉虛止曰寘茲愠喜其德行皆與淵明相似故曰無忝朱子但曰祖不及其考古人有挾句

連引有詞單而意兼者不以詞害義也若桓公非純臣
又其功名仕蹟皆與淵明不類何必不忝之有十九也
公以安帝隆安五年爲鎭軍參軍不知何人向來皆以
爲卽宋公按史安帝隆安四年庚子桓玄都督荆江八
州軍事五年辛丑劉裕猶爲劉毅參軍八月爲下邳太
守元興二年加彭城内史三年甲辰從徐兖刺史桓修
來朝與何無忌劉毅謀起兵劉毅猶稱之曰劉下邳是
年五月誅桓玄帝反正於江陵明年乙巳改義熙元年
始除拜裕都督十六州軍事出鎭京口三年丁未始爲
揚州錄尚書事五年己酉北伐南燕六年庚戌還至建

康始爲太尉十二年丙辰加都督十二州諸軍事十二月加相國揚州牧封宋公十三年丁巳北伐滅秦取關中還十四年戊午相國受宋公九錫之命恭帝元熙二年庚申禪晉受命按之本紀大約皆同而陶公詩庚子始作鎭軍參軍未言何人㦸棨緒晉書以爲劉裕辛丑假歸七月赴假還江陵義熙元年乙巳歲三月爲建威參軍使都經錢谿皆不言爲誰是秋爲彭澤令冬還舊居自是不出皆見公敘公自敘詩必不誤但不知鎭軍建威爲何人要之必非劉裕藏書不可信恐後人僞羼也彭澤之仕公自云家叔所用亦不知何人古今事隔

史文多缺不能一一據以爲考要之沈蕭兩傳所言事蹟皆不明不必附和穿鑿而公之面目自可詳於萬世也二十也

公以義熙元年乙巳秋爲彭澤令冬卽引歸凡八十日此八十日內秋冬相際必八月九月十月十一月非播蓺之時可知而南史敘公令吏種公田秫稻情事不合且上文云公不以家累自隨故送一力給子乃未隔一行卻云妻子與公爭種秔史文滲漏牴牾如此況可求證其志事乎與子書云年過五十此自是五十六歲入宋後所作遺命耳觀不同生及同父之言則公是有妾

又云室無萊婦則是時夫人已死其大略如此

宋吳仁傑作年譜陶茂麟作家譜蜀人張演作陶詩辨證皆與沈蕭兩傳同爲牴牾難合今皆無取

姚石甫云爾雅釋親父之從祖昆弟爲族父族父之子相謂爲族昆弟儀禮喪服緦麻三月者族曾祖父母族祖父母族父母族昆弟鄭注族曾祖父者曾祖昆弟之親也族祖父者亦高祖之孫據此言之五服內正當稱族族祖父爲高祖之孫鄭注甚明先儒說尚書上至高祖下至元孫是爲九族不但禮經宋儒諸孫禮書如此今律服制皆同淵明序長沙公爲族祖其同高祖毫無疑義

樹按此言族爲九族至明確誠足以折余與謝山之陋但不知高祖以上凡同始祖者當何稱豈不復可稱族乎竊以陶公此所稱族乃推而遠之之辭非引而近之之辭玩下文昭穆既遠禮服遂悠既字遂字甚明故余決以淵明非出於侃而於此所贈長沙公非儀禮九族之從祖也晉宋二書以淵明爲侃曾孫則於此所贈長沙公爲昆弟固不得稱祖卽如石甫言淵明出於瞻此長沙公又確是緯之而爲淵明祖行則淵明於瞻恰五世合於儀禮緦麻三月之服而謂之昭穆遠禮服悠可通乎昭穆之云卽對此所贈詩之人言之非繫侃之辭

而此人於昭穆非遠也此即以石甫所引禮經鄭注斷之益知淵明不出於侃也據禮經而稱共曾祖之人曰族古人未見似今世考證家賣弄學問之所爲淵明大雅磊落必無此

石甫又云大司馬者位高權重在三公首非常官也其除罷繫國治亂史必特書決無漏載始設自漢孝武後元二年以霍光爲大司馬樹按始元狩四年衞青霍去病此偶遺之前書百官表自霍光以下張安世霍禹韓增許延壽史高王接許嘉王鳳王音王商王根王莽師丹傅喜丁明韋賞董賢復終王莽凡十八人樹按共二十八人二十八年月相接後漢無表帝紀自更始元年

光武爲大司馬建武元年以吳漢爲之漢卒劉隆以驃騎
將軍行大司馬事難其人也二十九年改大司馬爲太尉
自是無大司馬至靈帝中平六年董卓廢立以劉虞爲大
司馬獻帝建安六年以張楊爲大司馬十三年罷三公官
置丞相御史大夫明載帝紀如此五人而已三國魏文帝
黃初二年曹仁明帝太和二年曹休四年曹眞青龍元年
公孫淵凡四人蜀惟蔣琬一人吳志孫權時呂範朱然全
琮孫亮時呂岱滕胤孫皓時丁奉陸抗凡七人晉世武帝
咸熙二年石苞七年義陽王望咸寧二年陳騫太康三年
齊王攸十年汝南王亮惠帝永寧元年齊王冏懷帝永嘉

五年王浚六年南陽王保成帝咸和元年王導哀帝興寧元年桓溫安帝元興六年瑯琊王德文終晉世爲大司馬十一人陶侃生時官止持節侍中太尉都督荊江雍梁交廣益寧八州諸軍事荊江二州刺史封長沙郡公將進大司馬策命未加而歿乃追贈之漢晉以來爲大司馬者具此曷嘗有陶氏爲大司馬其人者乎

樹按此所考誠不虛矣然樹本意謂魏晉重譜牒之學相尚以郡望多虛誣不可信如吾方氏之稱黟侯者則此大司馬疑亦陶譜妄稱其始祖△舍相沿爲望之稱而淵明因之△非謂陶氏果別有爲大司馬者但余此說實

亦懸空搆虛不足以樹堅壘惟反覆此詩題敘事文理
義而思之夫曰長沙公卽侃爵矣夫豈有爲人子孫現
襲其本爵而猶必待表而出曰系出此人而復別書贈
官以繫之邪於文義爲復贅不通若以淵明自言同出
則據禮經言稱族爲從祖在五服內則稱族正用禮經
麻三月文其親已明矣而又何待表而言之曰同出也
且旣稱長沙公則不當別以贈官繫世稱大司馬者明
是更端異辭嘉興沈叔挺頤綵堂集書永樂陶氏世譜
據其譜稱會稽之陶系出漢初開明愍侯舍舍子丞相
夷侯青青孫敦安帝朝大司徒敦孫珂漢末避亂江東

珂子丹吳揚武將軍柴桑侯丹子侃晉太尉長沙郡桓公侃子武昌太守茂茂子彭城太守姿姿子靖節徵士在晉名淵明在宋曰潛云云按此等私譜名爵世次虛實向來不可信不足與辨要之陶氏譜必首愍侯此亦一證也譜既稱長沙郡桓公故不復稱贈官大司馬此又一證也然則淵明何以不云同出愍侯而稱大司馬也曰大司馬置於武帝元狩四年以冠將軍之號乃加官無印綬屬官非如成帝元綏所置官尊位重有職事若秦及漢初本無此官其軍中左右司馬主武故以爲諸武官號及魏晉之世此官重爲私譜者不諳官制榮

前乃爾憒學邪

近昧遠，混右爲大，夸爲族望相與稱之，淵明亦姑因之云爾，蓋魏晉以後爲譜者率斷始秦漢以爲之望其虛誣無實百家同趣非止一姓爲然若必以此大司馬屬之侃則於稱此長沙公爲同出事文言意及內外親表輩行一切皆齟齬不合余故決不敢信之也一言以蔽之曰若實在五服內之從祖必不如此序曰爲族曰同出曰昭穆既遠曰世疏服悠言之重焉詞之複焉何爲也哉若如錢大昕氏與石甫言爲有感於家庭多故何以詩中一言不見而方誇爲宗光誇爲令族邪諸公直是不耐心平情詳讀文義而纍禨彊詞爭客氣耳

石甫又曰然則昭穆旣遠已同路人何也曰此淵明有感之言也桓公子十七人惟襲封者居長沙餘或歸鄱陽祖籍或居潯陽遷籍或隨仕宦所在皆不可知矣淵明居潯陽柴桑正侃故里而長沙公襲爵居長沙雖一本而異籍侃歿三十一年而淵明生此詩作於何時不可知大約非少壯上下七八十年亂離多故彼此不通音問情事之常豈非已同路人乎同之云者正言其不當同故慨乎言之也至於昭穆之世則此長沙公爲先生族祖等身而上是已三代上溯高祖已爲五代謂之旣遠不亦可乎樹按閻云侃廬江郡尋陽人淵明潯陽郡柴桑人其址貫不同

樹按石甫前言族字則引而近之謂淵明與長沙公同高祖毫無疑義今言昭穆則又謂五代可以爲遠便文任意不矛盾乎即如所說七八十年亂離相隔亦只可云情意蹤跡疏闊不得曰昭穆既遠禮服遂悠也有感之說同於錢大昕氏無如尋味本詩與敘中語意全不見何也且長沙鄱陽潯陽同在南國荆揚接壤亦尙非絕遠當時事蹟亦未見本族近支遂至七八十年絕不一通音問也況詩固曰行李時通曰音問其先則固以音問可通也

又曰然則長沙公何人也曰是不可定也然按侃傳庾亮

黜夏以瞻息宏襲爵當在咸寧元年後晃督荆江七州距侃卒纔數年宏仕光祿勳卒計時不過三十餘年淵明始生宏卒而綽之襲綽之卒而延壽襲此所賜長沙公以爲宏則年不相及若是延壽爲淵明族祖則宏爲淵明高祖似綽之爲近是以綽之爲族祖則高祖瞻也意瞻未必止宏一子宏襲爵其支派當居長沙無緣居潯陽其昆弟不得立者未必借居長沙或仍還潯陽故里數傳至淵明上溯桓公已七世以此推之不惟於昭穆既遠之言合並同出大司馬之言亦合若晉宋二書以侃爲淵明曾祖則當是誤無事附和之矣

樹拔此辨及前説甚堅但皆縣空臆度之詞不足以樹堅壘晉宋二書誠不可信此云宏有弟還居潯陽數世而生淵明果可信邪抑莫須有想當然也家譜以爲代旣誤今石甫又撰出一宏弟可乎且此詩敘言昭穆旣遠乃對所贈長沙公言之非以繫於侃斷迄七世計數言之也如石甫言以淵明出於瞻瞻爲此所贈長沙公之祖昭穆未遠明甚且淵明之母於瞻爲甥於宏兄弟爲中表姊妹而可下配宏之孫乎惟其疏遠不同近支故不得而嫌矣此詩不知作於何時宋張演據舊年譜以爲在宋元嘉乙丑若是則此長沙公爲延壽矣然知

其非者以入宋而已降封不得復稱長沙公也年譜係於宋元嘉固不確然此詩之作固在晉元熙前未降封時矣石甫云似綽之爲近亦臆度不能定也然則此人爲綽之延壽且不能定又安能定其族世遠近之實乎作詩之時誠如石甫言上下七八十年不可知而淵明父母如此族祖之輩行不以年代久近遂差也惟其不出於桓公故婚姻可通稱謂各當也吾鄉世姻亦多有輩行錯亂者然必在五服之外古今禮俗要皆不殊耳又云命子詩溯自陶唐受姓次及愍侯舍次及丞相青吏次及長沙終及武昌守茂與其考世次分明如此皆本支

也。故首章云悠悠我祖中如愍侯丞相長沙則以次及之何必人人系以祖稱邪末又云肅肅我祖則此乃祖與父之祖。非遠祖矣。故近稱之曰我祖若長沙非其本支而別有陶姓爲大司馬者。是其所出淵明何得舍之而取他人之祖以紊其宗乎。且必有祖字而後信爲本支則愍侯丞相亦無祖稱又作何解夫冒榮他族狄武襄所不出而謂淵明爲之乎

樹按此辨乃誣余也樹第謂淵明非出於侃不謂其不同出愍侯丞相也何謂淵明別取他人爲祖而冒榮以紊其宗乎桓公與淵明同出愍侯而其祖中閒有分支

豈遂非宗而必近綴於侃然後定爲同族乎凡陶姓皆同出愍侯舍漢初之始祖也非冒他人之祖以紊其宗也命子詩前稱悠悠我祖爲遠祖也中敘列祖次及族祖桓公又次至武昌守曰肅肅我祖此敘至本身之祖而更端之詞也所以別於上章族祖政恐人嫌疑桓公爲本支也蓋文理義有必如是而後當於人心非謂以此詩僅述桓公未稱祖而遂疑其非本支必人人稱祖而後信其爲本支也且此詩所述千年先德何必世爲一脈之冢嫡而必不可及疏房別祖茍及之則爲紊且冒如石甫云爾乎

此卷辨駁殊無聊以毫無憑證全出肊測也

又曰命子詩歷敘其先欲使繩其祖武耳豈有以他人之祖與本支列祖雜陳之以命其子者哉。

樹按此說尤不然淵明命子歷敘千年祖德何必定爲嫡支而後可陳疏房族祖則不可陳淵明於桓公不知何時分支要爲同宗出服故此詩稱桓公曰實爲宗光宗族中顯赫如桓公其人亦豈得遺而不道此人情至當何謂雜陳至失命子之義也

又曰淵明命子詩及贈長沙公詩序義本章明乃以本傳會祖二字之誤至使淵明不得爲桓公後誣孰甚焉正所謂不通文義者也閻氏之謬妄未可從之

樹按淵明命子詩及贈長沙公詩序義本章明只以諸人眼孔小必欲以淵明屬之陶侃以爲榮遂使情文乖舛事義糾紛百端齟齬脫節誣亦甚矣正所謂不通文義者也賴一二潛心者爲之辨明而猶固迷不悟可怪也要之傳淵明者如前所辨事事皆失其眞非止世系一端而世系及不仕異代書甲子三事尤居其大者不揣非分引申先民緒論欲爲淵明洗凊面目輒此縏稱費辭務欲得其眞耳非好折他人彊伸已見也復之石甫尙其許之乎道光庚子十月十八日續書

昭昧詹言卷十三終

總論七律多精切要語後生所當師法者

昭昧詹言卷十四

桐城方東樹

通論七律

世之文士無人不作詩無詩不七律誠有如林子羽所譏者不知詩之諸體七律爲最難尙在七言古詩之上何則七古以才氣爲主而馳驟疾徐短長高下任我之意以爲起訖七律束於八句之中以短篇而須具縱橫奇恣開闔陰陽之勢而又必起結轉折章法規矩井然所以爲難古人至配之書中小楷古今止七家能工於此可知非易也

七律之妙在講章法與句法句法不成就則隨手砌湊輭

弱平緩神不旺氣不壯無雄奇傑特章法不成就則卒漫複亂無先後起結銜承次第淺深開合細大遠近虛實之分令人對之惛昧不得爽豁故句法則須如鑄成一字不可移易又須有奇警華妙典貴聲響律切高亮章法則須一氣呵成開合動蕩首尾一線貫注一題有一題本意本事所謂安身立命處也須交代點逗分明大家冠絶古今所以能嗣風騷比於經者全在此處六代小名家已不足以知此矧其下焉者乎

歷觀小才多是辭不能達意尋其意緒影響亂移似是實非不得明了本不聞有此大法又苦力弱不得自由故其

下字用事必是不穩不切其運思用意必是浮淺凡陋其成辭得句必是稚率晦僻其承接先後必是亂雜無章不能從順間有成就可觀者亦終不免氣骨輕浮

固是要交代點逗分明而敘述又須變化切忌正說實說平敘挨講則成呆滯鈍根死氣或總挈或倒找或橫截或補點不出離合錯綜草蛇灰線千頭萬緒在乎一心之運化而已故嘗謂詩與古文一也不解文事必不能當詩家著錄震川謂曉得文章掇頭文字就可做了諦觀陶謝杜韓諸大家深嚴邃密律法森然無或苟且信手者也一題數首每首又各有主意主句須使讀者尋繹分明一一拈

得出然後乃見其用意用法及行文變化之妙合之又共成一大章法如杜公秋興諸將等是也故欲自家詩好必先在善讀古人能識得古人而後乃可言學朱子詩經序言之詳矣詩人成詞不出情景二端二端又各有虛實遠近大小死活之殊不可混淆不可拘板大約宜分寫見界畫或二句情二句景或前情後景前景後情或上下四字三字互相形容尤在情景交融如在目前使人津詠不置乃妙

起句須莊重峯勢鎮壓含蓋得一篇體勢起忌用宋人輕側之筆如放翁早歲那知世事艱須以爲戒而以高館張

我如錢牧翁王阮亭多有此病韓公多翻用使熟者皆生

以我用事驅使得他爲我用乃妙若使事重滯見事不見

又忌生僻隸事以蘇黃爲極則所謂雲山經雨始鮮明也

大深遠沈著忌淺近浮俗凡俗用字須典覈忌熟忌舊卻

有不盡遠想大概如此不可執著結句要出場用意須高

如仍挺起作揚勢更佳結句大約別出一層補完題蘊須

開大合惟杜公有之小才不能也尋常五六多作轉勢不

四句將題情緒敘盡後半換筆換意換勢或轉或託開大

川論史記起勢來得勇猛者圖杜公多有之杜又有一起

燈酒復清風急天高猿嘯哀玉露凋傷楓樹林等爲法震

此事在善讀熟讀古人佳作久之自悟不在逐字講求

化朽腐爲神奇此一秘巧也

謝茂秦戒用大歷以後事雖拘然不可不曉其意但有一種題若不用後世事則不能成詞以古事不給令用也至佛典字宜戒用杜公輞川尚不覺坡公已嫌太多近日如錢牧翁則但見習氣可憎令人欲噦

興會選色須鮮明妍茂忌衰颯黯淡

音響最要緊調高則響大約即在所用之字平仄陰陽上講須深明雙聲疊韵喜忌以求沈約四聲之說同一仄聲而用入聲用上去聲音響全別令人都不講矣

初唐章法句法皆備惟聲響色澤猶帶齊梁盛唐而後厥

有二派演爲七家以此二派登峯造極幾於旣聖後人無能出其區宇故遂爲宗

何謂二派一曰杜子美如太史公文以疎氣爲主雄奇飛動縱恣壯浪淩跨古今包舉天地此爲極境一曰王摩詰如班孟堅文以密字爲主莊嚴妙好備三十二相瑤房絳闕仙官儀仗非復塵間色相李東川次輔之謂之王李

何謂七家在唐爲李義山實兼上二派宋則山谷放翁明則空同于鱗卧子牧齋以爲惟七家力能舉之而大歷十子白傅東坡皆同剸記不與傳燈此論雖未確而昔人評品之嚴亦可想見其高門貴格不容混濫也故王元美論

七律曰七字爲句字皆調美八句爲篇句皆穩暢雖復盛唐殆不數人人不數首古推子美今或于鱗縣似駭耳久當論定賀黄公曰作詩雖不拘字句然往往以字不工而害其句句不工而害其篇

杜公所以冠絕古今諸家只是沈鬱頓挫奇横恣肆起結承轉曲折變化窮極筆勢迥不由人山谷專於此苦用心韓公云艱窮怪變得往往造平淡後人只是出之容易須是苦思勿先趨平淡

七律句法先須學堅峻用力進以雄奇傑特典貴警拔惟其自然所出總之語不驚人死不休也最忌巧巧則傷氣

而輕卑矣晚唐是已

詩有用力不用力之分然學詩先必用力久之不見用力之痕所謂炫爛之極歸於平淡此非易到不可先從事於此恐入於淺俗流易也故謂學者宜先學鮑謝不可便先學陶公七律宜先從王李義山山谷入門字字著力但又恐費力有痕迹入於撐捲飣餖成西崑派故又當以杜公從肺腑中流出。自然渾成者爲則。要之此二派前人已分立門戶須善體之七古宜從韓公入

學一家而能尋求其未盡之美引而伸之以益吾短則不致優孟衣冠安牀架屋之病如空同之於杜青邱之於太

自雖盡其能事作用。終不免於吞剝撏撦太似之譏。必如韓公山谷方是自成一家。不隨人作計。古之作者未有不如此而能立門戶者也

詩不可墮理趣固也然使非義豐理富隨事得理灼然見作詩之意何以合於興觀羣怨足以感人而使千載下誦者流連諷詠而不置也此如容光觀瀾隨處觸發而測之益深自可窺其蘊蓄惟多讀書有本者如是非即此詩語句而作講義也若乃無所欲語而强為之詞盜襲剿竊雷同百家客意易雜支離泛演意既無眞詞復陳熟何取也

大約胸襟高立志高見地高則命意自高講論精功力深

則自能崇格讀書多取材富則能隸事聞見廣閱歷深則能締情要之尤貴於立誠立誠則語真自無客氣浮情膚詞長語寡情不歸之病

初盛諸公及杜公隸事用字無一不典不確細按無不精巧穩妙所以衣被千古明何大復武昌聞邊報結句請纓誰爲繫樓蘭姚薑塢先生曰賈誼請繫單于頸終軍請以長纓繫南越無繫樓蘭事且當時邊報又無與西域也阮亭祭告西嶽有著紫伽梨苦未能句姚云著紫伽梨者所謂殿前賜紫號國師者也欲蕭疎雲水之外而取此爲喻非也又上游見漢書項籍傳文穎曰游即流也則上游之

游卽讀爲流孫莘詩上游與流字並韻非也按此等不可勝指可見後世詩人無非淚莽粗才其隸事似是而非皆若此耳是烏得當作家著錄

學於杜者須知其言高旨遠一也奇警而出之自然流吐不費力二也隨意噴薄不裝點做勢安排三也沈著往來不拘一定而自然中律四也此惟蘇黃之才能嗣彷彿他人卑離凡近義淺詞碎一也略有一二警句必費力流汗赤面二也安排起結無不貫足三也非不合律則爲律詩四也此雖深造如義山尚不能全美而楊劉以下更不夢見況今世傖才村夫夢談囈語者耶　所謂章法大約亦

不過虛實順逆開合大小賓主人我情景與古文之法相似有一定之律而無一定之死法變化恣肆奇警在人自俗人爲之非意緒複沓而顚倒不通即不得明豁但杜公雄直揮斥一氣奔放中井井有律不同野戰傖俗又不爲律縛而輭弱不起

昭昧詹言卷十四終

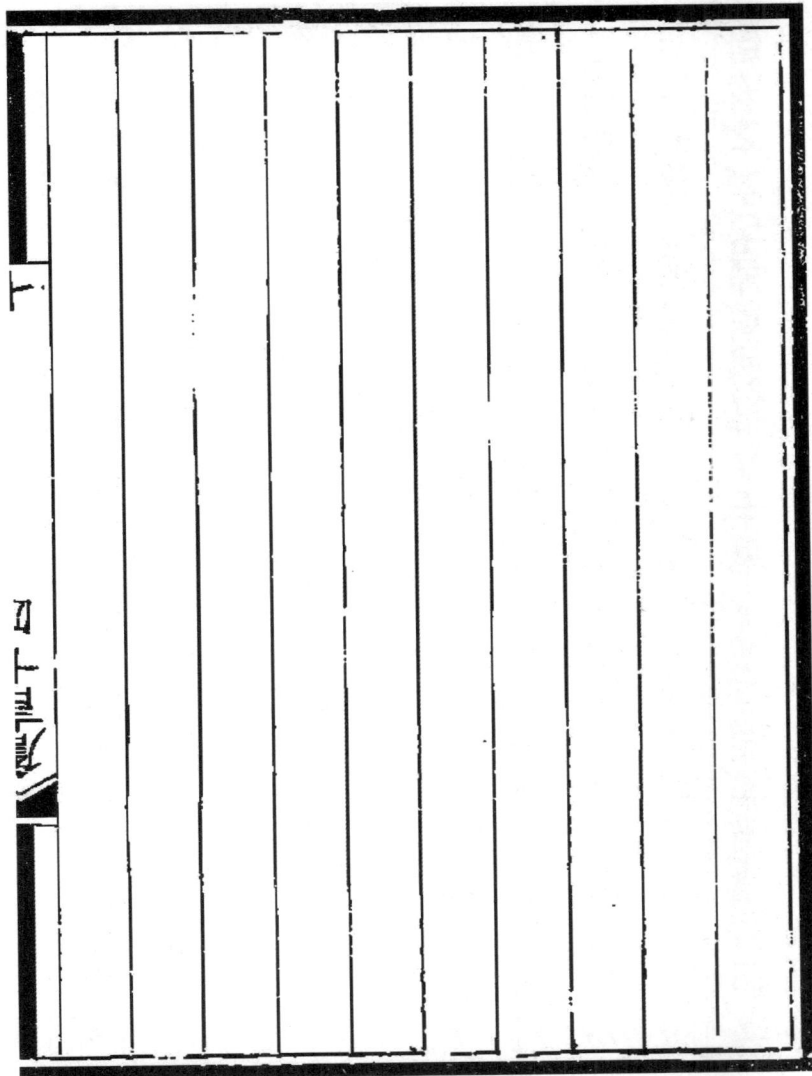

昭昧詹言卷十五

桐城方東樹

初唐諸家

沈雲卿古意　此詩只首句是作旨本義安身立命正脈蓋本爲蕩婦室思之什而以盧家少婦實之則令人迷妙古詩以西北高樓杞梁妻實歌曲一樣筆意本以燕之雙棲興少婦獨居。卻以鬱金堂玳瑁梁等字攢成異彩。五色並馳令人目眩此得齊梁之秘而加神妙者三四不過敘流年時景而措語沈著重穩。五六句分寫行者居者句配完足復以白狼丹鳳攢染設色收拓開一步正是跌進一

步曲折圓轉如彈丸脫手遠包齊梁高振唐音　崔顥太
白所不能爲何况其餘庶幾右丞出塞足以近之　持較
楊愼關山月則一起一收說盡無味中四句太多太滯肥
笨不能通靈分弓二句不上題似猜謎紫塞二句亦不上
題由其章法文理不通也再取右丞工部櫻桃較何大復
鰣魚皆可見明之詩人不如唐遠甚
興慶池侍宴應制　起句破興慶池次句破宴皆帶興象
中二聯兩大景兩細景分寫收侍宴應制　氣象高華渾
舉與右丞同工
杜必簡大酺　此推廣皇恩之事固宜極富贍繁華之美

五六以他人之豪華反襯也此未批出

妄語

但如賦六合從何處說起故以己所在所見之地爲主則首句是作者正命脈而又不可太黏致狹故以次句拓開之古人文律之細如此後世粗才何足知之三四大景略貼本地五六細景收頌聖闕大

春日京中有懷　京中秦也杜家洛陽通身命脈在有懷二字首句點題面次句破題意有懷故不當春也以下四句切春切京中而各以一字作眼以見不當春之意曰徒曰漫曰應曰幾皆題眼也而收句始結明之文律如此之細雖太史公韓退之之作文不過如此乃知子美冠絕古今本於家學有素也李義山輩不足知此也

李巨山奉和初春幸太平公主南莊應制　先將公主南莊點明亦是定題位法次句說幸乃有次第古人文法無不從順所以爲通後人只是倒亂矣所以不通三四寫幸五六既至燕樂收切公主莊而曰辭日猶繞只是脈清意通　沈確士云初唐應制多諛美之詞況當武后中宗朝又天下穢濁時也衆手雷同有頌無規可謂的論又曰唐初事多而寡用之情多而簡出之特每篇結句不無淺率之弊爲風氣所關耳此亦不易之論也學者當去短取長

蘇廷碩奉和春日幸望春宮應制　起實破望春名義與事奇三四實寫望春之景奇警切實五六帶說幸字收頌

此乃初唐短處以其時律體尚未宏放也不得以爲美而贊之大約從詩得者杜而後大耳

美歸愚所謂有頌無規也

張道濟幽州新歲作　起句襯一筆次句點本題而以梅雪爲興象乃不枯質三四忽將首二句兜裹成一氣而情詞流轉極圓美誦之愜心不厭五六實寫幽州新歲題中正位收切新歲頌聖得體親切不膚古人詩文只是恰好如題便無事不節外生枝△爲客氣溢語△

灉湖山寺　姚云此燕公在岳州詩所謂得江山之助者一二句山三四句寺五六句灉湖景收託意正得山水之樂不以遷謫自痛姚云其意實憾其詞反夸本於小謝我行雖紆組兼得窮迴谿愚謂古人似此意句甚多不止此

收有遠想比李爲佳

也　此詩全在五六句振起不特篇章即作意亦在此句得力

宗楚客奉和幸安樂公主山莊應制　與李巨山章法悉同而五六句法雄健過之收亦對句稍闊不及李切

昭昧詹言卷十五終

昭昧詹言卷十六

桐城方東樹

盛唐諸家

王摩詰　輞川於詩亦稱一祖然比之杜公眞如維摩之於如來確然別爲一派尋其所至只是以興象超遠渾然元氣爲後人所莫及高華精警極聲色之宗而不落人間聲色所以可貴然愚乃不喜之以其無血氣無性情也譬如絳闕仙官非不尊貴而於世無益又如畫工圖寫逼肖終非實物何以用之稱詩而無當於興觀羣怨失風騷之旨遠聖人之教亦何取乎政如司馬相如之文使世間無

先大夫曰杜公稱右丞爲高人植翁此等議殊無知人論世之識又以司馬文爲無所損益皆繆說也

所見殊陋

此殊無所損但以資於館閣詞人醞釀句法以爲應制之用誠爲好手耳

輞川敘題細密不漏又能設色取景虛實布置一一如畫如今科舉作墨卷相似誠萬選之技也　歷觀古今陋才皆坐不能敘題從順故牽不通

奉和聖製從蓬萊向興慶閣道中留春雨中春望之作

起二句先以山川將長安宮闕大勢定其方位此亦擒題之命脈法也譬如畫大軸畫先界輪廓又如奕棋先布勢子以後乃好依其間架而次第爲之三四貼題中從蓬萊向興慶閣道五六貼春望貼雨中收奉和應制字通篇只

收有遠情

如此論詩安能得其深遠處

一還題完密而興象高華稱臺閣體

勅借岐王九成宮避暑應制　起二句破題甚細不似曾莽疎漏帝子岐王也先安此句次句借字乃有根中四句突寫九成功之景收句乃合應制人須聖口吻

和太常韋主簿五郎温湯寓目之作　先敘明温湯地方以原題立案所謂鹽腦也中四句寓目收切主簿及和詩只是不脫題面不拋漏題中應有事意而古今小才陋士率未能解亦可怪也　首句寫地次句兼及時三四近景五六遠景收切人切和詩

勅賜百官櫻桃　起亦是鹽題之腦三四在賜之前補二

先大夫曰收見右丞高致

句意思圓足五六賜字正位收題後補義格律詳整明密觀此及杜公櫻桃知何大復鰣魚不通亂雜無章可見明之詩人皆傖父不學自大耳

酬郭給事　給事是侍從官起句先出官署亦爲題立案尋主脈也三四所居之署中有人在五六正寫給事本人收自己酬詩之意

出塞作　此是古今第一絕唱只是聲調響入雲霄　居延塞也外則出矣前四句目驗天驕之盛後四句侈陳中國之武寫得興高采烈如火如錦乃稱題收賜有功得體渾顥流轉一氣噴薄而自然有首尾起結章法其氣若江

陸云無物何以又為絕唱

先大夫曰此時尚有忌嫉之人故收句及之

五六雖寫景而以城野東西映對為奇

詩中用若為郎如何也言不堪聽也

海水之浮天惟杜公有之不及杜公者。以用意浮而無物也。

積雨輞川莊作　此題命脈在積雨二字起句敘題三四寫景極活現萬古不磨之句後四句言己在莊上事與情如此

春日與裴迪過新昌里訪呂逸人不遇　起先寫新昌里亦是定題法然後過訪乃有根三四訪字警策入妙五六景七八人此又一章法杜公亦用之後半氣勢愈盛

送楊少府貶郴州　直從楊貶起留送字三四句正入已之送五六切郴州收句應有之義親切入妙又切地切貶

重複匕地名不忌

過乘如禪師蕭居士嵩邱蘭若　起貼乘如居士二人次破蘭若三四寫上人居此境味警策入妙五六人地合寫收作贊美歎羡

送方尊師歸嵩山　起破題明切中四分寫嵩山遠近大小景奇警入妙收亦奇氣噴溢筆勢宏放響入雲霄

李頎　于鱗以東川配輞川姚先生以為不允東川視輞川氣體渾厚微不及之而意興超遠則固相近

寄司勳盧員外　河陽在唐屬河北道漢河內郡今懷慶府孟縣也　此似東川自指行歷次句乃指長安盧在朝

姚評此謂燕公有欸於進賢故方以爲合蓄也

也流澌草色亦所謂興也三四因時令及盧五句以郎署言之六句切員外收入干乞之意唐人慣用　此詩只意興好無大可取法處

寄綦毋三　此詩姚先生解最詳而曰往復頓挫章法殊妙當思其語乃有得起二句敘事已頓挫入妙三四復繞回首句更加頓挫第四句含蓄不說出更妙五六大斷離開遙接第二句七八又從題後繞出大約有往必收無垂不縮句句接句句斷一氣旋轉而仍千回百折所以謂之往復頓挫也此爲正宗若杜公山谷四句兀傲一氣浩然者亦當以此法求之否則恐流於滑易不得歸罪杜公山

谷也
送魏萬之京　言昨夜微霜游子今朝渡河耳卻鍊句入
妙中四情景交寫而語有次第三四送別之情五六漸次
至京收句勉其立身立名　初唐人只以意興溫婉輕輕
赴題。不著豪情重語杜公出乃開雄奇快健窮極筆勢耳。
送李廻　首二句先點出司農本事以下乃有根三句司
農四句驪山五六詠幸寫得興會聲色俱壯乃稱題結句
出作詩本旨姚評盡之矣
題璿公山池　起二句襯題而中四山池與人合寫收一
句入自己此等詩只是自在不矜才使氣然不可學。學之

則恐輭弱疲濦。不能留人也。　此詩不如右丞無著天親緊健

宿瑩公禪房聞梵　起句點梵次句寫宿時景中四句實賦梵唄中有宿字聞字造句警健縱橫足供吟詠收衍題而已

岑參　暮春虢州東亭送李司馬歸扶風別廬　首二句細發暮春東亭送歸六字三四扶風五六歸後情事收自已不得歸　起句敘點只是設色攢字。是一法門。

和賈至舍人早朝大明宮之作　起二句早字三四句大明宮早朝五六正寫朝時收和詩句稱原唱及摩詰子美

收乃無聊之敍藉也

常侍七字姚評

無以過之

高適 夫 夜別韋司士　起二句敘夜爲別字傳神亦用攢字設色三句墊四句點別五六別後情事收世情而已

送前衛縣李寀少府　先寫時景起二三句正點四句挽回五六收同前常侍每工於發端後半平常未奇也　高岑二家大概亦是尚興象而氣勢比東川加健拔

崔顥　黃鶴樓　此千古擅名之作只是以文筆行之一氣轉折。五六雖斷寫景。而氣亦直下噴溢。收亦然。所以可貴。太白鸚鵡洲格律工力悉敵風格逼肖未嘗有意學之而自似　此體不可再學。學則無味。亦不奇矣。細細校之

宜看其興象高華不在追求字面

不如盧家少婦有法度可以為法千古也

行經華陰　起二句破點次句句法帶寫加琢三四句寫景有興象故妙五六亦是寫但有敘說而無象故不妙也收託意亦淳淺　姚云三四壯於嘉州秦女一聯愚謂詩意一般只是字面有殊耳盡字啞於散字低字韻又啞胡公陂又啞於仙人掌於此可見七律用字須揀同一興象而高下懸殊啞與響不侔也故曰詩須讀之好聽然此自是初唐氣格

崔曙　九日登望仙臺呈劉明府　首二句臺字登字三四望字五六仙字七八劉明府九日因九日及菊花因菊

花及陶非泛及也

祖詠　望薊門　六句寫薊州之險而以首句一望字包之收託意有澄淸之志豈是時范陽已有萌芽耶

張正言　杜侍御送貢物戲贈　此正伐南越時事言古人開疆服遠不易不可以小物失綏遠之道五六正寫收見正意

昭昧詹言卷十六終

昭昧詹言卷十七

桐城方東樹

杜公

秋興八首　此代宗大歷二年公五十七歲居夔作也永泰元年乙巳嚴武卒公去幕府居草堂五月至戎州渝州六月至中州雲安縣居之自秋徂冬大歷元年丙午春自雲安至夔寓西閣及至二年春還赤甲三月遷瀼西秋遷東屯復歸瀼西三年去夔出峽至江陵秋移居公安復之岳州四年自岳之潭五年在潭遇臧玠亂入衡州耒陽卒年五十九歲此詩言叢菊兩開故知爲居夔之二年作也

夔在蜀省東一千七百里南東南東北三面皆界湖北
東北界鄖陽府　夔州府東巫山縣西忠州雲陽縣

秋興者因秋而發興也謂之興者言在於此意寄於彼隨指一處一事爲言又在此而思他處也而皆以已爲緯以秋爲主以哀傷爲骨

此詩八首前三首言已所在夔州本地其下五首皆思長安而第四首又爲長安總冒其下分思宮闕曲江昆明池渼陂四處所謂身在江湖心般魏闕古之忠愛者其情皆如是也第二首只是言現在夔州已所在地而以每望京華爲言。隱逗後四篇意。錢箋以爲思承平陷没自古昔遊不思所思長安五首皆從陷没後追思何得獨以瞿塘一

首當之也第四首以奕棋比長安言其迭盛迭衰即下三四句所解本鮑明遠升天行意箋以爲如奕者之無定算亦是邊見

第一首　起句秋次句地亦兼秋三四景五六情情景交融與會標舉　起句下字密重不單側佻薄可法是宋人對治之藥三四沈雄壯闊五六哀痛收別出一層悽緊蕭瑟　檥舟以待出峽而歸故曰一繫故園心他日前日也孟子而賦粟倍他日倍前日也鍾甫云

第二首　正言在夔府情事結句乃歎歲月蹉跎。又值秋辰作驚惋之情以致哀思。乃倒煞題秋字收拾本篇即從

書當香爐明指長安

次句每字生來每者二年在此常此悲思而今不覺忽又值秋辰玩末章末句可見箋乃妄解引晙然盲說以次句爲截斷衆流此詩詞意景物皆主夔府言不主長安何謂截斷衆流也　惟八月槎句蹈空沒下落久思之不得豈虛言已無實效於國耶公客堂詩曰主憂豈濟時身遠彌曠職卽此句意或謂乘槎而反未卜何時故曰虛恐未然於奉使二字無著　起二句以下分承此二句五六句情景尤湊泊七句無限之情不說八句變律　先興後秋

第三首　以坐江樓爲主以下只是江樓所見所思結句出場興會陡入如有神助　見漁人無所得燕子不歸因

五六凌空發議擲起乃是大家作法與上文全不相粘所以為妙因以二字大謬也

此為下四首之總目不得標思長安三字與下平列

豈獨此首

以二古人自興不得意卻以得意者反結不測入妙是為作用他人皆淺直不能委折細入

第四首　思長安　自此以下皆思長安奕棋言迭盛迭衰卽鮑明遠升天行意而此首又總冒三四近皆聞道事承明上二句五六遠忽縱開大波瀾起既振又換結秋字陡入悲壯勒轉收足五六句意而思字又起下四章章法入妙無痕　五句指隴西關輔開六句指吐蕃入徼天下兵不至　此詩渾灝流轉龍跳虎卧。

第五首　思宮闕　高華典麗氣象萬千起句大明宮南望終南三四遠五六近忽斷接追序事此不如振縱而換

宜看其首尾雄橫縱恣不可抑勒處杜篇篇如此方全未批到

筆換意用陰調平調又一法也結句收五六句忽跳開出場歸宿自己收拾全篇蒼涼淒斷　此亂後追思故極言富盛一片承平瑞氣而言外有餘悲所以爲佳後人當平盛時正用作頌美則死句如嚼蠟矣

第六首　思曲江　他篇或末句結穴點秋字或中間點秋字此却易爲起處橫空突入又復錯綜入妙瞿塘已所在地曲江所思長安地却將第二句迴合入妙點秋字較隔千里兮共明月健漫懸絕　凡六句一氣首二句正點中四句虛寫曲江景物淺深大小遠近虛實末句兜回收全篇無限低徊所謂絃外之音世俗作贈送詩正用以爲

稱美地方之句靈蠢懸絕　芙蓉園在京城東南卽曲江

第七首　思昆明池　中四句分寫兩大景兩細景收句結穴歸宿言已落江湖遠望弗及氣激於中橫放於外噴薄而出却用倒煞所謂文法高妙也沈著悲壯色色俱絕此漁翁公自謂乃本篇結穴箋乃謂指信宿之漁人成何文理　此借漢思唐以昆明蹟本於武帝也箋乃以爲思古長安可謂說夢試思菰米蓮房亦指漢物乎

第八首　思渼陂　起點明地方三四景五六與雲移同追昔遊卽指岑參兄弟也末二句收本篇兼收八首以七八結五六與第五同

登高　前四句景後四句情一二碎三四整變化筆法五六接遞開合兼敘點一氣噴薄而出此放翁所常擬之境也收不覺爲對句換筆換意一定章法也而筆勢雄駿奔放若天馬之不可羈則他人不及

九日藍田崔氏莊　起點題敘述次曲細盡意透徹三四運化三四情五六交代藍田題面結句推宕餘意不盡按楊誠齋云首聯對起方說悲復說歡頃刻變化頷聯將一事翻作兩句最得翻案妙法人至此筆力多衰復能雄傑健拔振起一篇精神結聯意味深長悠然無盡

杜之所以獨有千古專在此處

五六大句擎天而起以爲交代題面失之遠矣

九日　此九日憶弟妹而作通首八句一氣夷猶開合頓

於杜之大處遠處雄邁高渾悲壯淋漓全未窺見喆一徒斤斤於字句之末員乃坐井觀天

杜公之詩豈得於韻味風格觀之

不嘗如此看法此如見一神龍而吉人曰某處爲鱗

岩而出但見情性不覩文字殊方二句象中取義結句點逗本事所謂安身立命主意也　諸篇結皆對句而不覺返照　章法明整前景後情匀稱起點明地方有歸宿三四分承黃昏過雨則一二句又爲題透根也後半句意有韻味風格不同平淡庸熟枯淺此等章法之至正者前四將題說足了再換筆換意也　章法之說如此而自公而外多有句無章此事豈易語哉　前後兩層此等章法明

何李常用之閣夜亦同

閣夜　大歷元年自雲安至夔州寓西閣　起二句夜三四切閣夜井切在蜀東坡嘗賞此二句此自寫其錢以爲

某處爲角麟角凡麟常介所同而能之所以爲能不在此也　孔明廟即不在閣旁於公詩亦無所損即有此斷公詩亦無所增皆贅說也

星搖民亂不必如此解五六情　先君云孔明廟在閣旁公孫述白帝城亦與閣近故云躍馬非泛引樹按蜀都賦公孫躍馬而稱帝末援古人以自解言千古賢人同歸於盡則目前人事遠地音書亦徒付之寂寥耳漫徒然也

野望　此詩起勢寫望而寓感慨中四句題情三四遠五六近收點題出場創格　此變律創格與支離東北同讀此深悟山谷之旨放翁竟終身未窺見此境故多平衍可謂習氣前歲暮一首亦山谷所祖　先君云是時分劍南爲兩節度而西山三城列戍百姓疲於調役公五言律云辛苦三城戍長防萬里秋

公詩無此意

登樓　起二句分點題面各緯以情事則不同平語三句寫景乃從登樓所見如此言之雄瞥闊大四句治亂相尋五六情而措語深厚沈著吐蕃陷京郭公反正吐蕃收出場亦即所見以志感代宗用魚朝恩程元振同於用黃皓先君云言有賢臣則孱主可輔傷時無葛相之才

野老　此即草堂也寫景逼眞而有風格不同庸淺起二句點序兼寫有畫意三四正寫景五六以下推開愈推愈闊。公本色忠悃如此。他人學之則成客氣習套膚闊游騎

不歸　此在成都作故以片雲自比是時東郡尚爲思明所據上元二年令狐彰始以滑州歸朝東郡即滑州也

惟兩京南郡得稱城闕　末二句卽所關心之實事也言已在劍閣關心東郡而悲也

宿府　章法同登樓亦是起二句分點府宿而以情景緯之三四寫宿景中有情萬古奇警五六情收又顧宿字此

顧宿字云云可笑是杜公乃試帖家矣

所說皆滯氣小樣

正格

恨別　起四句先點一別字以下極寫恨之事收反恨作喜望語所謂出場　起收雄渾直邁　五六句海峯評曰甚陋以其造語凡近似俗人又曰首尾浩然終不能割棄戴蓉洲曰收指李光弼言也光弼以乾元二年冬悉軍赴河陽破賊蓋當時專事河陽而不能有直擣幽燕之舉公

詩蓋屢言之此爲急事見機不可失也

聞官軍收河南河北　此亦通篇一氣而沈著激壯與他篇曲折細緻者不同題各有稱也起四句沈著頓挫從肺腑流出故與流利輕滑者不同後四句又是一氣而不嫌直致者用意眞措語重章法斷結曲折也　先君曰公先爲襄陽人祖徙河南父徙杜陵公生於杜陵而田園在東京東京洛陽也從劍外聞信欲歸洛陽情事分明而又皆虛擬所以爲妙後人則以實敘行歷爲能有何味也

諸將五首　此詠時事存爲詩史公所擅場大抵從小雅來不離諷刺而又不許訐直致傷忠厚總以吐屬高深文

法高妙音調響切采色古澤旁見側出不犯正實情以悲憤爲主句以朗俊爲宗衣被千古無能出其區蓋　此統詠當時諸將以見用皆不得其人不專主一人一處一事也

第一首　告長安諸將以發陵責之　題以漢比點陵墓簡省昨日早時言祿山之發也廣德元年吐蕃入寇五六言可堪吐蕃復發乎僕固懷恩引吐蕃寇奉天京師戒嚴末言材官不能制涇渭即涇原也在長安西北乃吐蕃入寇之路莫破愁顏正可憂也　千秋二字言赤眉之禍又見此入關蕭關也

此首解得尙好

第二首　告河北諸將以張仁愿勉之極言借助回紇之非何義門解之最當　回紇傾國而至異於太宗之用奚厥汾陽勳雖大而此自爲非他日回紇助史朝義內侵至三城州縣皆爲邱墟遂有輕唐之心其後雖復助順而所過抄掠一空其後助僕固懷恩侵至涇陽雖聽汾陽擊吐蕃自贖而唐之被侮亦極矣公言肅代之不如高祖太宗也箋皆失之　起四句大往大來一開一合所謂來得勇猛乾坤擺雷硠也。五句宕接六句繞回言後之弱以思祖宗之盛爲開合筆勢宏放收點明作意歸宿作詩之人本意此直如太史公一首年月表序矣與前首同一章法五

六爲開合朔方與突厥以河朔爲界仁愿乘虛奪漠南城
第三首　告洛陽諸將東京之陷秦關不守滄海指淄青之先陷於祿山者薊門則遍指河北三郡天雄治魏州朔方治靈州范陽治幽州平盧治營州朝廷二句蒙叟義門皆混解光聿原云時方鎭皆令僕又各有軍資錢皆取給度支故云云按王縉領諸道節度兼留守東京請減軍資錢四十萬貫箋以爲譏縉非是
第四首　仇注此章爲貢賦不修責諸將不能懷遠　黃生注前三首道兩京之事皆翹首北顧此則道南中之事故以回首發端　仇注炎風朔雪以極南極北言之　此

統斥楊思勗呂太一李輔國魚朝恩皆非忠良自平詩所謂蓬萊殿前諸主將箋以爲指中官出將是也李輔國爲兵部尚書魚朝恩程元振皆總戎起二句明皇南詔之敗末句統南北而總收之

第五首　鏡詮云是時崔旰柏茂林等交攻杜鴻漸惟事姑息奏以爲節度讓旰茂林等各爲本州刺史上不得已從之鴻漸以三川副元帥兼節度主恩尤重然軍令分明有媿嚴武遠矣公故感今思昔又謂鴻漸入蜀以軍政委崔旰日與僚屬縱飲故追思嚴武以譏鴻漸之有媿主恩入哀詩豈無成都酒憂國只細傾可以互相證明　詩先

主恩二句皆追憶嚴武軍令分明數擧杯言其好整以暇也解釋未是

此解亦非

興象聲律而後義意此詩起二句興象聲律極佳以義意求之則見於第七句以興易賦也　此詩思嚴武以斥崔旰柏茂林李昌夔楊子琳杜鴻漸皆非出羣之才也　蒙箋得之　通鑑考異云武無三鎭之事新舊唐書皆沿公詩而誤或云武一鎭東川兩鎭劍南非也愚謂以閻百詩說三持節事則以譏杜鴻漸不能斬崔旰似也但詩云前後則實指武非指杜可知　數舉杯以八哀詩證之似言其節飲以斥杜鴻漸之縱飲按唐書杜鴻漸列傳柏茂林作柏貞節又鴻漸薦旰爲成都尹而授貞節邛州刺史子琳瀘州刺史與鏡詮略異

詠懷古蹟　凡詠古蹟須以已爲主却將題作賓指點詠

歎出之乃妙若正面實賦則死滯如嚼蠟庸人俗手應試體矣　何云以奇才國色英雄皆不得志自比亦望文生意　此當是大歷元年作於夔州五首皆借古蹟以見己懷非專詠古蹟也　首章前六句先發己哀爲總冒庾信宅在荊州公未到荊州而將有江陵之行流寓等於庾信故先及之公避祿山之亂故自東北而西南淹日月久留也共雲山離處也五六賓主雙關祿山叛唐猶侯景叛梁公思故國猶信哀江南末應詞客哀時三峽謂月明巫山廣澤此則指巫山爲第三峽耳

第一首　總寫身世以庾信自比結點明大凡三事遲暮

前六句皆雙關也故七句人題特爲超妙

一也不歸二也詞賦絶人三也　何云哀江南賦誅茅宋玉之宅公誤以庾信亦居此故及之樹按庾信居宋玉宅前人屢見之杜不誤此乃何說誤也　此雖不及秋興備諸妙法而淋漓頓挫音響絶悽惋或以後四篇爲平平無奇要之風格老健耐人吟玩　武陵五溪蠻皆槃瓠之後槃瓠犬也得高辛氏女生六男六女織績衣皮好五色衣服五溪諸蠻遙接益州西郡故先主使馬良招五溪蠻授以官爵　史記江湖間謂小兒多作狡猾爲無賴

第二首　一意到底不換而筆勢回旋往復有深韻七律固以句法堅峻壯麗高朗爲貴又以機趣湊泊本色自然

第三首著重末二句所以自喻也第四首亦爲第五首蓄勢姚選删第五首殊誤

杜公有恢復大志故時以武侯見意耳

天成者爲上乘

第四首　古廟二句就事指點以寓哀寂山谷樊侯廟所出

蜀相廟　此亦詠懷古蹟起句敘述點題三四寫景後半論議縱情人所同有但無其雄傑明卓及沈痛眞摯耳

贈田九判官　此詩音響采色俱壯明七子二李諸家所宗法然氣勢浩然章法老成二李終不逮也此起四句先及其主人及本事三承降王四承使節後半始入題　田在哥舒翰幕中天寶十三載吐谷渾款塞詔翰接援仇注高適入幕由田君所薦適本封邱尉與陳留相近故云末

此詩未涉及高適

晉謂後四句專爲末句愁字作勢桃花柳絮皆春色也一氣噴薄顧若不平

句公仍望其汲引也　此章侍御豈不足爲酬贈之式而必以東川爲則耶然必須參合兩派乃妙不然專此則粗豪專彼則細弱

送路六侍御入朝　起敘述一氣曲折赴題五六景結句就景中推出本意本事繞回包束全篇卽所謂不分生憎也戴蓉洲曰三句倒插景妙無此句則不見其曲折矣

寄章十侍御　此亦尋常應酬詩但三四雄渾五六用事精切他人不能也收亦溫婉解見惜抱先生按語此李義山奉爲圭臬　湘西用辨亡論語寶應元年嚴武自西川入朝高適代領西川公攜家至東川與留後章彝最善後

併西川爲一罷東川梓州刺史彝入朝高適自西川入朝嚴武再鎭蜀杖殺梓州刺史章彝事在廣德二年豈彝未行耶抑既朝復來耶來瑱事在元年　章必素有薦引之意故末句反言以諷之

送李八秘書赴杜相公幕　此同前詩而奇警過之．杜鴻漸平崔旰以大歷二年六月入朝表用秘書故由益州赴之或云菊潭在荆州李由荆州上峽故云背指恐未然此由益州出峽背指言速也三四奇警五六敘點收奇警南極指李北斗指長安三台指杜也時杜還朝李從益州來赴京訪公於夔而公贈以詩也　毛大可曰天文志南極星在益州分野背參之

旁而三台三公在北斗旁時杜相還朝李從益州赴京故言南極而向北者以三公在南斗旁也　黄生曰起語輕秀接句猛健三四更奇險五六稍率得一結稱起前段突然而轉入悠然而合雖用對語而筆意極其頓挫

公安送章二少府　起敘點題面三四忽拓出別後義意後半乃入時事正面略帶公安地方然近於落套不爲佳此詩只三四乃公所獨美耳　逍遥公韋瓊見北史此與贈曹覇同例

送鄭十八虔貶台州司戸　此是白描如話清空一氣不著色象不用典故一格而風流駘蕩眞意彌滿沈痛不忍

妄說　後半大氣盤礴杜公勝處

此詩全是眞氣坌涌沈痛激烈以爲淸空一氣殊誤

此等詩無可軒輊此皆孔見曲論朱某妄說何必存

讀。而銜接承遞一串不傷直率以筆筆頓挫也頓挫者句斷不將兩句合一意使中相連中無罅隙含蓄成葉子金如杜此詩雖似文體一氣而沈重成錠子金也收亦出場換意淸空如話之體東坡所本然沈著不及矣　盧得水云此詩萬轉千回淸空一氣末竟作永訣之詞詩到眞處不嫌其迫不妨於盡也

送辛員外　先寫地方及景後四句一氣纏綿沈著眞摯公所獨擅他人不能勝於送韋少府遠矣後惟東坡有此白描素地也　朱翰謂此詩一二死句三四無脈五六枯拙七八不韻斷爲贋作

送韓十四江東省覲　一起逆入從天半跌落皎然所謂
氣象氤氳由深於體勢也五六寫景平滯而造句細結句
又兜轉如迴風舞絮與前半相應　黃白山云此詩直而
實曲樸而實秀婉委如意往復盡情
又作此奉衞王　此是琢鍊用力之法　起句敘事明淨
次句即用意著力不作常語三四奇警言樓之高分天地
之中高寒無暑又切楚都五句用劉倓比六句指嚴侍御
收句用尋賦梁王授簡於司馬大夫事
所思　此詩妙極全用虛寫而以苦憶及第六句無使為
線索結句更妙勢似直下而情事曲折無窮　按毛西河

若為看去猶言安能往看也

日瞿塘峽在夔州峽口有灩澦石過此則達荊州矣渚宮故事宋臨川王義慶鎮江陵於羅公洲立觀甚大而惟一柱

和裴廸登蜀州東亭送客逢早梅相憶見寄　此詩細緻曲折於題事一字不遺可見古人不敢抛題目△無籠統粗略膚闊不歸之病也　東閣卽東亭次句比興勢空而意親切三四細還題交代題事五六妙遠空靈出事意外所謂意高妙也收切實沉著妙於出場　前半敘後半轉出奇境

將赴荊南寄別李劍州弟　起只敘述點題而語意文勢

妙處全在氣勢方全未誤

跌宕歷落三四妙切猶明七子所能五六造語奇警則義山放翁且難之勝韓十四五六多矣結句迴轉宕蕩不窮

灩澦滄浪皆自夔入荆之路

因許八寄江寧旻上人　亦同送鄭十八詩格只是頓挫不直率聯接五六略作虛景虛想卽好事也亦題中所應有情景且以起收句入已　大約詩章法全在句句斷筆筆斷而眞意貫注一氣曲折頓挫乃無直率死句合掌之病　案王阮亭云東坡半山七律多祖此

至日遣興奉寄北省舊閣老兩院故人　追憶傷感　此詩以憶昨二字爲章法骨子　先君云儀物如故欲見無

由由來只在想之之詞　收大斷又結穴。與秋興蓬萊篇同

曲江陪鄭八丈南史飲　起二句先寫景分外清新三四入情用筆盤旋曲注與九日崔氏莊同五六平敘結句拓轉作收是時公官拾遺却有去官之志故五六云然鄭蓋亦有歸隱語故收句勉之

賓至　敘事耳而語意透徹朗俊温醇得體。情韻纏綿律度井然

客至　筆勢較前加寬宕頓折而大體亦相似皆百讀不厭者也

南鄰　此贈朱山人也皆向山人一邊寫而情景各極清切清新章法井然明白　韓公贈崔立之五言長篇許多言語始寫出似不若此八句中面面俱到爲尤佳也△先君云角巾用范通詣王濬事　山谷云航是大舟當以艇爲正艇亦音延

野人送櫻桃　此小題也前半細則極其工細○後發大議論則極其壯闊○實爲後來各名家高曾規矩而後半妙處即在首句也自二字根出○所謂詩律也後人於此等處味之觀何大復鰣魚雖佳然但覺其骨節粗大無序無謂無章不但不及此並不及右丞勅賜櫻桃章法明整也　門

此亦妄說古近體各不同何分高下

也自二字遜攝後半所謂鎔所未到氣已吞也

下省在宣政殿大明宮號蓬萊宮即東內
紫宸殿退朝口號　起突寫朝字三四寫朝時之景而造
句工細典麗五六拓開作寬勢結句還題退朝而兼及掌
故所謂詩史也其事儀詳錢箋　政事堂在東省中宗時
裴炎以中書令執政事筆故徙政事堂於中書省此自宮
中退歸東省者以本省言也會送夔龍於鳳池者又自東
省至西省就政事堂見宰相也
省中題壁　浦二田云前半想見省中清邃下四寫懷純
臣心事。　起先寫省中景極細極工有情後半入已情此
等不出於寫景敘情而作者清新真至不入粗浮客氣非

人所能
九日　用文章敘事體一氣轉折遒勁頓挫不直致不枯瘦乃知嚴滄浪所議以文爲詩之論非也在三百篇中多有之夫詩人隨興至所發有何一定此則偶因在涪而發耳一結換意出場尤見忠愛　按杜臆天寶十四年冬公自京師赴奉先路經驪山玄宗方幸華清宮祿山反然後回京至此十年矣所以憶之而腸斷也
暮歸　起四句情景交融清新眞摯後四句敘情一氣頓折曲盤瘦硬而筆勢迴旋頓挫闊達縱橫如意不流於直致一往易盡是乃所以爲古文妙境百鍊鋼化爲繞指柔矣

白帝城最高樓　此亦造句用力之法　句法字字攢鍊
起句促簇次句疏直而闊步放縱乃立命之根通首根
此所見也中四句二近景二遠景以下三字形上四字句
法已奇五六更出奇采所謂意想高妙與康樂早聞夕飈
急晚見朝日暾同其奇於東見其西於西見其東極形高
處所見之遠出尋常想外只完題最高二字收句氣格歷
落用意疎豁非是則收不住中四句之奇偏如此奇險尋
其意脈卻文從字順各識其職
灧澦　此與前篇同格起句似率而鍜鍊語澀思苦三四
渾成雄邁流易中有烹鍊他人極力不能道全是寫景而

別出遠致作收何謂弩末

中有情字法句法如鑄後四句亦與前同固是强弩之末也

亦斷無通篇句句覓奇險之理　仇注回首者見險知止也淚滿襟者阻水難下也彼少年逐利輕生故戒其翻墮擲金也　此數詩當以格力氣象與趣音節體製别求之非可輕學　凡詩中所謂太陰皆似指夜黑首句與江寒出水長不同收即地以戒行險喪身也

崔氏東山草堂　一起夾敘夾議夾寫而著語歷落峥嶸清新警妙五六平還亦新切結句遣想反襯法而有親切味　阮亭云頷聯正承靜字戴蓉洲曰輞川莊在藍田必與崔莊東西相近故末以柴門空鎖諷其不歸也

凡杜詩一題數首者皆不能割裂

將赴成都草堂寄嚴公第五首　起二句敘事點題三四展宕空轉眞切後半眞至而藴藉有味下語得體蓋謂有嚴公將略則遊子可以優遊託足也。

黄草　此題雖曰黄草而實思家傷亂之詩也　先君曰第四句解上三句收言崔旰之亂不足憂而松州吐蕃之禍爲大耳樹謂爲蜀道兵戈故涪州船滯夔州行人少而長安家中無信也誰家公自言其家妻子耳　仇注秦中云云蓋未聞朝命區處朱鶴齡曰按史杜鴻漸至蜀崔旰與楊子琳柏茂林等各授刺史防禦而不正旰專殺主將之罪故有兵戈是非之語蓋言崔氏亂成都柏楊討之其

是非不可辨也

白帝　先君云前半詠雨後四感懷在白帝作非詠白帝也樹謂此所謂意度盤薄深於作用力全而不苦澀氣足而不怒張他人無其志事者學之則成客氣是不可强也

暮歸首結二句亦然　先君又曰第五句終未亮意謂人不得歸而無處不用兵戰馬勞苦此皎然所謂暗也　錢箋戎馬作去馬

野望　此亦在涪州作起點地點時三四望中景五六近景兼情收亦結束

即事　起句點題以草亭爲題也下二句寫景清新不經

人道五六敘情常語耳結句公之雅言素抱但別撰語耳
杜公高華淸警兼有王李奇橫兀傲兼有山谷窈麗跌宕
兼有自傅子瞻

昭昧詹言卷十七終

昭昧詹言卷十八

桐城方東樹

中唐諸家

劉文房　七律宗派李東川色相華美所以李輞川爲一派而文房又所以輔東川者也大歷十子以文房爲最詩重比興比但以物相比興則因物感觸言在於此而義寄於彼如關雎桃夭兔罝樛木解此則言外有餘味而不盡於句中又有興而兼比者亦終取興不取比也若夫興在象外則雖比而亦興然則興最詩之要用也文房詩多興在象外專以此求之則成句皆有餘味不盡之妙矣較

用唐人體無奇警可乎

萬古七字豈可分作兩截看如此救著何以論詩

義山何嘗無性情面目淺

宋人入議論涉理趣以文以語錄爲詩者有靈蠢仙凡之別用宋人體若更無奇警出塵之妙則入庸鄙下劣魔道也　詩最下者爲編事爲涉理趣文房足救之

登餘干古縣城　首二句破題首句破城字而以上與白雲齊五字爲象則不枯矣次句上四字古字下三字餘干三四賦古城而以秋草夜烏爲象則不枯矣五六登字中所望意收句古字餘干字切實沈著而入妙矣以情有餘味不盡所謂興在象外也　言外句句有登城人在句句有作詩人在所以稱爲作者是謂魂魄停勻若李義山多使故事裝貼藻飾掩其性情面目則但見魄氣而無魂氣

考不察耳

應避惡語

魂氣多則成生活相。魄氣多則爲死滯。千古一人推杜子美。只是純以魂氣爲用。此意唐人猶多兼之。後人不解久矣。文房之詩可以通津杜公。但氣味夷猶優柔。不及杜公雄傑耳。然若無魂則雄傑更成惡魄。昔人論韓公將軍舊壓三司貴二句。以爲雖句法雄傑而意亦盡於此矣。祇是有魄無魂。言外無餘味。取象而無興也。韓公以文爲詩。又不工近體。無可議者。姑舉以爲式耳。今定七律以杜七律爲宗。而輔以文房大歷十子。並取義山之有魂者。而去其魄多者。慎選十餘首足矣。益以蘇黃之出塵奇警。白傅却有魂。但句格卑俗。然東坡學之則雄傑入妙。放翁有魂有

第二句接得蒼茫不測所以妙也

頓句法雄傑而嫌有習氣客氣太熟又時有輕促而乏頓挫曲折須去其短取其長解此秘法則流覽古今如懸衡矣

過賈誼宅　首二句敘賈誼宅三四過字五六入議收以自己託意亦全是言外有作詩人在過宅人在　所謂魂者皆用我爲主則自然有興有味否則有詩無人如應試之作代聖賢立言於自己沒涉公家衆口人人皆可承當不見有我眞性情面目試掩其名氏則不知爲誰何之作張冠李戴東食西宿驛傳儲胥不能作我家當也

將赴嶺外留題蕭寺遠公院　此貶潘州時也　起先點

說得甚熱鬧而全是外行語如此傍題進何更何詩之可言

僧院三四切響還蕭寺五六寫此處景入已將作別赴嶺外收留題入化因內史想南朝因南朝卽其木亦古所謂興在象外也五言古墓無人識同一意同一筆　大約有一題須認淸一題安身立命處然後布置周旋皆望此立命歸宿措注而作用之所謂傍題命意傍意吐辭如文房此詩可見然此雖規矩而至巧不在是規矩能與巧不能與則存乎造句平奇工拙之有才無才選字隸事之有學無學腹笥寒儉才力雖弱無與於此道也又觀其論議吐屬以驗其學識觀其取境崇格之有家法無家法締情託意之卑高雅俗深淺眞機客氣以驗其胸抱皆非可以外

鑠速化僞爲也

獻淮寧軍節度李相公　起先寫一句奇警突兀妙極或疑次句不稱先君云若第二句再濃通篇何以運掉樹謂非但已也此第二句乃是敘點交代題面本事主句文理一定斷不可少所謂安身立命處也中二聯分賦敘其忠悃聲望高華偉麗結句入妙言外多少餘味不盡所謂言在此而意寄於彼興在象外　海峯正宗獨以此一篇入選所以崇格也正宗之選專取高華偉麗以接引明七子

姚先生云大歷十一年加淮西節度使李忠臣同平章事十四年忠臣被逐於李希烈乃改淮西軍爲淮寧此編

姚評原本均脫姚先生曰

詩時追改及忠臣從朱泚爲逆文房不及知之文房刺隨州乃淮西屬　按以此較右丞出塞則氣遠不及之覺此仍不免經營地上語可由此悟也

送李錄事兄歸襄陽　凡題有根源者須先尋取此詩起四句在題前五六始入歸字收句結送字又切襄陽　三四圓警精美氣味沈厚故可取文房言近而意皆深耐人吟詠

送耿拾遺歸上都　起句先點耿歸上都次句帶敘時令三四從自己襯跌出作羨之之詞以起送歸意五六分寫兩邊結句送後情事當時實象　姚先生云寶應元年以

四字令人不知所出

京兆府爲上都此爲睦州司馬時所作睦州今嚴州也文房由潘州貶回故曰窮海潘州今高州也　唐牧州置建德縣此在睦州作

送柳使君赴袁州　姚先生云袁州宜春郡東晉避諱改曰宜陽　首句點題次句繞出題前必有實事似柳欲居京口而不得也故有第三句袁州西南與長沙衡州接故曰三苗第五句正送下三句既到袁州後意玩三句結句則柳爲人似一雅士不知此詩在何處作

送陸澧倉曹西上　起句點西上次句切陸姓三四長安五六正送收入自己此等只是句法明秀情意纏綿玩此

明云何依誰爲此何待言

專在題面著眼如此學詩更何餘味

陸非赴選上官得意

青谿口送人歸岳州　起二句先寫岳州三四送歸五六幷寫青谿口收入自己　文房只用眼前習見字習見語而無一意不深無一字不靈思致清綺絕無滯相死語擬之五言殆近謝惠連譬如良庖只用雞鴨魚肉而火候烹煮有法則至味存焉俗庖雖用猩脣豹胎而不爽於口祇取唾惡也上言客去稀以起下一人歸理脈之細如此豈粗才所知五六亦常語而細按之皆非率意淺直而出者

江州重別薛六柳八二員外　此似知淮西鄂岳時將去留別作也起句喜得除授二句言時事難爲中二聯景與

情交融收入二員外七句皆自述末句始入別二人
使次安陸寄友人　起二句點敘時令行歷所謂詩柄也
三四寫地與景　德安府本鄖子國隋改鄖州爲安陸安
陸北與河南信陽州接三關在此木陵他本皆作穆字誤
穆陵在齊與此無涉姚先生云肅代之際江淮間有劉展
袁鼂之亂木陵以東光黃舒廬蓋苦兵擾。不識春和矣。其
西則差安靖故有第四句　五六切安陸景與事六句皆
自述收點寄友一絲不漏
自夏口至鸚鵡洲望岳陽寄院中丞　夏口係湖北漢陽
縣治岳陽巴陵在湖南　首句先從望說起次句說不見

屈子弔古無人三四切夏口入望五六寫即景收入寄阮託意

韋應物　自鞏洛舟行入黃河即事寄府縣寮友　起敘行程破題歷歷分明中二聯寫景如畫五六切地切時其妙遠似支房收寄友古人無不顧題還題如是

寄李元錫　本言今日思寄却追敘前此益見情真亦是補法三句承一年之久放空一句四句兜回自己五六接爲自己懷抱末始入今日寄意

韓君平　君平三詩不過秀句足供諷詠流傳不泯篇法宛轉諧適而已無奇特興象足以取法今皆不錄

西崑諸公翦裁藻飾中亦有興象懷抱何可抹摋邪

李君虞　鹽州過五原至飲馬泉　鹽州爲漢北地五原二郡地唐屬關內道今甘肅寧夏後衛是　起句先寫景次句點地三四言此是戰場戍卒思鄉者多以引起下文自家則亦是興也五六實賦帶入自家至字結句出場神來之筆入妙　此等詩有過此地之人有命此題之人有作此題詩之人之性情面目流露其中所以耐人吟詠不是詠古無情不見作詩人面目如應試詩賦得體及幕下張君房所爲低手俗詩皆犯此病所以爲庸劣無取且如西崑諸公祇以搜用故實裁剪藻飾爲能是名編事非作詩也此死活之分王阮亭輩乃不能悟　此等詩以有興

樓上花枝笑獨眠俗句

綠蛩平淺多矣安能相比

象章法作用爲佳若比之杜公沈鬱頓挫恣肆變化奇橫不可當者則此等止屬中平能品而已下此一等則但有秀句而無此與象作用猶可取又下一等則並傑句亦無乃爲俗人之詩矣

皇甫茂政　茂政境象與韓君平同亦只秀適宛轉而已獨春思一首不減盧家少婦但氣格不逮耳祗菊爲重陽冒雨開江到潯陽九派分瓜步空州遠樹稀壺觴遠就陶彭澤等句卓然可傳

春思　前四句一彼一此屬對奇麗而又關生有情所以爲佳五六專就自己一邊說而點化入妙結句出場入妙勝沈雲卿矣此等詩色相不出齊梁而意用則去三百篇

以羇亂爲主
非止思家也

不遠所謂哀而不傷怨而不怒溫柔和平可以怨者也楊用修學之則近痴肥色掩其質語亦稍滯意亦太盡不及此有遠韻遙情矣

錢仲文　贈闕下閻舍人　姚原選後删　前四句寫閣景氣象眞樸自然不減盛唐王摩詰後四句託贈常語平平耳

盧允言　長安春望　此詩用意全在三四夢家未還爲一詩關鍵主意起與五六平平常語收句承明三四尚洗足

晚次鄂州　起句點題次句縮轉用筆轉折有勢三四與在象外卓然名句五六亦兼情景而平平無奇收切鄂州

三四既虚浮薄平淺之句此翁殊無抉擇

收發甚處所謂出場也

第四句最佳擬一篇之勝

此諷詩也

有遠想

李從一　贈別嚴士元　前四句寫己所送別之地三四卓然名句△千載不朽△五六入送收入自己

自蘇臺至望亭驛人家盡空春物增思悵然有作　此題本佳一句春物次句人空三四春物人空之意交融與在象外卓然名句五六入悵然收句已竭不佳△　姚先生云此殆上元中劉展亂後之詩

李端　宿淮浦憶司空文明　起二句破題意平平三四叙題面周旋圓足五六寫淮浦卓然名句收敷衍平竭

贈郭駙馬　此與義山相近詩無足取

劉夢得　西塞山懷古　西塞山屬武昌府此地孫策周瑜桓玄劉裕事甚多此所懷獨王濬一事　此詩昔人皆入選然按以杜公詠懷古蹟則此詩無甚奇警勝妙大約夢得才人一直說去不見艱難喫力是其勝於諸家處然少頓挫沉鬱又無自己在詩內所以不及杜公愚以爲此無可學處不及樂天有面目格調猶足爲後人取法也後來王荆公七律似夢得然荆公却造句苦思用力有足取法處柳子厚才又大於夢得然境地得失與夢得相似至其五言則妙絶古今非劉所及矣

自是好詩

此亦懮亂之作意在言外

松滋渡望峽中　起句松滋渡以下七句皆峽中景有望

收二句俗氣

字意一直說去大氣直噴

送浙西李僕射相公赴鎮　此詩只首一句破題已盡以下皆從舊遊二字中生出五六正寫題位收致己意

同樂天送河南馮尹學士之任　起四句往復互說一句河南一句學士五六正敘之任

哭呂衡州　姚云呂溫以知雜御史貶道州徙衡州年四十　起突寫其卒中有哭意五六略展筆換氣　姚又云夢得此時亦在貶謫故以伯喈在朔方自比伯喈有為人作二碑三碑者故擬北還雖呂已有碑猶當為更撰也

楊景山　送人　六句皆敘舊思收二句送　姚云此必

姚此評方是發揮作者微指識力遠大處

此下柳詩何以不批

清溪小家樣

舊臣之子失志而投河北藩鎮者故不出其名衞州魏博管內非中朝士大夫往來仕宦之路過衞州則爲異域矣此其意最悽愴處　東閣參佐所居

王仲初　李處士故居　起句寫本居之景三四與在家外悽然耐想五六平滯收佳又繞回說悽愴

竇遺直　夏夜宿表兄宅話舊　起敘題兼寫景中二聯皆言情而眞摯動人收自然不費力而却有不盡之妙

白樂天　西湖留別　起二句敘題字字鍾鍊而出之不覺其爲對起三四跌出空圓警妙鹽腦運虛爲實五六周旋題面收句倒轉拍題用筆用意不肯使一直筆句句回

子厚花自深
曲何可輕議

旋曲折頓挫皆從意匠經營錘鍊而出不似夢得子厚但放筆直下也先歛後放變化沈約浮聲切響此等足取法矣然猶經營地上語耳杜公包有夢得子厚樂天而有精深華美不測之妙

錢塘湖春行　章法意匠與前詩相似而此加變化　佳處在象中有興有人在不比死句

夜歸　起句平點三四遠景五六警妙非常以歸後事收只八句說去往復一氣中層次情事有如一幅畫圖令人一一可按而見固非小才能辦

西湖晚歸回望孤山寺贈諸客　此題已如畫詩寫景工

而眞所以爲佳姚先生云非至西湖不知此寫景之工

起二句點題中四句小大遠近分寫皆回望中所見却以

結句逥掉點明復總寫一句收足所謂加倍起棱也起不

過敘點歸字而以窗字攢鍊出之

江樓夕望招客　起點敘次句中聯皆夕望中景招客收

姚先生摘末句云俚俗不可耐愚謂此尙無妨淸切有眞

趣較夜歸末句富貴氣爲優

庾樓曉望　按此詩筆路誠開俗人作俗詩一派不可入

選

與夢得沽酒閒飲且約後期　起得突兀老氣揮斥奇警。

可比杜公矣妙在第四句自外來招之入伴而融洽成一片故妙後半平衍而已却本色

寄殷協律　起以敘事爲點題浮雲自比三句與殷爲一類跌出四句如今寄詩往復一氣五六又回應首句收句又應次句此等猶見章法用筆用意隨手宛轉變化之妙

不比作死詩

欲與元八卜鄰先有是贈　此詩亦無可學處不爲身三字終未亮

昭昧詹言卷十八終

昭昧詹言卷十九

桐城方東樹

李義山

玉谿七律前人謂能嗣響杜公則誠未可輕視愚謂七律除杜公輞川兩正宗外大歷十子劉文房及白傅亦足稱宗尙皆不及義山義山別爲一派不可不精擇明辨

先君云七律中以文言敘俗情入妙者劉賓客也次則義山義山資之以藻飾樹謂所嫌於義山者政病其藻飾如太史公作文純乎古格忽攙六朝偶儷豈復成體孟堅猶近之蔚宗承祚駸駸乎下移矣義山之得失亦如是

藻飾是體格上事不得本節方以太史公文爲比不知律詩本是駢儷豈得比古文邪

前人論義山者多矣譬之譬之各有見地須善會之如蔡天啟謂其用事深僻語工而意不及范景文謂詩家病使事太多賀裳謂義山某某篇政如木蘭雖兜牟𧝓襠馳逐金戈鐵馬閒夢魂猶在鉛黛也又曰魏晉以降多工賦體義山猶兼比興愚謂藻飾太甚則比興隱而不見矣釋石林曰詩人論少陵忠君愛國一飯不忘而目義山爲浪子以綺麗華豔極玉臺金樓之體也以上諸論皆有見亦平允得實許彥周謂學義山可以藥淺易鄙俗之病愚謂不善學義山正恐得此病許蓄齋謂其編事之富謂爲不鄙陋耳不知編事富政是陋處

編事富反以爲陋然則儉腹者爲不陋邪

屈杜何嘗不華藻

義山以孤兒崛起自見於世一時鉅公爭相延攬亦可謂奇士矣然二十五歲始得第二十六歲始得昏奔走崎嶇兵亂閒卒擠困以死年僅中壽迹其生平足爲流涕然而讀其詩不能使人考其志事以興敬而起哀則皆其華藻掩沒其性情面目也如是而曰能得比興則三百篇屈子杜公獨無比興乎學者可因以知其故而謹所從事矣今就七律論之姚選三十二首最爲嚴潔則其可宗處固可明白而諸家訾之者亦可以息矣

漢南書事　起二句敘事崢嶸飛動起棱次二句議言亥武非人五六做明收應次句　宣宗大中四年討党項運

王濬先列得孫歆頭後杜預生獲歆時人以爲笑此言僞報軍功也方解誤

自不解耳何支晦拙滯之有

年無功成饋禾已上頗厭用兵政府不言武將貪功　先君曰三句言刀筆爲相不知大體收頌美宣宗深罪將相言帝好生定獲天佑也樹捘收句語意支離

隋師東　前四句將正義說定五六空中掉轉收換筆繞補餘意古人無不用章法　王濬破吳都督孫歆虜歆而還沈瑩言吳名將皆死幼少當任此亦言將帥幼少不足任也　太和二年東征李同捷王庭湊久未成功每有小勝則虛張首虜以邀厚賞朝廷竭力饋運不給滄州凋敝骸骨蔽地託詠煬帝征高麗故言前朝元菟郡樹捘凡此皆不免支晦拙滯五六句似亦責政府無人但無根又合

六句言宋不必以伐叛爲功此非命掌

并不爲複皆衰說也

掌此義山十六歲時少作也

重有感　前有有感故此曰重皆詠甘露之事錢龍惕箋得之半失之亦半　先君云懼文宗有望夷之禍望諸藩鎮同力救之即杜諸將之意而詩不及杜樹按此解得眞向來皆以首句專指王茂元非也至三句指劉從諫是也或乃斥其以稱兵犯闕望之者亦過論也要之此詩昔人皆從上選然細按之終未洽雖興象彪炳而骨理不清字句用事亦似有皮傅不精切之病如第四句與次句複又與第六句複是無章法也試觀杜公有此忙亂沓複錯履否末句從杜公哀哀寡婦句脫化來似沈著有望治平之

用典與否此自兩派不同無分高下

意而早晚七字不免飣餖僻晦明七子大都皆同此病然後知有本領與無本領懸絕如此蓋義山與明七子不過詩人志在學古人句格以爲詩而已非如陶杜韓蘇有本領從肺腑中流出故其措注用意語勢浩然而又出之以文從字順與經騷古文通源其餘詩人不過東牽西補塗飾揩柱以成室而已姑舉義山此一詩發其義例而學問之大凡胥視此矣　首句若非實指一人則起爲無著若實指王茂元一人則又偏枯與全詩章法不稱杜諸將一人則詠一人到底不似此單漏流移不定也潘次耕以此爲指王茂元

如此佳詩尚不識邪但嫌太露美刺耳

此評最是義山皆如此

寫意　先君云此思鄉之詩思上林望鄉也樹按此詩末句點題章法用筆略似杜三四句法亦似杜但不知此詩作於何地似是在蜀及判官時而以燕雁上林爲鄉支泛無謂五六寫思鄉之景句亦平滯

安定城樓　此太和元年王茂元自廣州爲涇原節度使義山在幕安定關內道涇州今屬平涼府　此詩脈理清句格似杜玩末句似幕中時有忌聞之者然用事穢雜與前不相稱

茂陵　先君云此詩全與武宗對儆一二言窮兵略遠三言田獵四言微行五言求仙六言近色末收尤妙又曰藏

鋒斂鍔於宏音壯采之中。七律無此法門，不善學者便入痴肥一派

籌筆驛　先君云：此詩人不得其解，以為布置不匀，不知武侯之能，倘待呆說，乎詩只詠蜀之亡天命為之關張句，尤有識力。起正賦題，第四句是主末只作襯收驛耳。又曰：恨有餘三字收足，樹按義山此等詩語意浩然，作用神䰟，眞不愧杜公。前人推為一大宗，豈虛也哉。但存此等三十二首而刪其晦僻支離輕豔流奕者，豈不洗淸面目，與天下相見，海峯多愛，不免濫登耳　起正賦題，三四轉，五句承第三句，六句承第四句，收離題有味　驛在綿州綿谷

縣

隋宮　先君云寓議論於敘事。無使事之跡。無論斷之跡。妙極妙極又曰純以虛字作用五六句與在象外活極妙極可謂絕作樹按江都離宮四十餘所只用紫淵。取紫微義。且選字豔色也。　上林賦紫淵經其北。唐人避高祖諱故作泉。

南朝姚末選　先君云此專爲陳後主而作吐屬狡而婉敘致錯綜變化前四句中敘四代興亡全不費力却又賓主跌宕變化不可方物詠古極則也宋元嘉三十三年立玄武湖齊武帝立雞鳴埭宋之荒而爲齊齊之荒而爲梁第

実評

此却有緣但終不失為佳製耳

三句爲主句言後主蹈東昏覆轍後主時天火焚寺塔六句指其事也又曰五六所謂天人皆以告而君臣俱在醉夢中可歎也又曰此詩略近隋宮樹謂隋宮又遜籌筆驛以用事太濃下筆太輕秘開作俗詩派

馬嵬　起句言方士求神不得乃跌起三四就驛舍追想言之即所謂此日也五六及收亦是傷於輕利流便近巧不可不辨

曲江　注云太和九年復濬昆明曲江二池十一月遂有甘露之變十二月勅罷修曲江亭館此詩前四句追賦玄宗貴妃後四句言王涯等被禍憂在王室愚謂收句欲深

反晦

九成宮　敘述華妙用事精深五六寫景收即物取象妙極　先君云荔橘夏熟故貢於九成宮紫泥天書只爲二物諷刺極刻然不覺故妙又曰聯對之工楊劉所能其平平寫去不卹民依之意自見言之無罪聞之足戒則楊劉無此作用又曰風雲根避暑來樹按此方是義山本色正宗如建章宮殿規制應繩

題道靜院　此即事小詩清切可取不及過武威莊高華壯闊足爲式則也　起二句言王中丞所置院三四言刺史居此五六寫眞以自家作收

此有所刺不嫌輕薄

展卿於詩識力高植之多矣

聖女祠　起二句祠三四聖女五六及收輕薄不爲佳

重過聖女祠　起句祠次句聖女三四合寫五六及收以古人襯貼亦未足法又無謂此詩可以不選

井絡　此與太白蜀道難杜公劍川同意皆杜奸雄覬覦先君云前半地形合東西言之。後半人事次句乃通首主句五六句即承明此意以兩代興亡大事。證明不能恃險。

潭州　姚未選　隋改湘州爲潭州取昭潭爲名今長沙府屬

按義山於會昌四年至潭州從楊嗣復也此亦是詠懷古蹟以第二句爲主而下俱即潭之事以言之詩亦平平可不入選七句人不至或指劉蕡

淡語耳不爲病

鄭州獻從叔舍人褒　大約李褒好道起郎煙霞與鐘鼎遠以稱之金龍雖用道家仍切舍人主撰文牋奏是時褒爲鄭州刺史而曰舍人蓋寄祿也五六用黃紙紫泥與此同皆雙關也收用陶華陽三層樓自言來訪也　此詩亦無勝可選但有秀句而已三官主考讁豈比刺史耶用事似精切而不免東餐西宿開俗詩塗飾之派

贈鄭協律哲　孫謝指安平公崔戎及令狐也五六是追感郎起下收意猶云客散盃嘗門也義山與鄭皆與安平有戚誼

贈鄭讜處士　六句謂鄭收乃自指起句浮滑此不如杜

公因許八寄江寧旻上人

留贈旻之　此詩用意亦輕浮且起二句又與朝迴不切時將赴職而曰歸客亦未解想亦預指他日言之

贈別前蔚州契苾使君　何力之子孫也收句用郅都言其職事也切使君

寄令狐學士　句法雄傑是時欲解怨於綯不然不全作贊美之辭然吐屬大雅名貴首言地居禁近次親幸日深榮寵如此玉堂天上自謂分所應得豈復憶念故友末以汲引望之仍自留身分

子初郊墅　此詩佳開放翁東坡　起句子初以下郊墅

收佳似白

哭劉蕡　一起沈痛先敘情三四追溯五六頓轉收親切

沈著先將正意作棱次融敘而三四又每句用棱此祕法

也

過故府武威公交城舊莊感事　交城太原府屬縣　先

君云起二句交城舊莊原委晉水虞叔祠交城舊莊乃茂

元先世故業茂元乃鄜坊節度使王栖曜子故以信陵擬

之茂元授忠武管許陳蔡三州又授河陽管懷孟衛三州

故曰六州接郊畿三字太湊三四壯偉五六細緻

九日　此感舊作也流美圓轉之作義山貪用事多不忍

離席作以通首合看不似前首末句微露也收句變幻深殊不似杜

剖如此此旨猶何所指也又不避楚諱皆不可之大者義山十七歲受知於楚在天平幕

少年　但刺其奢淫耳起結佳

富平少侯　不及前詩此義山十四歲時少作

杜工部蜀中離席　先君云此擬杜體也然深厚曲折處不及聲調似之　離席起蜀中結　松州今松潘衛

二月二日　此即事即景詩也五六闊大收妙出場起句敘下三句景後半情此詩似杜公此時從令狐崔戎在華州時年二十一歲　此在東川懷歸作

昭昧詹言卷十九終

昭昧詹言卷二十

桐城方東樹

蘇黄

蘇子瞻　東坡只用長慶體格不必高而自以眞骨面目與天下相見隨意吐屬自然高妙奇氣峍兀情景湧見如在目前此豈樂天平敘淺易可及輞川之聲色華妙東川之章法往復義山之藻飾琢鍊山谷之有意兀傲皆一舉而空之絶無依傍故是古今奇才無兩自别爲一種筆墨脱盡蹊徑之外彼世之凡才陋士腹儉情鄙率以其滑易卑熟淺近之語侈然自命爲吾學蘇也而蘇遂流毒天

下矣政與太白同一爲人受過然其才大學富用事奔湊亦開俗人流易滑輕之病

題寶雞縣斯飛閣　此思歸作也起逑作詩本意中四寫閣下所望之景奇警如見收曲折又應起處不得歸意

宿九仙山　起二句敘題本事三四就本事點化自然高妙後半所謂大家作詩自吐胸臆兀傲奇橫不屑屑切貼裁製工巧如西崑纖麗之體也

病中遊祖塔院　先寫遊時景與情事風味別勝不比凡境三四寫院中景五六還題病中兼切二祖收將院僧自已綰合亦自然本地風光不是從外插入

孤山柏堂　只如題敘去而興象老氣自然如秦漢法物非近觀時玩公之本色在此嘗謂坡詩不可學學則入於率直無聲色留人處所謂學我者死

竹閣　用本色敘題三句一例而用事尤入妙如此豈他人所及五六還竹仍切白結句超妙入仙遊祖塔院安心竹閣海山白鶴用事切而點化入妙李義山所不能　古人用事用字未有無端强入以誇博及隨手塡湊以足吾句字爲食料者也白鶴言不重來即茫然意至蕭郎及渭上尤人所不能及必如此方可謂之深博今人非不用事只是取題之合頰者編之不能如此切也世人皆學東坡

拉雜用事頃刻可以信手填湊成篇而不解其運用點化妙切之至於斯也

開運鹽河是日宿水陸寺寄北山僧清順　起敘題而其景如畫三四水陸寺五六宿時情景收宿字及寄清順

秀州報本禪院鄉僧文長老方丈 並下三首　只著意鄉情詞意眞切而造語偶儻奇警令人吟詠不盡　三首用圓澤事尤妙

正月二十日與潘郭二生出郊尋春　此詩無奇開凡庸滑調

和子由澠池懷舊　此詩人所共賞然余不甚喜以其流

飛鴻印雪留爲千古故實

此坡律之極佳者在氣勢質健不以格調論也

此亦觀其意境之高卓

易

壺中九華　一起奇氣後半平易近人

有美堂暴雨　奇氣

次韻穆父尚書侍祠郊邱　只五六佳三四宋調吾不取

八月七日初入贛過惶恐灘　此亦宋調吾不取

儋耳　三四奇警

予以事繫獄吏臺獄遺子由　此亦宋調雖有警句吾不取

贈虔州術士謝晉臣　此首妙有奇氣章法亦往復

與秦太虛參寥會於松江關彥長徐安中適至　前半奇

氣

與述古自有美堂乘月夜歸　前四句往復有味

次韻述古過周長官夜飲　太快無頓挫

祭常山回小獵　瑰瑋五六境象佳

張子野買妾述古令作詩　無味

朝雲詩　無留人處

出潁口初見淮山是日至壽州　奇氣一片

壽星院寒碧軒　奇氣一片

黄山谷　山谷之學杜絶去形摹盡洗面目全在作用意匠經營善學得體古今一人而已論山谷者惟舊塢惜抱

二姚先生之言最精當後人無以易也
欲知黃詩須先知杜眞能知杜則知黃矣杜七律所以橫絕諸家只是沈著頓挫恣肆變化陽開陰合不可方物山谷之學專在此等處所謂作用義山之學在句法氣格空同專在形貌三人之中以山谷爲最此定論矣
題樊侯廟　此卽詠懷古蹟詩中句句有題廟之人在所以爲得眞用　起二句先寫廟兀傲三四點題跌入五六事外遠致卽歲時村翁意收仍寫景餘音不窮較入議論墮理趣窠臼者超絕入妙　詠古最忌入議論墮學究腐套若但搜用本題故實裁對工巧爲編事之詩尤爲下劣

義山亦沈著恣肆縱宕開合不如此不爲大家矣

吾不喜此詩以其無味

姿說

大家只自吐胸臆或以題爲賓借作指點則必有實事及已所處以相感發又章法變化出以奇詞傑句此雖言詠古而凡作詩發付題目皆然矣若題緒多者則又以曲細交代還題爲工即此是詩律也

徐孺子祠堂　與前題同起二句分點三四寫景五六所謂借感自已收切祠堂高超入妙即五六句中意今人尚笑古人冷淡則我安得不爲人笑但有志者不顧也末句所謂興也言外之妙不可執著姚先生云自吐胸臆兀傲縱橫豈以儷事爲尚哉三四即老杜杉松二意

紅蕉洞獨宿　此悼亡詩以第二句爲主三四情景交融

即如所解亦無味之至矣姚評推許亦過

亦無味言情處亦之深致

此則佳矣

切宿字所謂奇詞傑句者後半只敘情而已

池口風雨留三日　起句順點次句夾寫夾敘三四以物爲興兼比五六以入爲興收出場入妙此詩別有風味一

洗腥腴

登快閣　起四句且敘且寫一往浩然五六句對意流行收尤豪放此所謂寓單行之氣於排偶之中者姚先生云能移太白歌行於律詩愚謂小謝冬日晚節事隙等篇山谷所全本可悟爲詩之理

夏日夢伯兄寄江南　一起四句亦是一氣而出五六句意生新特避熟法收補出題外更深親切　此等詩只是

無味

豈有如此作法

此首語意生新

眞清新古健不膩不弱不熟不俗不與時人近讀之久自然超出尋常滑俗蹊徑從王仲初李處士故居出

贈清隱持正禪師　意味字句清超不食煙火山谷本色

題息軒　三四皆從次句竹字與出五六切息字即起收意前四句軒後四句息

郭明府作西齋於穎尾請予賦詩　起原題三四作齋五六還題收入自己然余嫌其習氣空套

題安福李令朝華亭　先寫亭中四句亭上所見三四又切朝字以爲合結五六形容活相造句奇警

送彭南陽　起四句一氣湧出五六切令尹姚先生云結

此等詩佳處當於氣象豪縱處觀之山谷多琢鍊則尤難也

淺直不佳　大約類敘情事細細貼題出之以對偶使人不覺寓單行於排偶而又極自然無强梗齟齬所以爲佳此是一派

答龍門潘秀才見寄　起兀傲一氣湧出三四頓挫五六略衍收出場然余嫌多成空套山谷最有此病不足爲法如出門一笑大江横亦然

寄黃幾復　亦是一起浩然一氣湧出五六一頓結句與前一樣筆法山谷兀傲縱横一氣湧現然專學之恐流入空滑須慎之

道中寄景珍兼簡庾元鎮　前六句寄景珍七八簡庾

此詩句句頓挫不使一直筆順接三四言久不相見以單行爲對偶令人不覺五六兜回可謂奇勢不測結句意不甚醒

次韻奉寄子由　平叙起次句接得不測不覺其爲對筆勢宏放三四卽從次句生出更橫闊五六始入題敘情收別有情事親切言彼此皆有兄弟之思非如前諸結句之空套也　此詩足供揣摩取法　次元明韻也元明名大臨山谷兄

和高仲本喜相見　次句點題卻以首句跌襯起唐人多此法三四入高事實接法兀傲後半平衍而已

結句古人常談極應嗤弃方氏拘泥題中示字尤可咲也

和師厚郊居示里中諸君　六句皆郊居事情景結句乃所示之意△

次韻答柳通叟求田問舍之詩　首二句先爲解釋識趣高人一等以下又極言其得意樂趣收足求田問舍不得已之心

次韻寅菴　通首皆寫寅菴自得之趣而措語淸高不雜一毫塵俗氣讀山谷詩皆當以此求之世間一切厨饌腥螻意義語句皆絶去所以謂之高雅脫去凡俗在此

雲濤石　起句言此石點題次句分兩半上四字石下三字言雲濤三四一句濤一句雲五句石六句又雲濤七八

以雲濤言如在舟中值此時景全是以實形虛小題大做極遠大之勢可謂奇想高妙小家但以刻畫為工安能夢見此境按姚選作雲谿石

次韻宋楙宗僦居甘泉坊雪後書懷　起四句敘宋族氏行歷仕不得志故云云五六僦居收切雪又貼書懷

次韻宋楙宗三月十四日到西池都人盛觀翰林公出游

前四出游後四蘇公

次韻柳通叟寄王文通　起敘事往復頓挫後半雖衍而有遠趣

元明題哥羅驛竹枝詞　起二句突兀奡密三四別樣五

六生辣六句作三種筆勢結句衍意竭無妙

題落星寺　此摹杜公終明府水樓音節氣味逼肖而別出一段風趣大約杜公無不包有山谷讀杜則可不必讀山谷然不讀山谷則不悟學杜門徑政可微會深思　此詩只以首二句爲主以下皆寫深屋之景而中有賦詩之翁在以上姚選盡此劉選可不錄

補遺

陸務觀

渡浮橋至南臺　起敘至南臺之由是從題前著神次句入題三四寫浮橋琢句奇闢五六至南臺語句俯仰生情

收入自己兼映起句

晚泊　前四句情景交融五六晚泊之景收亦自然

黄州　此非詠黄州也。胸中無限淒涼悲感適於黄州發之。起自詠三四卽景生感五六寫行役情景收卽黄州指點以抒悲

綿州魏成縣驛中有羅江東詩云芳草有情皆礙馬好雲無處不遮樓戲用其韻　前四西游情興五六魏成驛景收所謂戲也

倚樓　倚樓而自傷老大也亦是直抒胸臆而有情無景語之含蓄使杜公爲之必不似此然豪健自不可及

歎詩得之不獨此詩凡古今名人之作皆如是也方氏乃斤斤於題中字義不大可咲乎

六句七句皆景也

當於神氣縱宕超忽處求之否則不知其妙境何在矣筆意生新四字與此詩了不相干也

三四似宋語耳句法非不雄遒第四句尤粗

登荔枝樓　起二興象華妙三四所以登樓之故五六登樓後留戀收意親切有味

南定樓遇急雨　起敘行迹三南定樓四急雨五六當前景事收入思鄉而筆意生新

月下自三橋汎舟歸三山　起敘題三四有聲色繪景五六細景入己收

成都大閼　起敘題兼寫景三四句法雄遒五六濟以和緩收嫌太盡

山寺　從題前起三四境象逼眞五六入己情事收意味深長

六月十四日宿東林寺　通首情景交融收有奇氣

游修覺寺　一起敘游三四寺外所見五六因景地而感時興慨收衍

自合江亭涉江至趙園　先敘所以至園之故所謂命脈也三四涉江之景五六至園後景事清新

自芳華樓過瑶林莊　中二聯有致

題繡川驛　只首句道破正意以下將情事緯之遂爾一往情深

將至京口　起句著題次句卻又掉轉不見痕跡三四舟次之景五六京口以餘意作結第五句稍遜

泝谿　起所泝之地次泝谿之人三四拓開四句入正位五六谿景結入己意

早自烏龍廟歸　起破早歸三四烏龍廟景五六歸途心境收歸後情景

宴西樓　起句樓次句宴三四宴而動客思感時節五六寫樓景事收既宴而歸

游山西村　以游村情事作起徐言境地之幽風俗之美願爲頻來之約

冬夜泛舟有懷山南戎幕　以泛舟起中四舟行夜景收懷戎幕

五六極爲奇趣

姚氏塗抹第六句吾謂五句尤拙收淺率

此收較勝以其神氣迸出也

出城　起敘出城帶寫景三句邊開微勒轉五六城外景收意生新

西村　情景交融情空如繪佳製也

題湖邊旗亭　起敘時令次及游湖三四人地分點五六湖景收乃游樂而題詩也

七十　後半雖佳究是凡調

寒食　起句精湛三四尤遒勁

春日園中作　三四名句

秋夜　前半題正面後四感秋情思

秋思　起句秋次點人三四秋景以下所思之事

新籬　句句簇新

初夏新晴　情韻温醇

書憤　志在立功而有才不遇奄忽就衰故思之而有憤也妙在三四句兼寫景象聲色動人否則近於枯竭

書感　前半興感之由五六開合自詠收兼及景亦是詩家聲色處

書事　氣象彪炳一氣呵成然學之便嫌流易

枕上作　蒼鬱之氣溢於紙上

臥病書懷　前四病況五六書懷結縱筆自慨

病起小飲　琢句新巧

放翁只如此殊傷平淡

此首佳以收筆能頓挫也

精警并不頹放

醉中戲作　狀少年豪舉興象勃然妙在五六兜轉收意亦不蕭索

安流亭俟客不至獨坐成詠　憶昔二字貫下六句結句挽回馬影一聯沈雄有切響

夢至成都悵然有作　務觀頹放之態於此詩大可概見

秋夜思南鄭軍中　起勢崢嶸飛動餘亦往復頓挫

懷南鄭舊游　句法工鍊

因王給事回使奉寄　起己所處地情事四句入使五自詠作襯六句起下結寄王之意

雨泊趙屯有感　以旅情起次入泊舟三四雨五六趙屯

風景結入己情

歸次漢中境上　從題前起次入歸三四漢中境上後半

感時憂事

赴成都泛舟明年下三峽　吐屬大雅五六句法精警

留題雲門草堂　志和音雅

雪晴行益昌道中頗有春思　前四句搏結周密五六寫

春意兼引入己情收出場

舟行蘄黃間得便風有感　起二兩韾得便風三四奇警

五六入己

秋晚登城北門　先敘題面三四切地寫景後半入己情

此放翁出色之作三四生氣奮出千古常新

纒綿蘊藉

夜半千峰樹　沈雄蒼莽俯仰悲歌

夜泊水村　前六句自詠收二拍題

小舟過御園　起點御園

曳策　起點房園次曳策中四寫景切時五六切地

初夏閒居　起初夏次閒居三四夏景五六時事收入己

江樓醉中作　造句雄傑

春遊　繪景細膩而出以雅馴

萬里橋江上習射　起有遠勢三四寬博五六較遜收語

此等語放翁習見此首較傑拔

亦豪

泊公安縣　意亦猶是而以凡傲之氣行之便覺起股凡

風順舟行甚疾處書　一氣轉折遒勁雄渾

案寫魂妙手

十二月初一得梅一枝絕奇戲作長句　骨冷神清是詩

一直寫盡此爲斲輪手段

關篌　曲折盤礴將題面遍到收句方行歸出卻又不肯

新夏處事　前半新夏後半處事恰真語樣意境絕佳

後寓歎　收意沈痛

嗇無窮

感懷　起有建瓴之勢三四關大五六題之正位收意含

境

昭昧詹言卷二十終

擧其大要者擧隅待反之意并非恐人小覷者其道本小雖不喋喋膚詞大浮

昭昧詹言卷二十一

桐城方東樹

附論諸家詩話

昔之論詩者衆矣然其言亦互有得失今略采其言之尤雅而可爲要約者若干條於左閒亦附按語以訂正之謝茂秦曰古人論詩舉其大要未嘗喋喋以洩眞機恐人小其道也△然則余此所纂陋矣

鍾記室云氣之動物物之感人故搖蕩性情形諸舞詠照燭三才暉麗萬有靈祇待之以致饗幽微藉之以昭告動天地感鬼神莫近於詩故詩有六義焉一曰興二曰比三

曰賦文盡意而有餘興也因物喻志比也直書其事寓言
寫物賦也宏斯三義酌而用之幹之以風力潤之以丹彩
使詠之者無極聞之者動心是詩之至也若專用比興則
患在意深意深則詞躓若但用賦體則患在意浮意浮則
文散嬉成流移文無止泊有蕪蔓之累矣若乃春風春鳥
秋月秋蟬夏雲暑雨冬月祁寒斯四候之感諸詠者也嘉
會寄詩以親離羣託詩以怨至於楚臣去境漢妾辭宮或
骨橫朔野或魂逐飛蓬或負戈從戎殺氣雄邊塞客衣單
孀閨淚盡或士有解佩出朝一去忘返女有揚蛾入寵再
盼傾國凡斯種種感蕩心靈非陳詩何以展其義非長歌

何以騁其情故曰詩可以羣可以怨使窮賤易安幽居靡悶莫尙於詩矣故詞人作者罔不愛好

皎然云詩人皆以徵古爲用事不必盡然也今且於六義之中略論比興取象曰比取義曰興義卽象中之義凡禽魚草木人物名數萬象之中義類同者盡入比興關雎卽其義也如陶公以孤雲比貧士鮑照以直比朱絃以清比玉壺時人呼比爲用事呼用事爲比如陸機齊謳行鄙哉牛山歎未及至人情爽鳩苟已徂吾子安得停此規諫之意是用事非比也如康樂公還舊園作偶與張邴合久欲歸東山此敘志之意是比非用事也詳味可知愚謂比但

有物象耳興則有義義者因物感觸言在此而意寄於彼知此則言外皆有餘味而不盡於句中如將軍舊壓三司貴言盡而意亦盡於此矣無餘味劉賓客皆有味與在象外也

詩不假修飾任其醜朴但風韻正天眞全即名上等予曰不然無鹽闕容而有德曷若文王太姒有容有德乎又曰不苦思苦思則喪自然之質此亦不然夫不入虎穴焉得虎子。取境之時。須至難至險。始見奇局。成篇之後觀其氣貌有似等閒不思而得此高手也

氣足而不失於怒張力勁而不露情多而不暗意度盤礴

由深於作用勿以虛誕爲高古以緩漫爲沖淡以詭怪爲新奇但見性情不覩文字蓋詣道極也

謝茂秦曰詩有三等語堂上語堂下語階下語上官臨下官動有昂然氣象開口自別下官復上官所言殊有條理不免局促之象若訟者罪囚說得極詳猶恐不能勝人愚案堂上語者大家粗服亂頭皆有自得之象堂下語者名家工妙句也階下語則如今俗人之詩牆陰屋角老夫老嫗騃童愚婦刺刺不休之言然學堂上語又易成客氣假象必如杜公所云秦王時在坐眞氣驚戶牖斯爲眞也

司空表聖云思無近瘐竊謂陳后山時犯此病卽曹洞禪

此理顛撲不破

所譏十成死句也

王小美云談詩者謂七言律不可一句兩入故事一篇中不可重犯故事然作詩精神到處隨分自佳縱使犯此不覺痕跡亦自無傷如太白峨眉山月歌四句入地名者五殊不厭重複

范德機云實字多則健虛字多則弱。愚謂此亦不然如杜送鄭廣文東閣官梅李義山隋宮曲折頓挫全以虛爲用先子評義山茂陵詩曰藏鋒歛鍔於宏音壯采之中七律無此法門不善學者便入痴肥一派此言用實字之佳處然樹以義山此詩仍賴斡虛字撥掉不全用實字也惟楊

不盡然

升菴詩則全是痴肥余不甚喜之

陸仲昭云事多而寡用之意多而約出之

杜公善於摹寫工於體物愚謂必力思此二事

王小美云少陵多變態有深句有雄句有老句有秀句有險句有拙累句

謝茂秦曰立意易措詞難

詩宜擇韻宜忌粗俗字忠孝字不宜輕用愚謂亦在善用之耳

詩有三法事情景嚴羽譬之劊子手殺人直取心肝作詩知要緊下手處便了局得快也指此三者直取之也

作詩本乎情景情景有異同摹寫有難易詩有二要莫切於斯觀則同於外感則異於內當力使內外如一出入此心而無間也景乃詩之媒情乃詩之胚合而爲詩以數言而統萬形元氣渾成慁謂情景有深淺摹寫有工拙措語有雅俗

詩乃摹寫情景之具情融乎內而深且長景耀乎外而眞且實或則情多或則景多皆有偏而不融之病卽造化不完范德機曰善詩者就景中寫意不善詩者去意中尋景惟杜公情景匀稱江盈科論杜夔詩象境傳神使人讀之山川奇嶇挺峙居然在眼

凡字異而意同者不可概用宜分平彼此此先聲律而後義意如禽不如鳥翔不如飛蔡不如龜涼不如寒勿專於義意而忽於聲律

正言直述易於窮盡而難於感發人意託物寓情形容摹寫反覆詠歎以俟人之自得所以貴比興也

又貴實而虛之預說他時如杜十二月一日是也當衰偏說盛在此偏說彼如秋興是也在今說往日漢陂是也指古人說今人因今人弔古人因物以及人因送人及彼主人因假說真如題畫諸詩是也凡皆以避正說實說無味易盡也

李西涯云詩貴不經人道按此語須善會循是而爲之恐入於怪俗奇險入小家派語不驚人死不休意亦同但造語奇僻耳

質而不俚所以可貴㝉詩正以多俚耳然其佳者不可掩朱子不喜㝉詩山谷專宗㝉詩昔人聚訟不決吾以爲皆是也眞用功則自見之勿主一廢一

陸時雍言詩之病在過求過求則眞隱而僞行矣愚按過求二字不可解大約言勿太著意於一偏反使眞意眞相斷滅故舉爲才使爲意使爲詞使爲氣使諸病而又舉李嘉祐野棠自發空流水江燕初飛不見人以爲上猶帶琢

下句則眞相自然矣可以此會之或爲才使或爲氣使或爲詞使或爲典故使或爲意使人有外藉以爲使者則眞相隱矣故詩不可偏過有所倚則客氣乘而眞意奪陸君所謂過也

謝茂秦曰得句不在遲速以工爲主造句遲則愈見其工詩不厭改貴乎精也作詩勿自滿有未工者若識者詆訶則易之作詩要割愛有相妨者離之雙美合之兩傷宜割愛置之再加沈思自得警句空同極苦思詩成一二句不工即棄之愚謂句工不專造遲如朱子論秦少游可見但戒率意滑易耳又按陸士衡曰苟背義而傷道雖甚愛而

必捐吾鄉隱士賣菜翁告戴褐夫曰爲文之道割愛而已皆可與茂秦言相發

凡作近體詩誦要好聽要好觀要好講要好誦之行雲流水聽之金聲玉振觀之明霞散綺講之獨繭抽絲此詩家四關一關不過卽非作家愚謂尤在講之精深有法律運用

詩有造化美玉微瑕未爲全寶是造化未完也

悲歡皆出乎興非興則造語不工歡喜詩興中得者宜短章悲感詩興中得者更佳千言反覆愈長愈健熟讀李杜全集方知無處無時而非興也

律詩中兩聯貴乎一濃一淡若中兩聯前濃後淡則可若前後濃中淡則不可有八句皆濃者唐四傑有之八句皆淡者韋孟有之愚謂五言八句可以皆淡七言則不可

平仄四聲有輕重抑揚之分凡七言八句起承轉合亦具四聲歌則抑之揚之靡不盡妙如杜兵戈不見老萊衣此如平聲揚之我已無家二句如上聲抑之黃牛二句如去聲揚之此別二句如入聲抑之也夫平仄以成句抑揚以合調揚多抑少則調勻抑多揚少則調促如杜朝元閣上西風急都入長楊作兩聲上句閣急二入聲抑揚相稱歌之則爲中和調矣王少伯玉顏不及寒鴉色猶帶昭陽日

影來上句玉不及色四人聲抑之太過下句一入聲歌則疾徐有節矣劉禹錫種桃道士歸何處前度劉郎今又來上句四去聲揚之又揚歌則太硬

一句一意摘一句亦成詩一篇一意摘一句不成詩也

詩人養氣蘊乎內著乎外初盛諸家有雄渾如大海奔濤秀拔如孤峯峭壁壯麗如層樓疊閣古雅如瑤琴朱絃老健如朔漠橫雕清逸如九臯鳴鶴明淨如泰山積雪高遠如長空片雲芳潤如露蕙春蘭奇彩如鯨波蜃氣此見諸家所養之不同也學者能集衆長合而爲一則爲全味矣愚謂此不易言也惟子美能之耳有三說論品藻可以合

參今附錄於後

王歸叟云方回言學於前輩得八句云平淡不流於淺俗奇古不鄰於怪僻題詩不窘於物象敘事不病於聲律比興深者通物理用事工者如己出格見於成篇渾然不可鐫氣出於言外浩然不可曲盡心於此守而勿失

蔡條云有人答書生詩云百首如一首卷終如卷初譏其不能變態也愚謂今人刻集汗牛兼輛其稱佳者病皆若此不佳者勿論矣

胡苕溪云人得一節皆自名所長自杜甫渾涵汪洋千

彙萬狀兼古今而有之他人不足甫乃厭餘殘膏剩馥沾匄後人多矣故元微之云詩人以來未有如子美者秦少游云蘇李長於高妙曹劉長於豪逸陶阮長於沖淡謝鮑長於峻潔徐庾長於藻麗杜公窮高妙之格極豪逸之氣包沖淡之趣兼峻潔之資備藻麗之態而諸家之外所不及焉

同則太熟不同則太生二者似易實難使其堅不可脫則能近而不熟遠而不生

戴叔倫旅館誰相問寒燈獨可親一年將盡夜萬里未歸人寥落悲前事支離笑此身愁懷與衰鬢明日又逢春觀

此體輕氣浮如葉子金非錠子金凡五言律兩聯若綱目四條辭不必詳意不必貫此皆上句生下句之意八句意相聯連中無罅隙何以含蓄頷聯雖曲盡旅況然兩句一意合則味長離則味短晚唐人多此句法因勉更六句云燈火石頭驛風煙揚子津一年將盡夜萬里未歸人萍梗南浮越功名西向秦明朝對清鏡衰病又逢春

古人詩譬行長安大道不由狹邪小徑以正爲趨則通於四海略無阻滯若李杜則飄逸沉重之不同行皆大步本朝有學子美太白者則不免蹈襲亦有避其故跡者雖由大道而跬步之間或中或旁或緩或急此所以異乎李杜

而轉折多矣夫大道乃盛唐諸公之所共由者予但由乎
中正自能成家

自然妙者爲上精工者次之此著力不著力之分學之者
不必專一而逼眞也專於陶者失之淺易專於謝者失之
餖飣

鍊句須渾然一字不工乃造物之不完如許渾獨愁秦樹
老孤夢楚山遙此上一字欠工宜易羇愁秦樹老歸夢楚
山遙無可山春南去雁楚夜北歸鴻此亦上一字欠工宜
易江春南去雁關夜北歸鴻周朴巷有千家月人無萬里
心此中二字未工易巷泠幾家月人孤萬里心按茂秦所

改皆宜商

顧亭林曰詩言志詩之本也太師陳之以觀民風詩之用也荀子論小雅曰疾今之政以思往者其言有文焉其聲有哀焉此詩之情也建安以逮齊梁辭人之賦麗以淫失詩之旨矣詩文之所以代變有不得不變者一代之文沿襲已久不容人人皆道今取古人之陳言而一一摹倣之可乎不似則失其所以爲詩似之則失其所以爲我

馮鈍吟云庾子山詩太白得其清新杜公得其縱橫

昔人謂正人不宜作豔詩此說甚正賀裳駁之非也如淵明閑情賦可以不作後世循之直是輕薄淫褻最誤子弟

如王次回朱竹垞名教罪人豈可託之周公東山之詠耶

李空同效義山作無題想見其胸中無識

皇甫子循云或謂詩不應苦思苦思則喪其天眞此語不然語欲妥貼字必推敲一字之瑕直害其句一句之累併害其篇

王元美云七言律篇法之妙有不見句法者句法之妙有不見字法者有俱屬象而妙者有俱屬意而妙者有俱作高調而妙者有直下不偶對而妙者皆興與境詣神與天會愚謂此惟杜公及山谷有之而不可輕擬黃鶴樓鸚鵡洲亦是如此

勿和韻勿拈險韻勿用傍韻勿偏枯勿求理勿搜僻勿用六朝强造語勿用大歷以後事

大歷高岑王李之後才情所發偶與境會了不自知其墮者如到來函谷愁中月歸去磻溪夢裏山鴻雁不堪愁裏聽雲山况是客中過草色全經細雨濕花枝欲動春風寒非不佳致已隱隱逗漏錢劉出來至百年强半仕三已五畝就荒天一涯便是長慶以後手段吾故曰衰中有盛盛中有衰各含機藏隙盛者得衰而變之功在創始衰者得盛而沿之弊在趨下

律句有必不可入古者古詩字有必不可爲律者然非多

熟古詩未有能以律詩高天下者也

李西涯楊鐵崖都作樂府何嘗是來

李東川七律最響亮整肅

許身稷契衙官屈宋又不足言矣

大美刻意杜陵所未滿者意多於景耳愚謂此語今人多不悟余七律亦犯此病當極思變以進

詩不惟體顧取諸性情何如耳若不惟性情但以新聲取異安知今不經入道語非他日陳言乎萬古常新只有一眞耳

嚴首昇曰七言下三字須出上四字意外二句中勿將下

句作上句注古詩亦然

元次山苦直易詳盡無餘可蓄又往往題佳於詩使觀者失望於詩又有詩複於序之病人皆喜其序予正嫌其多

一序也序與詩宜互見不宜重見詳略異同自有法

近體收煞宜老古體煞句宜活涪翁云如雜劇然要打諢出場然亦見戲不得要令人快不宜令人作笑柄

偷襲是詩家首禁王摩詰佳處强半襲舊故摩詰詩不可再襲

遇物抒懷或慈或俠或憤或適是有萬物皆備反身而誠之實愚按此亦惟杜公有然秦中雜詩二十首可見

古人事詞在經史中如嘉樹怪石在山海中移入詩文便如在園亭中李杜園亭大他人小採花石者須於山海勿於園亭

謝茂秦曰搥金爲葉氣體輕不如錠子金劉隨州五言長城與少陵比則輕重不侔

宋漫叟云東坡善用事旣顯易讀又切當

古人詩不厭改所以有日煆月鍊之語

呂居仁云詩貴警策但晉宋人專致力於此又失於綺靡而無高古氣味

爲詩常患意不屬即不若且休

謝無逸謂老杜有自然不做底語到極至處亦有雕琢語
到極至處
學古人詩須知其有短處如子美有近質處東坡有汗漫
處山谷有太尖巧處
老杜歌行最見次第出入本末而東坡長句波瀾浩大變
化不測如作雜劇打猛諢入卻又打猛諢出也
詠物詩不待分明說盡只髣髴形容自然已到如義山雨
詩摵摵度瓜園依依傍水軒東坡云賦詩必此詩定知非
詩人然如魯直猩毛筆用事切當又必此詩也
潘邠老言七言詩第五字要響五言詩第三字要響如返

照入江翻石壁歸雲擁樹失山村翻字失字圓荷浮小葉細麥落輕花浮字落字所謂響者致力處余卻以爲字字當響

老杜云新詩改罷自長吟文字頻改功夫自進歐公作文時加竄定有終篇不留一字者山谷長年多定前作

周竹坡云作詩正欲寫所見不必過於奇險因舉杜公夜深殿突兀風動金琅璫當身見之乃知其妙

有明上人作詩甚艱求捷法於東坡坡作兩頌與之云字字覓奇險節節累枝葉咬嚼三十年轉更無相涉衝口出常言法度法前軌人言非妙處妙處在於是余謂此二法

南豐詩不可謂不工

皆須活參如會南豐中前一病而謝鮑以此得之白傳東
坡得後一說之妙而俗人以此失之不得執著此語
張正民云篇章以含蓄天成爲上破碎雕鎪爲下西崑非
不工而弄斧操斤太甚長吉非不奇而牛鬼蛇神太甚
精粗不可不擇也不擇則龍蛇蛙蚓相雜矣
斯文盛於漢魏衰於齊梁樹按杜公云縱使王楊操翰墨
劣於漢魏近風騷又云竊攀屈宋宜方駕恐與齊梁作後
塵杜公意屈宋當攀但不可沿其流弊至爲齊梁耳始終
薄齊梁言王楊尚不至此又論杜公無美不備有窺其一
二便可名家況深造而具體者乎由表臣之言則李及韓

蘇黄皆未能及也

姜白石曰詩有氣象體面血脈韻度氣象欲其渾厚體面欲其宏大血脈欲其貫穿而忌露韻度欲其飄逸而忌輕雕刻傷氣若過拙而無委曲又不是

人所易言我寡言之人所難言我易言之

難說處一語而盡易說處莫便放過僻事實用熟事虛用

說理要警切說事要簡要說景要活見多看自知多作自好矣

小詩精深短章醖藉大篇要布置開合

詩之不工只是不精思耳

亦由不熟玩前人

學有餘而約以用之意有餘而約以用之乍敘事而閒以議論方寫景而夾映情

不知詩病何由能詩不觀詩法何由知病

篇終出人意表或反終篇之意愚按即所謂出場也

三百篇美刺箴怨皆無跡

語貴含蓄坡公云言有盡而意無窮天下之至言也意中有景景中有意

思有窒礙涵養未至也當益以學

波瀾壯闊如在江湖中一波未平一波已作如兵陣方以爲正又復是奇方以爲奇忽復是正出入變化不可紀極

意想似妄分

而法度不可亂愚謂此惟長篇宜之

意格欲高聲調欲響始於意格成於句字

詩有四種高妙一曰理高妙二曰意高妙三曰想高妙四曰自然高妙礙而實通曰理高妙意出事外曰意高妙寫出幽微如清潭見底曰想高妙自然天到曰自然高妙愚謂意與想二句混似意在事中忽出事外爲意高妙想在意中忽出想外爲想高妙如扶桑西枝封斷石弱水東影隨長流是意想俱高妙也

韋穀云李杜元白大海混茫風流挺特愚謂今當改曰李杜韓蘇而去元白

嚴滄浪曰禪家者流乘有大小宗有南北道有邪正學者
須從最上乘具正法眼悟第一義若小乘禪聲聞辟支果
皆非正也論詩如論禪漢魏晉與盛唐之詩則第一義也
大歷以還之詩則小乘禪也已落第二義矣晚唐之詩則
聲聞辟支果也
詩之法有五曰體制曰格力曰氣象曰興趣曰音節詩之
品有九曰高曰古曰深曰遠曰長曰雄渾曰飄逸曰悲壯
曰淒婉其用工有三曰章法曰句法曰字眼詩之極致其
一曰入神詩而入神至矣盡矣蔑以加矣惟李杜得之他
人得之蓋寡矣夫詩有別材非關書也詩有別趣非關理

也然非多讀書多窮理則不能極其至

學詩先除五俗一曰俗體二曰俗意三曰俗句四曰俗字五曰俗韻　有語忌有語病語病易除語忌難除語病古人亦有之惟語忌則不可有　須是本色須是當行　對句好可得結句好難得發句好尤難得　發端忌作舉止收拾貴在出場　不必太著題不必多使事

下字貴響造語貴圓　意貴透徹不可隔靴搔痒語貴脫洒不可拖泥帶水　最忌骨董最忌趁貼　語忌直意忌淺脈忌露味忌短音韻忌散緩亦忌迫促　須參活句勿參死句詞氣可頡頏不可乖戾　律詩難於古詩絕句難於八句

七言律詩難於五言律詩五言絶句難於七言絶句　學
詩有三節其初不識好惡連篇累牘肆筆而成既識羞愧
始生畏縮成之極難及其透徹則七縱八横信手拈來頭
頭是道矣　詩之是非不必爭試以已詩置之古人詩中
與識者觀之而不能辨則古人矣
盛唐人詩亦有一二濫觴晚唐者晚唐人詩亦有一二可
入盛唐者要當論其大概耳　唐人與本朝詩未論工拙
直是氣象不同唐人命題言語亦自不同雜古人之集而
觀之不必見詩望其題引而知其爲唐人今人矣　大歷
之詩高者尙未失盛唐下者漸入晚唐矣晚唐之下者亦

墮野狐外道鬼窟中　詩有詞理意興南朝人尙詞而病於理本朝人尙理而病於意興唐人尙意興而理在其中漢魏之詩詞理意興無跡可求

漢魏古詩氣象混沌難以句摘晉以還方有佳句如淵明採菊東籬下悠然見南山謝靈運池塘生春草之類謝所以不及陶者康樂之詩精工淵明之詩質而自然耳　謝靈運之詩無一篇不佳黃初之後惟阮籍詠懷之作極爲高古有建安風骨晉人舍陶淵明阮嗣宗外惟左太冲高出一時陸士衡猶在諸公之下　顏不如鮑鮑不如謝文中子獨取顏非也　建安之作全是氣象不可尋枝摘葉

靈運之詩已是徹首尾成對句矣是以不及建安也　謝朓之詩已有全篇似唐人者當觀其集方知之　少陵詩法如孫吳太白詩法如李廣然皆制勝之師也　少陵詩憲章漢魏而取材於六朝至其自得之妙則前輩所謂集大成也　觀太白詩者要識眞太白處太白天才豪逸語多率然而成者學者於每篇中要識其安身立命處可也

太白發句謂之開門見山　李杜數公如金翅擘海香象渡河下視郊島輩直蟲吟草間耳　高岑之詩悲壯讀之使人感慨孟郊之詩刻苦使人讀之不歡楚詞惟屈宋諸篇當讀之外惟賈誼懷長沙淮南王招隱操嚴夫子哀

時命宜熟讀此外亦不必也　九章不如九歌九歌哀郢尤妙前輩謂大招勝招魂不然　讀騷之久方識眞味須歌之抑揚涕淚滿襟然後爲識離騷否則如戛金撞玉耳　唐人惟柳子厚深得騷學退之李觀皆所不及若皮日休九諷不足爲騷　韓退之琴操極高古正是本色非唐賢所及　釋皎然之詩在唐諸僧之上唐詩僧有法震法照無可護國靈一清江無本齊己貫休也　集句惟荆公最長胡笳十八拍渾然天成絶無痕跡如蔡文姬肺腑中流出愚按滄浪論詩亦有精當可取惟不脫言詮知解不得詩之體用本原耳

歐陽公云唐之晚年詩人無復李杜豪放之格然亦務以精意相高如周朴風暖鳥聲碎日高花影重又云曉來山鳥鬧雨過杏花稀誠佳句也

聖俞嘗謂予曰詩家雖率意而造語亦難若意新語工得前人所未道者斯爲善也必能狀難寫之景如在目前含不盡之意見於言外然後爲至矣狀難寫之景含不盡之意若嚴維柳塘春水漫花塢夕陽遲則天容時態融和駘蕩豈不如在目前乎

詩人貪求好句而理有不通亦語病也

自西崑集出詩人爭效之詩體一變而先生老輩患其多

用故事至於語僻難曉殊不知自是學者之病如子儀作大年新蟬云風來玉宇烏先轉露下金莖鶴未知雖用故事何害於佳句也

退之筆力無施不可而嘗以詩爲文章末事故其詩曰多情懷酒伴餘事作詩人也然其資談笑助諧謔敘人情狀物態一寓於詩而曲盡其妙此在雄文大手固不足論而予獨愛其工於用韻也蓋其得韻寬則波瀾橫溢泛入旁韻乍還乍離出入迴合殆不可拘以常格如此日足可惜之類是也得韻窄則不復旁出而因難見巧愈險愈奇如病中贈張十八之類是也余嘗與聖俞論此以謂譬如善

馭良馬者通衢廣陌縱橫馳逐惟意所之至於水曲蟻封
疾徐中節而不少蹉跌乃天下之至工也
朱子曰杜公夔州以前詩佳夔州以後自出規模不可學
蘇黃只是今人詩蘇才豪一滾說盡無餘意黃費安排須
看西晉以前皆佳
劉琨詩高東晉已不逮前人齊梁益浮薄鮑才健其詩乃
選之變體太白專學之
淵明平淡出於自然後人學他平淡便相去遠矣
蘇子由愛亭皋木葉下隴首秋雲飛此正是子由慢底句
怯某卻愛寒城一以眺平楚正蒼然十字卻有力放翁論

劉長卿詩云千峯共夕陽佳句也近時僧灝可用之云亂山爭落日雖工而箸不逮本句

齊梁間之詩讀之使人四肢皆懶慢不收拾

唐明皇資稟英邁只看他做詩出來是甚麽氣魄如早渡蒲關多少飄逸氣概便有帝王底氣燄越州有石刻唐朝臣送賀知章詩亦只有明皇一首好有曰豈不惜賢達其如高尙何

李太白詩不專是豪放亦有雍容和緩底如古風首篇大雅久不作多少和緩陶淵明詩人皆說是平淡據某看他自豪放但豪放得來不覺耳

太白五十篇古風是學陳子昂感遇詩其間多有全用他句處

杜詩初年甚精細晚年横逆不可當只意到處便押一箇韻如自秦州入蜀諸詩分明如畫乃其少作也

杜子美晚年詩都不可曉呂居仁嘗言詩字字要響其晚年詩都啞了不知是如何以爲好否

文字好用經語亦一病老杜詩致遠恐泥東坡寫詩到此句云不足爲法

詩須是平易不費力句法混成如唐人玉川子輩句語雖險怪意思亦自有混成氣象

閉門覓句陳無己對客揮毫秦少游無己平時出行覺有詩思便急歸擁被卧而思之呻吟如病者或累日而後成真是閉門覓句如秦少游詩甚巧亦謂對客揮毫者想他合下下筆得句便巧張文潛詩只一筆寫去重意重字皆不問然好處亦是絕好如梁甫吟一篇筆力極健如云永安受命堪垂涕手挈庸兒是天意等處說得好但結末差弱耳

今人事事所以做得不好者緣不識之故只如箇詩舉世之人盡命去奔波只是無一箇人做得成詩他是不識好底將做不好底不好底將做好底這箇只是心裏鬧不虛

靜之故不虛不靜故不明不明故不識若虛靜而明便識
好物事雖百工技藝做得精者也是他心虛理明所以做
得來精心裏鬧如何見得
作詩先用看李杜如士人看本經本旣立次第方可看蘇
黃以次諸家詩
古人詩中有句今人詩更無句只是一直說將去這般詩
一日做百首也得
羅景綸云詩莫尙乎興聖人言語亦有專是興者如逝者
如斯夫不舍晝夜山梁雌雉時哉時哉無非興也特是不
曾檃括協韻爾蓋興者因物感觸言在於此而意寄於彼

義味乃可識非若賦比之直言其事也故興多兼比賦比賦不兼興古詩皆然今姑以杜陵言之發潭州云岸花飛送客檣燕語留人蓋因飛花語燕傷人情之薄言送客留人止有燕與花耳此賦也亦興也若感時花濺淚恨別鳥驚心則賦而非興也草堂成云暫止飛烏將數子頻來語燕定新巢蓋因烏飛燕語而喜己之攜雛卜居其樂與之相似此比也亦興也若鴻雁影來聯塞上鶺鴒飛急到沙頭則比而非興也

王九溪云詩發乎性情則精神自暢三百篇所以動人者此也否則不樂而强笑終不解頤不哀而強悲終不下涕

矣

文章必以理勝詩賦乃文之有韻者耳亦文也如六經義理之深微諸史成敗之炯戒苟窮其旨則議論縱橫滾滾不竭倘胸無根柢而徒取途於五七言中縱極工緻風骨不凝尋味甚短不過潘陸牢籠中物耳於陶杜韓蘇諸大家之風弗之悟解矣

立言必關世教或自寫其襟懷或酬答往來或感物而賦皆不詭乎正道方不悖於興觀羣怨事父事君之教故小物亦可寄情游戲亦可遣興但其歸宿必有勸戒之意言方有得

用事全貴能化大家用事全不見餖飣之跡大抵質用不如借用明用不如暗用正用不如翻用整用不如折用順直不如側逆腐者新板者活生者熟熟者生直者揉之散者鍊之以我用事不爲事所用

詩貴愼言古人歌詠時事立意忠厚出言微婉誦之令人得之言外所謂無罪而足戒也後世輕薄子怨望譏刺幾於詈罵往往賈禍吾輩値此盛世偶有規諷要不可有一毫出位之意此士大夫立命之一節

詩有通首寫景而實句句言情者杜公東屯月夜寫飄泊景況妙在先安抱病漂萍老五字爲起句以後句句寫景

實句句寫情矣愚謂此意須解不止此一首足法也

雙聲疊韻亦有一定之法如出以雙聲必以疊韻對否則各自對亦可杜公多此等句

詩有用事習熟者宜戒如吹笛用落梅折柳子夜歌用蓮子梧桐用鳳凰須用翻新爲妙耳

駱賓王詠螢卽用螢事鍾伯敬譏之似刻然如杜公詠螢兩作何等深遠洒落愚謂凡詠物者以此爲鑒

贈送酬答之詩有主人者宜及其主人

凡詩寫事境宜近寫意境宜遠近則親切不泛遠則想味不盡作文作畫亦然

序後有詩賦後有詩定須別出一意補文中所未及作史論墓碑銘亦然

題目繁雜者必辨其主腦如散錢之有串愚謂此非深於文事者不解

題事繁雜不必纖悉備記但就其事而衡量之或舉重大以該輕小或即輕小以見重大總要得其竅會愚按九溪諸論惟深於文理者知之迥非嚴羽王阮亭朱竹垞輩所夢見嚴羽所論禪悟如猜謎見鬼所論源流體裁政九溪所論取塗於五七字中也必如朱子之論及九溪所言乃青天白日腳踏實地不倍於聖人言詩之本

沈確士云事難顯陳理難言罄每託物連類以形之比興互陳反覆唱歎而中藏之歡愉慘戚隱躍欲傳其言淺其情深也倘質直敷陳絶無蘊蓄以無情之語而欲動人之情難矣

詩以聲爲用者也其微妙在抑揚抗墜之閒讀者静氣按節密詠恬吟覺前人聲中難寫響外别傳之妙一齊俱出

朱子云諷詠以昌之涵濡以體之眞得讀書趣味

古人意中有不得不言之隱借韻語以傳之若胸無感觸漫爾抒詞亦復何味

詩貴性情亦須論法亂雜而無章者非詩也然所謂法者

起伏照應承接轉換自神明變化於其中若泥法不以意運之則死法矣

詩不學古謂之野體然泥古而不能通變猶學書者但講臨摹分寸不失而已之神不存也

人有不平於心必以清比己以濁比人而谷風三章轉以涇自比以渭比新昏何其怨而不怒耶杜子美在山泉水清出山泉水濁亦然

騷體有少歌有倡有亂歌詞未申發其意爲倡獨倡無和總篇終爲亂蓋言之不足故長言之長言之不足故反覆詠歎之也漢人五言興而音節亡至唐人律體興第用意

於對偶平仄間而意言同盡矣其求餘情動人何有哉

樂府之妙全在繁音促節其來于于其去徐徐往往於回溯曲折處感人是即依永和聲之遺意也齊梁以來多以對偶行之而又限以八句豈復有詠歌嗟歎之意耶

四言詩締造良難於三百篇太離不得太肖不得太離則失其源太肖則祇襲其貌也韋孟諷諫在鄒之作肅肅穆穆未離雅正劉琨答盧諶篇拙重之中感激豪蕩準以變雅似離而合張華二陸潘岳輩懨懨欲息矣淵明停雲時運等篇清腴簡遠別成一格愚謂淵明四言意深於辭脈理精蘊尋繹愈永

風騷既息漢人代興五言爲標準矣就五言中較然兩體蘇李贈答無名氏十九首是古詩體廬江小吏妻羽林郎陌上桑之類是樂府體

五言長篇難於鋪敘鋪敘中有峯巒起伏則長而不漫短篇難於收斂收斂中能含蓄無窮則短而不促又長篇必倫次整齊起結完備方爲合格短篇超然而起悠然而止不必另綴起結苟反其位兩者俱傎

麗言繁稱道所不貴蘇李詩言情款款感悟俱存無急言竭論而意自長神自遠使聽者油油善入不知其然而然也是爲五言之祖

蘇李之别諒無會期矣而云安知非日月弦望自有時何

悁悵而纒綿也

古詩十九首不必一人之辭一時之作大率逐臣棄妻朋友闊絶遊子他鄉死生新故之感或寓言或顯言或反覆言初無奇闢之思驚險之句而西京古詩皆在其下是爲國風之遺

漢魏詩只是一氣盤旋晉以下始有佳句可摘此詩運升降之别古今流傳名句如思君如流水池塘生春草澄江淨如練紅藥當階翻月映清淮流芙蓉露下落空梁落燕泥情景俱佳足資吟詠然不如南登灞陵岸回首望長安

忠厚悱惻得遲遲我行之意

五言長篇固須節次分明一氣連屬然有意本連屬而轉似不相連屬者敘事未了忽然頓斷插入旁議忽然連續轉接無象莫測端倪此運左史法於韻語中不以常格拘也千古以來且讓少陵獨步

陶詩胸次浩然其中有一段淵深樸茂不可到處唐人祖述者王右丞有其清腴孟山人有其閒遠儲太祝有其樸實韋左司有其沖和柳儀曹有其峻潔皆學焉而得其性之所近孟東野詩亦從風騷中出特意象孤峻元氣不無斲削耳以郊島並稱銖兩未敵也元遺山云東野窮愁死

自有此說而近代遂有專宗孟詩者從欲抗孟於韓上而不知其怪誕也濤山之論爲最確耳

不休高天厚地一詩因江山萬古潮陽筆合在元龍百尺樓揚韓抑孟毋乃太過　韓孟聯句可偶一爲之連篇累牘有傷詩品

歌行起步宜高唱而入有黃河落天走東海之勢以下隨手波折隨步換形蒼蒼莽莽中自有灰線蛇蹤蛛絲馬跡使人眩其奇變仍服其警嚴至收結處紆徐而來者防其平衍須作斗健語以止之一往峭折者防其氣促不妨作悠揚搖曳語以送之不可以一格論

白樂天詩能道盡古今道理人以率易少之然諷諭一卷使言者無罪聞者足戒亦風人之遺意也惟張文昌王仲

初樂府專以口齒利便勝人雅非貴品
五言律陰鏗何遜庾信徐陵已開其體唐初人研揣聲音穩順體勢其製乃備神龍之世陳杜沈宋渾金璞玉不須追琢自然名貴李太白之明麗王摩詰孟浩然之自得分道揚鑣並推極盛杜子美獨闢畦徑寓縱横排奡於整密中故應包涵一切終唐之世變態雖多無有越諸家範圍者矣以此求之有餘師焉
起手貴突兀王右丞風勁角弓鳴杜工部莽莽萬重山帶甲滿天地岑嘉州送客飛鳥外等篇直疑高山墜石不知

其來令人驚絶

中聯以虛實對流水對爲上即徵實一聯亦宜各換意境略無變換古人所輕即如蟬噪林逾靜鳥鳴山更幽何嘗不是佳句然王元美以其寫景一例少之至圓荷浮小葉細麥落輕花宋人已議之矣

三四語多流走亦竟有散行者然必有不得不散之勢乃佳苟難於屬對率爾放筆是借散勢以文其陋也又有通體俱散者李太白夜泊牛渚孟浩然晚泊潯陽釋皎然尋陸鴻漸等章興到成詩人力無與匪垂典則偶存標格而已外是八句平對五六散行前半扇對之式皆極詩中變

此論極爲扼要

態

三四貴勻稱承上斗峭而來宜緩脈赴之五六必聳然挺拔。別開一境。上既和平至此必須振起也崔司勳贈張都督詩出塞清沙漠還家拜羽林和平矣下接云風霜臣節苦歲月主恩深杜工部送人從軍詩今君渡沙磧累月斷人烟和平矣下接云好武寧論命封侯不計年。泊岳陽城下詩岸風翻夕浪舟雪洒寒燈和平矣下接云留滯才難盡艱危氣益增。如此拓開。方振得起。溫飛卿商山早行於雞聲茅店月人跡板橋霜下接槲葉落山路枳花明驛牆周處士樸賦蘆嶺水於禹力不到處河聲流向西下接云

過衙山色遠近水月光低便覺直踏下去。中二聯不宜純乎寫景。如明月松間照清泉石上流竹喧歸浣女蓮動下漁舟景象雖工。詎爲楷模。至宋陸放翁八句皆寫景矣。

收束或放開一步或宕出遠神或本位收住張燕公不作邊城將誰知恩遇深就夜飲收住也王右丞君問窮通理漁歌入浦深從解帶彈琴宕出遠神也杜工部何當擊凡鳥毛血洒平蕪就畫鷹說到眞鷹放開一步也就上文體勢行之

唐玄宗劍閣橫雲峻一篇王右丞風勁角弓鳴一篇神完

氣足章法句法字法俱臻絕頂此律詩正體而太白五月天山雪無花只有寒笛中聞折柳春色未曾看一氣直下不就羈縛右丞萬壑樹參天千山響杜鵑山中一夜雨樹杪百重泉分頂上二語而一氣赴之尤爲龍跳虎卧之筆此皆天然入妙未易追摹

沈雲卿龍池樂章崔司勳黃鶴樓詩意得象先縱筆所到擅古今之奇所謂章法之妙不見句法句法之奇不見字法者也

温李擅長固在屬對精工然或工而無意譬之剪彩爲花全無生韻弗尚也

晚唐人詩鷺鷥飛破夕陽烟水面風回聚落花芰荷翻雨潑鷺鷥固是好句然句好而意盡句中矣又張蠙洞庭湖詩青草浪高三月渡綠楊花撲一溪煙綠楊一語分明柳巷小景。賦洞庭湖宜爾耶。破字撲字聚字潑字求新在此。不登大雅之堂正在此。

長律所尚在氣局嚴整屬對工切段落分明而其要在開合相生不露鋪敘轉折過接之跡使語排而忘其爲排斯能事矣唐初應制贈送諸篇王楊盧駱陳杜沈宋燕許曲江並皆佳妙少陵出而瑰奇鴻麗一變故方後此無能爲役元白滔滔百韻俱能工穩但流易有餘鎔裁未足每爲

淺率家奴效顰溫李以下又無論已

七言長律少陵開出然淸明等篇已不能佳何況學餘步乎

絶句唐樂府也篇止四語而倚聲爲歌能使聽者低徊不倦旗亭妓女猶能賞之非以揚音抗節有出於天籟者乎

著意求之殊非宗旨

五言絶句右丞之自然太白之高妙蘇州之古淡並入化機而三家中太白近樂府右丞蘇州近古詩又各擅勝境也他如崔顥長干曲金昌緒春怨王建新嫁娘張祜宮詞等篇雖非專家亦稱絶調

七言絶句以語近情遥含吐不露爲主只眼前景口頭語而有弦外音味外味使人神遠太白有焉

王龍標絶句深情幽怨意旨微茫昨夜風開露井桃一章只說他人之承寵而已之失寵悠然可思此求響於弦指外也玉顔不及寒鴉色兩言亦復優柔婉約

李滄溟推王昌齡秦時明月爲壓卷王鳳洲推王昌齡葡萄美酒爲壓卷王阮亭則云必求壓卷王維之渭城李白之白帝王昌齡之奉帚平明王之渙之黄河遠上其庶幾乎而終唐之世無有出四章之右者矣滄溟鳳洲主氣阮亭主神各自有見愚謂李益之回樂峯前柳宗元之破額

山前劉禹錫之山圍故國杜牧之煙籠寒水鄭谷之揚子江頭氣象稍殊亦堪接武

蘇子瞻胸有洪爐金銀鍚鉛皆歸鎔鑄其筆之超曠等於天馬脫羈飛仙游戲窮極變化而適如意中所欲出韓文公後又開闢一境界也元遺山云只知詩到蘇黃盡滄海橫流卻是誰嫌其有破壞唐體之意然正不必以唐人律之蘇門諸君子倩才林立並入寰中猶之邾莒已蘇詩長於七言短於五言工於比喻拙於莊語

劍南集原本老杜殊有獨造境地但古體近粗今體近滑遜於杜之忱雄騰踔耳明代楊君謙本朝楊芝田專錄其

歎老嗟卑之言恐非放翁知己

朱子五言不必嶄絶淩厲而意趣風骨自見知爲德人之音虞楊范揭四家詩品相敵又以漢廷老吏（伯生自評其詩爲最）他如吳淵穎之兀奡迺易之之流利薩天錫之穠鮮耀豔故應並張一軍趙王孫暨金華諸子聲價雖高未宜並駕元季都尙詞華劉伯温獨標骨幹時能規橅杜韓高季迪出入於漢魏六朝唐宋諸家特才調過人步蹊未化故變元風則有餘。追大雅則不足也。要之明初辭人以二公爲冠袁景文（凱）次之楊孟載（基）次之張志道（以寧）次之徐幼文（賁）張來儀（羽）又次之高楊張徐之名特並舉於北郭十

子中初非通論

永樂以還崇台閣體諸大老倡之衆人應之相習成風靡然不覺李賓之東陽力挽頹瀾李夢陽何大復繼之詩道復歸於正李獻吉雄渾悲壯鼓盪飛揚何仲默秀朗俊逸回翔馳驟同是憲章少陵而所造各異駸駸乎三代之盛矣錢牧齋信口掎摭謂其摹擬剽賊同於嬰兒學語至謂讀書種子從此斷絶此爲門戶起見後人勿矮人看場可也拔兩人學少陵實有過於求肖處録其所長措其所短庶足服北地信陽之心王元美天分旣高學殖亦富自珊瑚木難及牛溲馬勃無不有樂府古體卓爾成家七言近

體亦規大方而煅煉未純且多酬應牽率之態李于鱗擬古詩臨摹已甚尺寸不離固足招詆諆之口而七言近體高華矜貴脫去凡庸正使金沙並見自足名家過於回護與過於掊擊皆偏私之見耳

謝茂秦古體局於規格絕少生氣五言律句烹字煉氣逸調高集中雲出三邊外風生萬馬間人吹五更笛月照萬家霜絕漢兼天盡交河蕩日寒夜火分千樹春星落萬家高岑遇之行當把臂七言送謝武選一章隨題轉折無跡有神與高青丘送沈左司詩並推神來之作

寫竹者必有成竹在胸謂意在筆先然後著墨也慘淡經

營詩道所貴倘意格開架茫然無措臨文敷衍支支節節而成之豈所語於得心應手之技乎

古人不廢煉字法然以意勝而不以字勝故能平字見奇常字見險陳字見新樸字見色近人挾以鬬勝者難字而已

小小送別而動欲沾襟聊作旅人而便云萬里登陟培塿比擬華嵩偶遇庸人頌言良哲以致本居泉石更懷遯世之思業處歡娛忽作窮途之哭準之立言皆爲失體記曰志之所至詩亦至焉本乎志以成詩惡有數者之患

嚴儀卿有詩有別才非關學也之說謂神明妙悟不專學

問非教人廢學也誤用其說者固有原伯魯之譏而當今談藝家又專主漁獵若家有類書便成作者究其流極厥弊維均吾恐楚則失矣齊亦未爲得也

樂府中不宜雜古詩體恐散樸也作古詩正須得樂府意古詩中不宜雜律詩體恐凝滯也作律詩正須得古風格與寫篆八分不得入楷法寫楷書宜入篆八分法同意

太冲詠史不必專詠一人專詠一事已有懷抱借古人事以抒寫之斯爲千秋絕唱後人黏著一事明白斷案此史論非詩格也至胡曾絕句百篇尤爲墮入惡道

懷古必切時地老杜公安縣懷古中云灑落君臣契飛騰

戰伐名篇而能該眞史筆也劉滄咸陽鄴都長洲諸詠設色寫景可互相統易是以酬應爲懷古矣許渾稍可觀然落句往往入套

詠古詩未經闡發者宜援据本傳見微顯闡幽之意若前人久經論定不須人云亦云王摩詰西施詠李東川謁夷齊廟或別寓興意或淡淡寫景以避雷同勦說此別行一路法也

遊山詩永嘉山水主靈秀謝康樂稱之蜀中山水主險隘杜工部稱之永州山水主幽峭柳儀曹稱之略一轉移失

卻山川眞面

杜公眞足千古至鷓鴣之句何神韵之有

詠物小小體也而老杜詠房兵曹胡馬則云所向無空濶眞堪託死生德性之調良俱爲傳出鄭都官詠鷓鴣則云雨昏青草湖邊過花落黃陵廟裏啼此又以神韻勝也彼胸無寄託筆無遠情如謝宗可瞿佑之流直猜謎語耳

唐以前未見題畫詩開此體者老杜也其法全在不黏畫上發論如題畫馬畫鷹必說到眞馬眞鷹復從眞馬眞鷹開出議論後人可以爲式　又如題畫山水有地名可按者必寫出登臨憑弔之意題畫人物有事實可指者必發出知人論世之意本老杜法推廣之才是作手

一首有一首章法一題數首又合數首爲章法有起有結

有倫序有照應若闕一不得增一不得乃見體裁陳思贈白馬王謝家兄弟酬答子美遊何將軍園之類是也又有隨所興觸一章一意分觀錯雜總述累累子昂感遇太白古風子美秦州雜詩之類是也後人一題至十數章甚或二三十章然意旨辭采彼此互犯雖搆多篇索其旨歸一章可盡不如割愛之爲愈已余常不喜海峯春日雜感七律十一首

詩中韻脚猶大廈之有柱石也此處不牢傾折立見故有看去極平而斷難更移者安穩故也安穩者牢之謂也杜詩懸崖置屋牢可悟韻脚之法

律詩起句可不用韻故宋以來有入別韻者然必於通韻

中借入如冬韻詩起句入東支韻詩起句入微是也若庚青韻詩起句入眞文寒刪先韻詩起句入覃鹽咸亂雜不可為訓寫景寫情不宜相礙前說晴後說雨則相礙矣又不可犯複前說沅澧後說衡湘則犯複矣即字面亦須避忌字同義異者或偶見之若字義俱同必從更易

杜詩云新詩改罷自長吟改則弊病去長吟則神味出

古人同作一詩不必同韻即同韻亦在一韻中不必句句次韻也自元白創始而皮陸倡和又加甚焉以韻為主而以意相從中有欲言不能通達矣近代專以此見長名曰和韻實則趁韻宜血脈橫亙句聯意斷也有志之士當不

圊於俗

毛穉黄曰詩必相題猥瑣尖新淫褻等題可無作也詩必相韻故拈險俗生澀之韻可無作也昏昏長夜解此豁然錢郎贈送之作當時引以爲重應酬詩前人亦不盡廢也然必所贈之人何人所往之地何地一一按切而復以已之性情流露於中自然可詠可歌非幕下張君房輩所能代作

蘇東坡曰律詩最忌屬對偏枯不容一句不善者古詩用韻必須偶數

凡爲詩文不必多古人無許多也

大雅緜九章事不接文不屬如連山斷嶺相去絕遠而氣象聯絡此最爲文之高致若杜子美哀江頭古詩其詞氣如百金戰馬注坡驀㵎如履平地得詩人遺法白樂天詩詞甚工然拙於記事寸步不遺猶或失之矣

詩人才不逮意愚謂今人並無意又無意又無才又無學

唐末司空圖崎嶇兵亂之間而得詩人高雅猶有承平之遺風其論詩曰梅止於酸鹽止於鹹而其美常在酸鹹之外可以一唱而三歎也淵明子厚之詩外枯而中膏似淡而實美若中邊俱枯亦何足取佛言譬如食蜜中邊皆甜人食五味莫不知其甘苦能分別中邊者百無一也

司空表聖自論其詩以爲得味外味如綠樹連郁暗黃花入麥稀棋聲花院靜幡影石壇高非目驗不知其工但恨其寒儉有僧態若杜子美暗飛螢自照水宿鳥相呼四更山吐月殘夜水明樓則才力富健去表聖之流遠矣

蘇子由曰李白詩類其爲人駿發豪放華而不實好事喜名不知義理之所在也語用兵則先登陷陣不以爲難語游俠則白晝殺人不以爲非此其誠能也哉白始以詩酒奉事明皇遇讒而去所至不改其舊永王將竊據江淮白起而從之不疑遂以放死今觀其詩固然唐詩人李杜稱首杜甫有好義之心白所不及也漢高祖歸豐沛作歌曰

白詩皆有理致

大風起兮雲飛揚威加海內兮歸故鄉安得猛士兮守四方高帝豈以文字高世者哉帝王之度固然發於其中而不自知也白詩反之曰但歌大風雲飛揚安得猛士守四方其不識理如此老杜贈白詩有細論文之句謂此類也哉

唐人工於爲詩而陋於聞道孟郊嘗有詩曰食薺腸亦苦彊歌聲無歡出門如有礙誰謂天地寬郊耿介之士雖天地之大無以安其身起居飲食有戚戚之憂是以卒窮以死而李翺稱之以爲郊詩高處在古無上平處猶下顧沈謝至韓退之亦談不容口甚矣唐人之不聞道孔子稱顏

子在陋巷人不堪其憂回也不改其樂回雖窮困早卒而非其處身之非可以言命與孟郊異矣

蔡天啟云荆公每稱老杜鈎簾宿鷺起丸藥流鶯囀之句以爲用意高妙五字之楷模也他日公作詩得青山捫蝨坐黃鳥挾書眠自謂不減杜語

禪宗論雲間有三種語其一爲隨波逐浪句謂隨物應機不主故常其二爲截斷衆流句謂超出言外非情識所到其三爲涵蓋乾坤句謂泯然皆契無間可伺其深淺以是爲序予嘗謂學詩解此當與渠同參

歐陽文忠詩始矯西崑體專以氣格爲主故其言多平易

疏暢律詩意所到處雖語有不倫亦不復問而學之往往往失於快直傾囷倒廩無復餘地

詩下雙字極難須使五言七言之間除去五字三字外精神興致全見於兩言方爲工妙唐人詩水田飛白鷺夏木囀黄鸝或曰此本爲李嘉祐詩王摩詰竊取之非也此兩句好處正在添漠漠陰陰四字此乃摩詰爲嘉祐點化以自見其妙如嘉祐本句但是詠景耳人皆可到要之當令如老杜無邊落木蕭蕭下不盡長江滚滚來與江天漠漠鳥雙去風雨時時龍一吟等乃爲超絶

詩之用事不可牽彊必至於不得不用而後用之則事詞

此病不在截去劍字在三尺與買牛本無關渉故與下句不稱耳

爲一莫見安排鬬湊之迹楊大年劉子儀皆喜唐彥謙詩以其用事精巧對偶親切黃魯直詩體雖不類然亦不以楊劉爲過如彥謙題漢高廟云耳聞明主提三尺眼見愚民盜一抔雖是著題然語皆歇後一抔事無兩或可略土字如三尺律三尺喙皆可何獨劍乎耳聞明主眼見愚民尤不成語余數見交游道魯直意殊不可解蘇子瞻詩有買牛但自捐三尺射鼠何勞輓六鈞亦與此同病六鈞可去弓字三尺不可去劍字此理甚易知也按三尺本漢書高帝紀亦自可用但此論不可不知

蘇子瞻嘗兩用孔稚圭鳴鼃事如水底笙簧鼃兩部中山奴

婢橋千頭雖以笙簧易鼓吹不礙至已遣亂鼃成兩部更邀明月作三人則成兩部不知為何物亦是歇後故用事寧與出處語小異而意同不可盡牽出處語而意不顯也

劉季孫平之子能作七字詩家藏書數千卷善用事送孔宗翰知揚州詩有云詩書曾國眞男子歌吹揚州作貴人多稱其精當為杭州鈐轄子瞻作守深知之後嘗以詩寄子瞻云四海共知霜鬢滿重陽曾插菊花無子瞻大喜在潁州和季孫詩所謂一篇向人寫肝肺四海知我霜鬢鬚蓋記此也

古今人用事有趁筆快意而誤者雖名輩有所不免蘇子瞻石建方欣洗腧厠姜龐不解歎蚍蜮據漢書腧厠本作厠腧蓋中衣也二字義不應顛倒用魯直啜羹不如放麑樂羊終媿巴西本是西巴見韓非子蓋貪於得韻亦不暇省耳

詩人以一字爲工世固知之惟老杜變化開合出奇無窮殆不可以形迹拘如江山有巴蜀。棟宇自齊梁。遠近數千里上下數百年。只在有與自兩字間。而呑納山川之氣。俯仰古今之懷。皆見於言外。滕王亭子粉牆猶竹色虛閣自松聲若不用猶與自兩字則餘八言凡亭子皆可用不必

王亦敢用韋句而別對之

滕王也此皆工妙至到人力不可及而此老獨雍容閒肆出於自然略不見其用力處今人多取其已用字模仿用之偃蹇狹陋盡成死法不知意與境會言中其節凡字皆可用也

讀古人詩多意所喜處誦憶之久往往不覺誤用爲己語綠陰生晝寂孤花表春餘此韋蘇州集中最爲警策而荆公詩乃有綠陰生晝寂幽草弄秋妍之句大抵荆公閱唐詩多於去取之間用意尤精觀百家詩選可見也如蘇子瞻山圍故國城空在潮打西陵意未平此非誤用直是取舊句縱横役使莫彼我辨耳

荆公詩用意甚嚴尤精於對偶嘗云用漢人語止可以漢人語對若參以異代語便不相類如一水護田將綠繞兩山排闥送青來之類皆漢人語也此惟公用之不覺句窘卑凡如周顒宅在阿蘭若婁約身隨窣堵波皆以梵語對梵語亦此意嘗有人面稱公自喜田園安五柳但嫌尸祝擾庚桑之句以爲的對公笑曰伊但知柳對桑爲的然庚自是數蓋以十干數之也

詩語固忌用巧太過然原情體物自有天然工妙雖巧而不見刻削之痕老杜細雨魚兒出微風燕子斜此十字殆無一字虛設雨細著水面爲漚魚常上浮而淰若大雨則

伏而不出矣燕體輕弱風猛則不能勝惟微風乃受以為勢故有輕燕受風斜之語至穿花蛺蝶深深見點水蜻蜓款款飛深深字若無穿字款款字若無點字皆無以見其精微如此然讀之渾然全似未嘗用力此所以不礙其氣格超勝使晚唐諸子為之便當入魚躍練波拋玉尺鶯穿絲柳織金梭之體矣七言難於氣象雄渾句中有力而紆徐不失言外之意自老杜錦江春色來天地玉壘浮雲變古今與五更鼓角聲悲壯三峽星河影動搖等句之後常恨無復繼者韓退之筆力最為傑出然每苦意與語俱盡和裴晉公破蔡州回詩所謂將軍舊壓三司貴相國新兼

上句未録下句自佳

雙鳥詩米子旋批是

五等崇非不壯也然意亦盡於此矣不若劉禹錫賀晉公留守東都云天子旌旗分一半八方風雨會中州語遠而體大也愚謂夢得此句亦麤不足法

韓退之雙鳥詩殆不可曉嘗以問蘇子容云意似是指佛老二學以其終篇本末考之亦或然也杜子美病柏病橘枯櫻枯柟四詩皆與當時事病柏爲明皇作與杜鵑行同意枯櫻比民之殘困則其篇中自言矣枯柟云猶含棟梁具無復霄漢志當爲房次律之徒作惟病橘始言惜哉結實小酸澀如棠梨末以比荔枝勞民疑若指近倖之不得志者自漢魏以來詩人用意深遠不失古風惟此公爲然

不但語之工也

古今論詩者多矣吾獨愛湯惠休稱靈運爲初日芙蓉沈約稱王筠爲彈丸脫手兩語最當人意初日芙蓉非人力所能爲而精采華妙之意自然見於造化之妙靈運諸詩可以當此亦無幾彈丸脫手雖是虛寫便利流動無礙然其精圓快速發之在手筠亦未能盡也然作詩到此地豈復更有餘事韓退之贈張籍云君詩多態度靄靄春空雲司空圖記戴叔倫語云詩人之詞如藍田日暖良玉生煙亦是形似之微妙者但學者不能味其言耳愚謂風騷亦何嘗定如此

劉貢父云詩以意爲主文詞次之或意深義高雖文詞平易自是奇作世效古人平易句而不得其意義翻成鄙野可笑唐韓吏部詩高卓至律詩雖稱善又有不工者而好韓之人句句稱述未可謂然也

唐子西云唐人有詩云山僧不解數甲子一葉落知天下秋及觀元亮詩云雖無紀歷志四時自成歲便覺唐人費力如此桃源記言尙不知有漢無論魏晉可見造語之簡妙蓋晉人工造語元亮而其尤也

詩人貪求好句而理有不通者亦語病也

詩在與人商論深求其疵而去之等閒一字放過則不可

故謂之詩律東坡云敢將詩律鬬深嚴子亦云詩律傷嚴近寡恩大凡立意之初必有難易二塗學者往往舍難而趨易文章罕工每坐此也

作詩自有穩當字第思之不到耳皎然以詩名於唐有僧袖詩謁之然指其御溝詩云此波涵聖澤波字未穩當改僧怫然而去皎然度其必復來乃書中字握掌內僧果復來云欲更爲中字如何然展手視之遂定交要當如此乃是

蘇東坡詩敘事言簡而意盡惠州有潭潭有潛蛟人未之信也虎飲水其上蛟尾而食之俄而浮骨水上人方知之

大約大才無所不可小才則處處病痛當從本源分別耳

東坡以十字道盡云潛鱗有饑蛟掉尾取渴虎言渴則知虎以飲水而召災言饑則蛟食其肉矣

古之作者初無意於造語所謂因事以陳詞如杜子美北征一篇直紀行役耳忽云或紅如丹砂或黑如點漆雨露之所濡甘苦齊結實此類是也文章只如人作家書乃是

愚謂此語宜分別

葉石林云王荊公晚年詩律尤精嚴造語用字間不容髮然意與言會言隨意遣渾然天成殆不見有牽率排比處

舉世奔命去做詩無一人做成緣是不識之故愚謂所以如此緣是不遜志好學之故偏才小慧器淺氣浮稍有微

能驕滿自足既不深求古人又不虛受今人地醜德齊莫
能相尚心中本無眞知何能識眞邊見偏見顚倒見糅亂
黑白擧世擾擾闇瞢無明可哀也哉
不知詩病何由能詩不觀詩法何由知病愚觀近代人詩
文集除一二眞作家外多是傖俗淺陋或亂雜無章或用
事下字不穩不確或取境命意不切不倫既無句法又無
章法其間有爲衆所推與稱美者大抵亦是意詞淺近習
熟雷同爲凡人意中所能有凡人筆下所能到所謂雞有
五德君猶瀹而食之者以其所從來近也譬如雅烏犬豕
戸巷皆是無有義意才筆氣格出塵境象出人意表令人

眼明無由刮目與作人一般但在衆人耳目前作一無大破綻之人而已第不爲大慼悖惡耳直可便許之爲聖賢英傑非常之士哉故愚平日閲人文字率少可多否友人或以是病余要之亦是友人不能眞識得好不好之故推之文字楷法義理政事皆然　凡閲人一部文字全集中如有一二篇眞合作則其餘必皆可觀否則縱有可取而非眞合作則其餘必無取此如容光觀瀾見驥一毛即知全體亦緣眞僞無二理一眞則皆眞一僞則皆僞人心如印板不容有異印也余年七十始分明見得如此義理德行政事皆然　詩文無頓挫只是說白話無復行文之妙

頓挫者橫斷不即下欲說又不直說所謂盤馬彎弓惜不發若一直滚去如駿馬下坡無控縱之妙成何文法如杜公聞收河南北第二句第三句四句皆頓挫也至六句始出題如水瀠洄停蓄忽又流下此惟太史公文及杜詩最得此法　今專以興與景聲響氣象偉麗不驚人不休爲詩而後義意及用事專講文法以頓挫沉鬱爲主非苦思不能避滑易輕浮

惠洪冷齋夜話云東坡嘗曰淵明詩初看若散緩熟看有奇句如日暮巾柴車路暗光已夕歸人望煙火稚子候門隙又曰采菊東籬下悠然見南山又靄靄遠人邨依依墟

里烟犬吠深巷中雞鳴桑樹顛大率才高意遠則所寓得其妙造語精到之至遂能如此似大匠運斤不見斧鑿之痕不知者困疲精力至死不知悟而俗人亦謂之佳如曰一千里色中秋月十萬軍聲夜半潮又曰蝴蝶夢中家萬里杜鵑枝上月三更又曰深秋簾幕千絲雨落日樓臺一笛風皆如寒乞相一覽便盡初如秀整熟視無神氣以其字露也東坡作對則不然如曰山中老宿依然在案上楞嚴已不看之類更無齟齬之態細味對甚的而字不露山谷云詩意無窮而人之才有限以有限之才追無窮之意雖淵明少陵不得工也然不易其意而造其語謂之換骨

法竅入其意而形容之謂之奪胎法如鄭谷十月菊曰自緣今日人心別未必秋香一夜衰此意甚佳而病在氣不長西漢文章雄深健雅者其氣長故也曾子固曰詩當使人一覽語盡而意有餘

唐僧多佳句其琢句法比物以意而不指言其物謂之象外句如無可上人詩曰聽雨寒更盡開門落葉深是以落葉比雨聲也又曰微陽下喬木遠燒入秋山是以微陽比遠燒也

遯齋云凡詩之詠物雖平淡巧麗不同要能以隨意造語爲主

先大夫曰此段上有缺文

先存於中揣摩主司之好尚迎合君上之意旨宜其言難難工也錢起湘靈鼓瑟王維奉和聖製雨中春望外傑作寥寥略可觀矣

性情面目人人各具讀太白詩如見其脫屣千乘讀少陵詩如見其憂國傷時其世不見容愛才若渴者昌黎之詩也其喜笑怒罵風流儒雅者東坡之詩也即下而賈島李洞輩拈其一章一句無不有賈島李洞者存儻詞可餽貧工同鞶帨而性情面目隱而不見何以使尚友古人者讀其書想見其爲人乎

昭昧詹言卷二十一終